KB261430

無敵鬪王

무적투왕

청산 新무협 판타지 소설

무적투왕 1

청산 新무협 판타지 소설

초판 1쇄 찍은 날 § 2008년 6월 11일
초판 1쇄 펴낸 날 § 2008년 6월 18일

지은이 § 청산
펴낸이 § 서경석

편집장 § 문혜영
편집 § 정서진 · 유경화 · 최하나

펴낸곳 § 도서출판 청어람
등록번호 § 제1081-1-89호
등록일자 § 1999. 5. 31
어람번호 § 제2-1510호

주소 § 경기도 부천시 원미구 심곡1동 350-1 남성B/D 3F (우) 420-011
전화 § 032-656-4452 팩스 § 032-656-4453
http://www.chungeoram.com
E-mail § eoram99@chollian.net

ⓒ 청산, 2008

ISBN 978-89-251-1353-1 04810
ISBN 978-89-251-1352-4 (세트)

無敵鬪王

무적투왕

왕

청산 新무협 판타지 소설

FANTASTIC ORIENTAL HEROES

1 천 년 전설의 종말

도서출판 청어람

目次

들어가는 글

작년에 본 가장 인상적인 영화는 '300' 이었습니다.

페르시아 대군과 맞서 싸운 스파르타 왕 레오니다스와 300명의 결사대의 투혼을 그린 비장한 전투 장면은 가슴 뭉클한 감동이었습니다.

물론 냉정하게 평가하면 페르시아 병사들을 마치 야만 집단이며 사술의 군대처럼 비하해 아시아인들을 평가절하했기에 조금은 씁쓸합니다. 하지만 지금은 영화를 평가하자는 것이 아니기에 스파르타의 법만을 언급하겠습니다.

영화 '300' 의 배경은 역사적으로 '테르모필라이' 전투입니다.

영화에서도 대사로써 언급이 되었지만 관련 서적을 보면 스파르타에 대해 이렇게 기록돼 있습니다.

"스파르타 군은 결코 항복하지 않습니다. 그들은 오로지 법만을 숭배합니다. 한데 그들의 법은 퇴각을 금하고 있습니다."

　이 말은 압도적인 대군을 거느린 페르시아 대왕이 스파르타의 항복을 기다리고 있자 그리스에 정통한 종사관이 한 말입니다.

　임전불퇴(臨戰不退)!

　법으로 금하고 있기에 전투에서 퇴각하지 않은 스파르타.

　그런 군대와 싸워야 하는 사람들의 입장에서는 공포가 아닐 수 없을 것입니다.

　투천세가(鬪天世家).

　그들 역시 가법으로 후퇴를 금한 무림세가입니다. 또한 그들은 불의를 용납하지 않습니다. 그래서 그들 가문은 무림 사상 전무후무한 명예를 차지합니다.

　천년제일세가(千年第一世家)!

　이 작품의 발상이 영화 ‘300’을 보면서 비롯되었기에 이를 서문으로 밝힙니다.

전작 『천재가문』에 이어 이번에는 투사가문의 이야기를 그려 보았습니다.

독자 제현들의 깊은 관심과 성원을 조심스럽게 기대합니다.

끝으로 작품 제작에 애써주신 청어람 가족들께 깊은 감사를 드립니다.

2008년 여름이 열릴 무렵

청산 배상.

一. 위대한 가문

투 씨(鬪氏) 일족은 무림시대 초기에 투가보(鬪家堡)라는 현판을 걸고 처음 가문을 열었다.

구성원은 고작 서른 명의 혈족과 인척뿐. 당시는 신흥 무림세가들이 속속 세워지던 시기였기에 투가보는 많은 무림세가 중 하나에 불과했다.

투가보 창건 백 년 후.

가문의 식솔이 백 명을 넘기면서 투가보는 가문의 현판을 바꿔 달고 본격적으로 무림세가로서 활동을 시작했다.

투천세가(鬪天世家)!

그것이 투가보의 새로운 현판이었다.

투천세가 일족은 사내와 계집을 구분하지 않고 어릴 적부터 철저하게 투사로 키워진다. 혹독한 수련을 걸친 그들은 나이 열여섯이면 당당히 투사로서 인정된다.

투천세가의 일족은 창건 조사가 정해놓은 가법(家法)만을 절대적으로 숭상한다. 가법 중에 이런 조항이 있다.

죽을지언정 절대 퇴각하지 않는다!

이른바 가살불퇴(可殺不退).

가문에서 정한 율법에 따라 투천세가 일족은 상대가 죽거나 자신이 죽어야만 싸움을 끝낸다.

불행히도 일족이 죽게 되면 투천세가에서는 새로이 투사를 파견해 도전한다. 그 끝없는 도전 속에 최후의 승자는 투천세가일 수밖에 없었다.

투천세가의 가법에는 또 이런 조항이 있다.

천하의 의(義)를 해치는 자는 무조건 악인으로 상대의 신분과 사문을 무시하라!

불의필살(不義必殺).

그들은 명문 정파의 제자라 해도 극악한 죄를 지으면 가차없이 죽인다. 이런 냉혹함 때문에 한때 하북의 명문 세가인 하북팽가와 대판 싸움이 벌어진 적이 있었다.

그러나 아이에서부터 노인에 이르기까지 죽음을 불사하는 투사 가문과의 대결은 애초부터 무리였다.

일족의 절반이 전사하자 하북팽가는 가주를 비롯한 원로

들이 투천세가를 찾아와 무릎을 꿇고 사죄하는 바람에 결국 멸문을 면할 수 있었다.

철저한 가법 준수와 무서운 투혼.

투천세가는 특유의 전투력을 통해 창건 이백 년 만에 무림 십대세가의 반열에 오를 수 있었다.

마교(魔敎).

이들은 세상의 어둠을 먹고사는 사악한 존재들이다. 이들은 광명의 그림자이기에 세상이 존재하는 한 절대 소멸되지 않는다.

마교의 목적은 단 하나, 마도천하(魔道天下)다.

그들은 자신들의 목적에 방해되는 훼방꾼은 철저하게 말살한다. 이렇듯 세상의 어둠을 목표로 하는 마교의 무리에게 있어 광명을 추구하는 투천세가는 눈엣가시일 수밖에 없었다.

마교의 대집결.

마교에 소속된 칠백여 마인들이 등천봉 아래 집결했다.

당시 투천세가의 식솔들은 젖먹이 아이까지 합쳐 모두 백 사십칠 명.

외견상 투천세가의 멸문은 피할 수 없는 운명이었다.

그러나 퇴각한 쪽은 오히려 마교의 마인들이었다. 등천봉에 오르는 동안 마교의 마인이 무려 오백 명이나 희생되었다.

잔혹한 손속과 악독함에 있어 남에게 비교되는 것을 수치로 여기는 마인들이었지만, 투천세가의 투혼과 불굴의 의기 앞에서는 그들의 마력도 통하지 않았던 것이다.

이후에도 천하 제패를 노리는 숱한 문파들이 창건돼 투천세가 타도를 외쳤지만 최후의 승자는 언제나 투천세가였다.

근 천 년의 세월 동안 강호 정기와 가문의 명예를 위해 싸워온 투천세가.

그들은 네 번씩이나 멸문의 위기를 겪으면서도 꿋꿋하게 가문을 유지해 왔다. 그런 와중에도 투천세가에서는 경이로운 무림 영웅들을 속속 탄생시켰다.

새황의 침공을 저지하기 위한 최초의 중원맹주.

세 명의 백도맹주와 스물일곱 명의 무림 열사.

이렇듯 위대한 영웅들을 탄생시킨 가문은 무림사 이래 오직 투천세가가 있을 뿐이다.

삼십 년 전, 마도 사상 가장 강력하다는 대마왕성(大魔王城)이 창건되었다.

대마왕성의 성주 전륜대마왕(轉輪大魔王).

전륜대마왕은 마교의 후신임을 자처하며 마도천하를 부르짖었다. 대마왕성은 순식간에 서른여섯 개의 방파와 무림세가를 무너뜨리며 천하를 피로 물들였다.

이에 백도 일백 개 문파가 규합해 백도연맹을 결성했다.

백도연맹의 맹주에는 투천세가의 삼십대 가주인 투공후(鬪攻候).

투공후는 백도연맹을 이끌고 대마왕성과 건곤일척의 승부를 벌였다. 선발대는 물론 투천세가의 투사들이었다. 죽음을 불사하는 그들의 투혼과 의기는 대마성의 잔혹한 마인들을 압도했다.

양측의 전력이 대등했음에도 불구하고 백도연맹은 큰 피해 없이 대마왕성을 궤멸시킬 수 있었다.

대신 투천세가의 희생은 엄청났다.

선발대로 나선 투사 절반이 목숨을 잃었고, 나머지 절반도 심한 부상을 당했다. 무엇보다 지극한 슬픔은 전륜대마왕과 단독 대결을 펼친 투공후의 장렬한 최후였다.

투공후는 전륜대마왕과 단독 대결을 벌여 마왕의 한 팔을 끊고 한쪽 눈을 베어 패퇴를 이끌어냈다. 그러나 무수한 마공절기에 적중된 투공후는 투천세가로 귀환하는 도중에 눈을 감고 말았다.

위대한 죽음.

백도 일백 개 문파의 종주들은 투천세가의 의기와 투공후의 비장한 전사에 감동해 중대한 결단을 내렸다. 투천세가의 빛나는 업적을 추앙하고 그 공을 기리기 위해 종주들 모두의 서명이 담긴 거대한 현판을 헌정한 것이다.

千年第一世家.

천년제일세가!
그 어떤 가문도 지닐 수 없었던 절대적 광영.
무림 사상 가장 위대한 가문은 그렇게 탄생했고, 또 그렇게
불리게 되었다.

二. 냉혹한 가법(家法)

쾨르릉—!

잔뜩 찌푸린 하늘에서 섬전이 번득이더니 요란한 우레 소리가 울려 퍼진다. 이어 한바탕 비가 쏟아진다.

쏴아아아……!

봄 가뭄으로 메마른 대지를 적셔주는 단비였지만 봄철의 비치고는 드문 광풍폭우였다.

세찬 비바람은 천년제일세가가 위치한 등천봉(騰天峰) 위에도 몰아치고 있었다. 계단식으로 조성된 천년제일세가는 모든 건물이 견고한 돌로 지어져 있기에 폭풍이 불어 닥쳐도 끄떡없다.

등잔이 밝혀진 회의실.

"오늘 회의를 소집한 연유는 중대한 결정을 내리기 위함이오."

침중한 어조로 입을 연 사람은 천년제일세가 삼십일대 가주 투사민(鬪射旻)이었다.

그는 삼십 년 전의 정마대전 때 불과 열여덟의 나이로 참전해 대마왕성의 적염당주를 참살한 공을 세웠다. 당시 정마대전에서 부친이 장렬하게 전사하자 그는 투천세가의 삼십일대 가주에 올랐다.

이후 투천세가는 천년제일세가로 불리게 되었으니 그는 역대 가주 중에서 가장 영광스런 칭호를 받게 된 셈이다.

회의실에는 그의 아들 투일준(鬪日晙)을 비롯해 천년제일세가의 일곱 원로들이 참석해 있었다. 일곱 원로들은 정마대전에서 살아남은 역전의 노장들로, 모두가 몸은 성치 못했지만 눈빛만은 여전히 형형했다.

투사민은 아들 투일준에게 시선을 던졌다.

"환(桓)아를 내려놓았다."

"예, 아버님."

투일준은 강보에 싸인 아기를 원탁 탁자 위에 내려놓았다.

아직 백일에도 이르지 못한 어린 아기였다. 아기는 자신의 운명을 전혀 예감하지 못한 채 손가락을 빨며 옹알이를 해대고 있었다.

투사민은 강보를 헤쳐 아기의 몸을 드러냈다.

"원로들도 아시다시피 환아는 내일 백일을 맞이하오. 그러나 우리 가문의 가법상 투사로 키울 수 없는 아이는 수용할 수 없소. 유감스럽게도 환아가 바로 그 대상이 되고 말았소."

제일원로가 독목을 번득이며 물었다.

"그게 무슨 말인가, 가주? 환아는 보기 드문 신골의 소유자라 하지 않았는가? 내 듣기에도 삼태성(三太星)의 정기를 받고 태어났다고 하였네."

제일원로는 아기의 심장 부근에 나란히 찍혀 있는 세 개의 점을 가리켰다.

"이 세 개의 점은 삼태성체를 의미하는 것이 아니던가?"

투일준이 비통한 음성으로 대답했다.

"제일원로, 환아가 삼태성체인지는 확실치 않지만 걸출한 신골의 소유자임은 분명했습니다. 하지만 삼칠일이 지나면서 갑자기 심각한 이상 증후를 보였습니다."

"이상 증후……?"

제일원로는 아기의 눈과 몸을 상세하게 살폈다.

과연 아기의 좌우 눈은 확실히 균형이 맞지 않았고 왼쪽 눈은 사팔눈에 가까웠다. 왼팔은 제대로 발육되지 않았으며 오른쪽 다리는 현저하게 짧았다.

한눈에 보기에도 분명한 기형아였다.

제일원로가 장탄식을 지었다.

“허어, 이게 대체 어찌 된 일인가? 우리 가문에 어떻게 이런 아이가 태어날 수 있단 말인가?”

투사민이 아기의 맥문을 쥐었다.

“환아는 기경팔맥 중 양유맥과 음교맥에 심각한 손상을 입었소. 게다가 십이경락 중 세 개의 경락이 훼손되었기에 오래 살기도 어려운 몸이오.”

원로들은 비로소 상황의 심각성을 인식하며 서로의 얼굴을 바라보았다.

투사민이 아기의 몸을 강보로 감쌌다.

“가법을 아무리 후하게 적용하려 해도 환아는 더 이상 가문에서 키울 수 없소. 다리와 팔의 불구는 수련을 거쳐 개선한다 해도 미흡한 두뇌와 짧은 수명은 우리의 한계를 넘어섰소. 그래서… 환아를 충절애(忠節崖)로 보낼 생각이오.”

아기를 건네받은 투일준은 눈물을 참기 위해 입술을 꼭 깨물어야 했다.

천년제일세가의 가법은 엄격해 절대 눈물을 흘릴 수 없다.

부모가 죽고 처자식이 죽어도 엄숙한 애도를 표할 뿐 울음을 터뜨려서는 안 된다. 그런 철혈의 기질은 천 년 동안 가문을 지탱해 온 원천이었다.

투사민은 일곱 원로들을 둘러보며 견해를 물었다.

“원로들의 현명한 추인을 바라겠소.”

원로들은 머리를 맞대고 잠시 숙의했다.

가주는 절대적인 권한을 지니고 있지만 혈족의 생사에 관한 문제는 반드시 원로회의 추인을 받아야 한다. 하지만 원로회가 가주의 결정을 부결하는 경우는 극히 드물다.

숙의를 마친 제일원로가 원로회의 입장을 밝혔다.

"가법에 따라 천년제일세가의 삼십삼대손 투무환(鬪武桓)을 축출하겠다는 가주의 용단을 수용하겠네."

소가주 투일준으로부터 통보를 받은 아내 손예지(孫藝芝)는 충격을 이기지 못하고 바닥에 털썩 주저앉았다.

"아아, 환아야!"

그녀는 엄격한 가법을 무시한 채 비통한 눈물을 뿌렸다.

"흑흑, 이럴 수는 없어요! 백일도 안 된 아이입니다! 어찌 치료할 방도는 생각지 않고… 충절애로 보낼 수 있단 말입니까?"

투일준이 나직이 꾸짖었다.

"부인, 눈물을 그치시오. 어찌 가문 내에서 울음을 터뜨린단 말이오?"

"으흑흑, 내 자식이 죽게 되었는데 어찌 울지도 못한단 말입니까?"

"그것이 바로 우리 가문의 가법이 아니오? 당신도 이미 혼례 전에 서약을 하지 않았소? 가법은 절대적으로 존중되어야만 하오."

"싫어요!"

손예지가 벌떡 일어섰다.

"내 아들을 구할 겁니다. 차라리… 환아를 데리고 등천봉을 떠나겠어요. 흑흑, 혈족을 버리려는 잔혹한 가문의 가법은 절대 받아들일 수 없습니다!"

그녀가 문을 나서려 하자 투일준이 막아섰다.

"예지, 가법을 준수하겠다는 서약을 잊었단 말이오?"

"그래도… 이건 아닙니다. 죽음을 두려워하지 않고, 싸움을 임하면 절대 퇴각하지 않고, 아무리 슬퍼도 눈물을 흘리지 않을 수 있지만… 어찌 살아 있는 자식의 죽음을 지켜볼 수 있단 말입니까?"

"나도 가슴이 찢어지는 것만 같소. 하지만 투사로 성장할 수 없는 자식이라면… 포기할 수밖에 없소. 가문의 천 년 가법은 반드시 지켜져야만 하오."

"안 돼요! 난 환아를 구할 겁니다!"

손예지는 득달같이 일격을 내질렀다.

마혈이 찍힌 투일준은 석상처럼 굳어졌다. 그사이 손예지는 석옥을 벗어났다.

투일준은 혈도가 찍힌 몸이기에 더는 그녀를 막을 수 없었다. 물론 그는 아내의 기습을 충분히 막아낼 수 있었지만 일부러 방어를 하지 않았다.

자식을 잃는 아픔과 슬픔은 자신보다 아내가 더할 것이기

에 일부러 길을 내준 것이다. 물론 그녀가 아무리 발버둥 쳐
도 가문의 결정이 바뀌는 일은 없을 것이다.

　'예지, 먼발치에서나마… 환아의 마지막 모습을 보시구
려.'

　부슬부슬……!

한바탕의 광풍폭우가 지나간 하늘에서 보슬비를 뿌리고
있었다.

　먹장구름은 빠른 속도로 흘러가고 둥지에서 잔뜩 웅크리
고 있던 새들이 바쁜 날갯짓으로 회색 하늘을 가로지른다.

　천년제일세가의 성지 충절애.

　이곳에는 천년제일세가의 통한과 집념이 서려 있다.

　천 년 이래로 투 씨 일족은 회생할 수 없는 부상을 당하거
나 치료할 수 없는 중병을 앓게 되면 충절애에 스스로 몸을
던졌다.

　가문의 명예를 지키고, 가문의 강성함을 고수하려는 투 씨
일족의 의기는 그만큼 소름 끼칠 정도였다.

　자욱한 운무가 깔려 있는 깎아지른 천길 벼랑 가에는 낡은
제단이 세워져 있었다. 오랜 비바람에 깎이고 귀퉁이가 부서
진 제단은 유구한 세월을 짐작케 해준다.

　가주 투사민은 제단 앞에서 향을 사르고 지전을 태우며 선
조들에게 고했다.

"후손 사민이 선조들께 고합니다. 가법에 따라 후손 무환을 충절애로 보내오니 선조들께서는 어린 영혼을 보살펴 주시옵소서."

투사민은 제단을 향해 아홉 번 절을 올리고는 몸을 돌렸다.

제일원로가 강보에 싸인 아기를 그에게 건넸다. 제일원로는 아기를 안고 도주하려는 손예지에게서 아이를 탈취해 왔다. 손예지의 간절한 호소와 눈물도 제일원로의 마음을 바꿀 수는 없었다.

투사민은 아기를 받쳐 들고는 아스라한 벼랑으로 향했다.

이때 손예지가 가문의 법도를 무시하고 충절애로 뛰어들었다.

"안 됩니다, 아버님! 차라리 죄 많은 저를 죽이십시오!"

두 명의 원로가 내려서며 손예지의 두 손을 부여잡았다.

"종부, 이 무슨 불경한 짓인가?"

"당장 돌아가지 못할까?"

손예지는 눈물을 펑펑 쏟으며 악을 써댔다.

"환아를 돌려주세요! 흑흑, 내 아들… 내 아들을 돌려달란 말입니다!"

벼랑 끝에 선 투사민은 강보에 싸인 아기를 높이 쳐들었다.

"불쌍한 영혼은 구천에 올라 용맹한 투사로 환생할지어다!"

순간 아기도 자신의 위험을 본능적으로 알아챘는지 갑자

기 울어대기 시작했다.

"으앙! 으앙……!"

발버둥 치던 아기는 허공을 허우적거리다가 조부의 엄지손가락을 힘껏 쥐었다. 그 힘이 얼마나 드셌는지 투사민은 엄지손가락이 으스러지는 듯한 아픔을 느껴야 했다.

'이럴 수가! 기경팔맥 두 곳과 십이경락 세 곳이 손상된 아이가 이렇듯 신력을 지니고 있단 말인가?'

투사민은 순간적으로 흔들렸다.

전설의 성약이라도 구해 손자를 회생시키고 싶은 마음이 간절했다. 하지만 그는 냉철한 사람이었기에 그런 막연한 바람에 젖어 가법을 무시할 수 없었다.

그는 아기의 혼혈을 짚었다. 혼혈이 짚인 아기가 축 늘어졌다.

손예지는 털썩 꿇어앉으며 가주에게 애원했다.

"흑흑, 아버님, 가법을 따르겠습니다. 하오니… 제발 한 번만… 한 번만 환아를 안아보게 해주십시오."

그러나 투사민은 끝내 며느리의 애절한 간청을 무시했다.

"미련을 두지 않는 것이 우리 투천세가의 가법이다."

투사민은 강보에 싸인 아기를 높이 쳐들었다.

"후손 투무환을 선조들의 영령에 바칩니다!"

그의 손을 떠난 아기는 운해 속으로 떨어져 내렸다. 참으로 안타까운 운명이 아닐 수 없었다.

"아가!"

손예지는 처절하게 부르짖고는 그만 혼절하고 말았다. 눈 앞에서 자신의 자식이 벼랑으로 떨어지는 광경을 보았으니 그 참담함에 억장이 무너졌으리라.

회색 하늘을 올려다보는 투사민의 눈에도 고통의 빛이 가득했다.

'환아야, 이 할아비를 용서하지 말거라.'

第一章
천 년 전설의 종말

1

휘이이잉……!

절기상 하늘과 땅이 푸르고 맑다는 청명(淸明)이건만 봄철
치고는 드문 강풍이 밀어닥쳤다.

두터운 구름 때문인지 어두운 하늘에서는 별 한 점 보이지
않는다. 왠지 모를 불길한 기운이 가득한 가운데 능선을 따라
이동하는 무리가 보인다.

얼굴에 회칠을 한 듯 창백한 면모의 사람들.

간편한 경장을 걸친 그들은 온몸을 병기로 무장했다.

허리춤에는 비수, 등에는 칼, 허리춤에는 검을 찼다. 또한
한쪽 팔뚝에는 폭이 좁은 방패가 부착돼 있었으며 드러나지

않았지만 가죽 신발 안쪽에도 병기를 숨기고 있었다.

등천봉 아래 집결한 검은 복장의 무사들은 대략 오백여 명.

그들은 강력한 마공을 수련했기에 하나같이 눈빛이 붉고 예리했다. 또한 피에 굶주린 야수처럼 무서운 전의를 뿜어내고 있었다.

잠시 후 네 명의 가마꾼이 사인교를 메고 장내에 이르렀다. 사인교가 당도하자 오백여 마인들은 일제히 한쪽 무릎을 꿇으며 배례를 올렸다.

"총상(總相)을 뵈옵니다!"

교자에 앉아 있는 사람은 갸름한 용모의 중년인이었다. 그의 곧은 콧날과 얄팍한 입술은 여인을 방불케 했지만 가는 눈매가 여우처럼 교활해 보였다.

그가 바로 대마왕성의 총상 천통마뇌(千通魔腦)였다.

교자가 내려지자 천통마뇌는 천천히 부채를 부치며 밖으로 나섰다.

"시작해라!"

짤막한 지시가 떨어지자 마인들은 오십 명씩 한 대를 이루어 등천봉 위로 달려갔다.

천년제일세가가 위치한 등천봉은 주변이 가파른 벼랑으로 둘러싸여 있어 오직 산허리를 휘감아 도는 나선형 계단을 통해서만 진출입이 가능하다.

기나긴 나선형 계단 다섯 곳에는 견고한 관문이 형성돼 있는데 각 관문은 한 명의 용사가 능히 천 명의 적군을 막아낼 천연의 요새였다.

이런 험지 덕분에 천년제일세가는 창건 이래 단 한 번도 본당이 점거되는 굴욕을 겪지 않을 수 있었다.

퍼엉……!

외부의 침입을 고하는 폭죽이 첫 번째 관문에서 솟아올라 밤하늘을 밝혔다.

통상 외부의 침입이 발발하면 천년제일세가의 투사들은 신속하게 이동해 각 관문으로 배치된다. 하나의 관문마다 대략 십여 명이 배치되는데 대부분의 경우 첫 번째 관문에서 침입자를 격퇴한다.

천년제일세가 창건 이래 오직 마교만이 다섯 번째 관문에 이르렀지만 그들 역시 본당을 점거하지는 못했다.

한데 첫 번째 관문에서 지원을 요청하는 폭죽이 솟아올랐지만 천년제일세가의 움직임은 지극히 조용했다.

계단식 장원 상부의 의절각(義絶閣).

가주 투사민은 맹독을 억제하기 위해 무던히도 애를 써야 했다. 만일 그의 내공이 심후하지 않았다면 벌써 피를 토하고 쓰러졌을 것이다.

맹독에 중독된 그의 안색은 검푸르게 변색돼 있었다.

"상황은… 어떠하냐?"

소가주 투일준이 침중한 어조로 보고를 올렸다.

"침입자는 대마왕성의 잔당들로 보입니다. 최소 오백 명 이상입니다."

"그만한 숫자라면 잔당이 아니다. 대마왕성이… 다시 부활한 것 같구나."

"원통합니다, 아버님. 가문의 투사들이 건재했다면 전륜대마왕이 직접 쳐들어왔다 해도 막아낼 자신이 있습니다. 하오나… 지금은 대부분이 중독돼 관문조차 사수할 수 있을지 우려됩니다."

그러했다. 천년제일세가는 지금 최악의 위험에 처해 있었다.

지난 밤사이 우물에 맹독이 투여된 바람에 아흔 명의 일족 중에서 삼십여 명이 목숨을 잃었다. 나머지 절반도 독 기운 때문에 운신이 어려운 상황이었다.

삼십 년 전 정마대전 때 상당수 일족이 전사했기 때문에 천년제일세가의 투사들은 백 명도 채 되지 않는다. 이런 상황에서 독공까지 당했으니 건재한 투사들은 스무 명 남짓에 불과했다.

특히 백전노장인 칠대원로 중 네 명이 타계한 것은 엄청난 전력 손실이었다.

"어쨌거나 가문의 전통은 지켜져야 한다."

투사민은 잠시 고심하다가 내공으로 독기를 몰아 왼팔로

밀어 넣었다.

"베거라."

"아버님……?"

"어서!"

부친의 준엄한 지시에 투일준은 이를 악물고 검을 내려쳤다. 왼팔이 잘려 나가며 검은 독혈이 쏟아졌다.

푸시식……!

얼마나 강렬한 독인지 독혈이 뿌려진 대리석 바닥에서 새파란 독연기가 피어올랐다.

참으로 냉혹한 응급처치였다. 몸의 일부를 베어 독기의 확산을 막는 시술은 대다수 무인들도 알고 있다. 하지만 자식에게 팔을 베도록 지시할 수 있는 철혈의 사람이 얼마나 될 것인가.

투일준은 부친의 어깨 부위 혈도를 찍어 출혈을 막아주었다.

"송구합니다, 아버님."

"아니다. 이로써 잠시 동안은 버틸 수 있다."

투일준은 부친의 베어진 팔을 천으로 감아주었다.

"아버님께서는 본당을 지키십시오. 다행히 소자의 중독 상태가 심하지 않으니 관문으로 내려가 지키겠습니다."

"며늘아기는 어떠하냐?"

"운신이 어렵습니다. 하오나 우리 가문의 일족답게 전혀

두려워하는 모습을 보이지 않고 있습니다. 아버님과 함께 본
당을 지키겠다고 했습니다."

"안됐구나. 우리 가문에 시집온 지 일 년이 조금 넘었을 뿐
이건만… 얼마 전에는 아들을 잃고 이제는 가문과 운명을 함
께하게 되었어."

투사민은 어깨 위로 바람막이를 걸쳐 팔의 부상을 가렸다.

"일준아, 장원 내의 우물에 맹독이 살포되었다는 것은 가
문 내에 대마왕성의 첩자가 숨어 있다는 것을 의미한다. 넌
그자를 색출하는 데 주력해라."

"아버님, 모두가 일족인데 과연 누구를 의심할 수 있겠습
니까? 지난밤 악적이 침투해 우물에 독을 살포한 것으로 생각
하십시오."

"그럴 수는 없다. 유령이라면 모를까 인간이 어떻게 흔적
도 없이 다섯 개 관문을 뚫고 침투할 수 있겠느냐?"

투사민의 얼굴에 짙은 회한이 피어올랐다.

"아비가 너무 방심했다. 우리 가문은 천년제일세가란 현판
을 받지 않았어야 했다. 가문으로서는 더없는 광영이지만 그
바람에 우리 가문은 천하인 모두의 질시를 받게 되었다. 일족
들 또한 지나친 자부심에 빠진 것도 사실이다."

"아버님……."

"모두 아비의 실책이다. 우리 일족은 데릴사위와 며느리를
들이는 데 있어 보다 신중해야 했다. 만일 첩자가 숨어 있었

다면 그들 중 한 명일 가능성이 높다. 오랜 세월 가문의 일족으로 살아오다가 마침내 독을 살포한 게 틀림없다.”

투사민은 벽에 걸친 벽혈신검(碧血神劍)을 끌어내렸다. 이백 년 이래 가주들에게 계승되어 온 가전보검이다.

“이미 숨을 거둔 일족은 의심할 수 없으니 생존자들 중에서 찾아봐라. 하지만 첩자의 교활함을 감안한다면 건재한 사람들 중에는 없을 가능성이 높다. 의심을 피하기 위해 일부러 중독을 가장한 자들 중에서 색출하는 게 더 유력할 것 같구나.”

“알겠습니다, 아버님.”

투일준은 정중히 배례를 올렸다.

“부디 강녕하십시오.”

부친을 향한 마지막 하직 인사일 수 있기에 투일준은 오래도록 몸을 일으킬 수가 없었다.

투사민이 아들을 일으켜 세웠다. 그는 아들의 눈에 서린 눈물을 보며 엄한 어조로 꾸짖었다.

“네가… 우는 게냐?”

“아, 아닙니다, 아버님.”

투사민은 아들의 어깨를 다독여 주었다.

“네가 모진 성격이 못 됨을 아비는 잘 알고 있다. 너는 배신자를 찾아내도 일족의 정분 때문에 차마 손을 쓰지 못할 것이다. 그래, 너는 차라리 제오관을 지키거라. 그것이 우리 가문의 제삼십이대 가주가 되어야 할 너의 마지막 소임이다.”

“알겠습니다, 아버님. 가문의 명예와 전통을 반드시 사수하겠습니다!”

투일준은 비장하게 외치고는 의절각을 나갔다.

잠시 후 밖으로 나선 투사민은 가문의 선조들을 모신 사당으로 향했다.

이천 개의 위패가 사당의 삼면 벽을 빼곡하게 채우고 있었다.

여느 가문이 천 년 동안 존속했다면 그 일족이 일만 명은 넘었을 것이다. 하지만 투 씨 일족은 네 번씩이나 멸문의 위기를 겪은 데다 수많은 투사들이 천하 대의를 위해 전사하는 바람에 그 자손이 많지 않았다.

투사민은 향을 사르고 지전을 태우고는 선조들께 고했다.

“후손 사민이 선조들께 미리 죄를 청합니다. 부디 저를 벌하시고 한 점 혈육이라도 살리어 가문의 맥을 잇도록 지켜주소서.”

그는 아홉 번 절을 올리고는 사당을 나섰다.

천년제일세가의 제사관이 돌파당했다.

투천세가 제삼원로는 중독된 상태에서도 혼신의 힘을 다해 혈투를 벌여 대마왕성의 마령과 마사 등 중간 수뇌 일곱 명을 참살하는 투혼을 발휘했다.

이번 전투에서 오십 명에 달하는 마인들이 목숨을 잃으면서 대마왕성의 손실은 이백 명을 넘어섰다.

천통마뇌는 사망한 투 씨 일족의 숫자를 서첩에 기록하면서 오싹한 한기를 느껴야 했다.

'실로 무서운 놈들이군. 잔화(殘花)가 절명마독(絶命魔毒)을 살포하지 않았다면 삼관도 돌파하지 못했을 것이다. 과연 아버님께서 우려하실 만큼 독한 자들이다.'

그의 부친은 과거 대마왕성의 총상이었던 뇌마(腦魔)였다. 당시 열 살에 불과했던 천통마뇌는 부친의 품에 안겨 겨우 탈출할 수 있었다.

천통마뇌는 부친의 마도백계를 이어받아 대마왕성의 총상에 오른 후 줄곧 복수를 다짐했었다.

그가 난공불락이라는 천년제일세가의 네 번째 관문까지 돌파할 수 있었던 것도 이십 년에 걸친 철저한 준비와 사악한 계책 덕분이었던 것이다.

제오관의 책임자는 소가주 투일준.

그는 네 번째 관문까지 돌파됐다는 보고를 듣고 비장한 각오를 품었다.

제오관에는 경미하게 중독된 투사들이 모두 집결돼 있었다. 투사들은 모두 합쳐 열아홉 명. 이것이 동원될 수 있는 천년제일세가의 전력이기에 마지막 보루라고 할 수 있었다.

그는 일족들을 대동해 관문 앞에 진형을 이루었다.

이때 대마왕성의 마인들이 대오를 이루어 관문을 향해 진격해 왔다. 삼백여 명의 마인들로 인해 좁은 진입로가 새까맣게 뒤덮였다. 앞선 마인들에게 퇴각을 허용치 않겠다는 지독한 인해전술이었다.

투일준은 마인들을 향해 돌진했다.

"가문의 영광을 위해!"

투사들이 뒤를 이어 몸을 날렸다.

"사악한 마도 놈들!"

"한 놈도 살려 보내지 않겠다!"

무시무시한 혈전이 전개되었다.

그러나 투천세가의 투사들이 아무리 용맹해도 중독된 상태에서 대마왕성의 대규모 공세를 막아내기는 불가능했다. 마침내 천년제일세가의 보루라 할 수 있는 다섯 번째 관문이 돌파되었다.

관문으로 들어선 천통마뇌는 전황을 보고받으며 죽은 투사들의 숫자를 서첩에 기재했다.

그에게 있어 대마왕성 마인들의 숫자는 중요하지 않았다. 천년제일세가를 말살할 수 있다면 오백여 마인 모두가 죽어도 아쉬울 게 없는 그였다.

그는 투일준의 시체를 찾아내 수급을 베도록 지시했다.

"다른 놈은 몰라도 놈은 소가주의 신분이다. 전리품으로 가져가야 한다.”

잠시 후 다섯 번째 관문을 돌파한 대마왕성 마인들은 천년제일세가 내당으로 들어섰다.

지형적으로 높은 봉우리이다 보니 넓은 평지가 존재할 수 없다. 좁은 평지에는 몇 개의 망루와 창고가 세워져 있었고, 그 사이로 가파르게 경사진 계단이 놓여 있었다.

천통마뇌는 척후를 보내 계단 위의 상황을 확인한 후 계단 위로 올라섰다.

아주 넓지는 않았지만 평평한 돌판이 깔려 있는 연무장이 펼쳐져 있었다.

천통마뇌는 묘한 흥분에 젖었다.

비록 본당 건물은 다시 가파른 계단을 올라가야 볼 수 있겠지만 연무장을 밟게 되자 그는 자신이 천년제일세가를 점거한 최초의 정복자임을 새삼 되새기게 되었다.

‘성주님과 아버님도 이루지 못한 정벌을 내가 이루었다!’

한편 가주 투사민은 운신할 수 있는 일족들을 모두 대동해 본당 계단 앞에 진을 쳤다.

총 인원 열세 명.

중독이 심한 투사들은 그사이 목숨을 잃었고, 겨우 숨만 붙어 있던 투사들은 가주의 명에 따라 스스로 목숨을 끊었다.

투사민은 병기를 짚은 채 겨우 몸을 지탱하고 있는 투사들을 쓸어보았다.

만일 대마왕성의 첩자가 있다면 이들 중에 있어야 마땅하다. 하지만 하나같이 맹독에 중독돼 고통스런 모습을 짓고 있기에 누구 하나 의심할 수가 없었다.

투사민은 첩자가 숨어 있었다는 자신의 판단을 수정했다.

'그래, 가문 내에 첩자가 숨겨져 있었던 게 아니라 침투를 당한 것이다. 유령 같은 자에 의해 우물에 독이 살포된 것이 확실해.'

생각을 바꾸자 마음이 편해졌다.

그는 투사들의 손을 한 명씩 쥐며 마지막 인사를 나누었다. 투사들은 비장한 미소로 가주에게 작별을 고했다.

투사민이 마지막으로 인사를 나눈 사람은 가문의 종부인 손예지였다.

빼어난 미인은 아니었지만 눈매가 서글서글하고 턱 선이 곱다. 한 아이를 출산했지만 아직 청초한 모습은 생을 마감하기에 너무나 안타깝다.

"아가, 네게 너무 미안하구나."

"아버님."

손예지는 정중히 배례를 올렸다.

"더 이상 모시지 못해 송구합니다."

"내 대에 이르러 가문의 천 년 전통이 무너졌으니 내 어찌 구천에서 선조들을 뵐 수 있겠느냐? 그것이 부끄럽구나."

“아버님께서는 최선을 다하셨습니다. 이것이 가문의 운명이라면… 하늘의 뜻이라 생각하십시오.”

“……”

투사민은 물끄러미 며느리를 바라보다가 씁쓸한 웃음을 띠었다.

“아가, 넌 아직도 환아를 충절애로 보낸 이 시아비를 원망하고 있는 것 같구나.”

“아닙니다. 환아에게는 지금의 참화보다 오히려… 행복한 최후가 되었을 겁니다.”

“오냐, 네 말대로 비극적인 참화를 피할 수 있으니 다행한 일이었다. 우리 가문의 마지막 후손을 내 손으로 거두는 바람에 환아에게는 할아비의 못난 꼴을 보이지 않을 수 있게 되었구나.”

투사민은 며느리의 어깨를 다독여 주고는 몸을 돌렸다. 그가 연무장 가운데로 나서자 천통마뇌가 두 명의 마장을 대동해 앞으로 나섰다.

천통마뇌는 섭선을 쥐며 형식적으로 예를 표했다.

“투사민 가주, 이제 천 년의 전통을 접어야 할 상황이오.”

“넌 누구냐?”

“난 대마왕성의 총상인 천통마뇌요.”

“뇌마와는 어찌 되는 사이냐?”

“내 선친이시오. 선친께서 구천에 마왕전을 세워놓고 계시니 속히 배알토록 하시오.”

“네가 이런 사악한 독계를 꾸민 것이냐?”

천통마뇌는 섭선을 펼치며 여유있게 저었다.

“그렇소. 천년제일세가를 철저하게 멸문시키기 위해 참으로 오랜 세월 고심했소, 하하하!”

투사민은 벽혈신검을 뽑아 들었다.

“내가 아직 살아 있고 벽혈신검이 건재하다. 네놈의 목부터 베겠다.”

“하하! 섬뜩하외다, 가주. 이미 절명마독이 골수까지 스며들었을 텐데 아직도 버티고 있으니 말이오.”

“독 따위에 죽을 내가 아니다.”

투사민은 빠른 속도로 달려들었다.

“벽천섬!”

번—쩍!

천년제일세가의 독창적인 절기인 벽천섬쾌식이었다.

천통마뇌는 급히 뒤로 미끄러졌다.

“막아라!”

그의 명이 떨어지자 두 마장이 병기를 휘둘렀다.

차—차차창!

연이은 금속성이 터지며 두 마장이 튕겨졌다. 그들의 목에 선명한 혈흔이 그어졌다. 그들의 대응이 조금만 늦었다면 목이 베어졌을 위험한 순간이었다.

천통마뇌는 비단이 찢어지는 듯한 음색으로 외쳤다.

"죽여라—! 모조리 죽여!"

이백여 마인들이 괴성을 지으며 달려들었다.

연무장 곳곳에서 혈전이 전개되었다. 천년제일세가의 투사들은 사력을 다해 분전했지만 워낙 중독이 심해 마음과 달리 몸이 제대로 말을 듣지 않았다.

마인들의 칼질에 투사들이 차례로 쓰러졌다.

투사민은 두 마장을 상대로 놀라운 투혼을 발휘했다. 체내의 독기를 뽑아내기 위해 한 팔을 자른 그였지만 출수는 여전히 강력했다.

"크아악!"

제이마장이 벽혈신검에 의해 상반신이 비스듬히 쪼개졌다.

제일마장은 동료가 희생된 틈을 노려 투사민을 향해 마공을 발출했다.

"현명마강!"

강력한 마공에 적중된 투사민은 울컥 피를 토하며 뒤로 튕겨졌다. 그러나 그는 그 와중에도 경이적인 비검 절기를 전개했다.

"비검출해!"

쐐애액—!

그의 손을 떠나간 벽혈신검은 한줄기 섬광으로 화해 제일마장의 심장을 관통했다.

천통마뇌는 등줄기가 축축하게 젖어들었다.

'으으, 정말 무섭구나. 그런 몸으로도 초절정급에 이른 두 명의 마장을 죽일 줄이야.'

그는 자신이 직접 투사민을 상대하지 않은 것을 천만다행으로 여겼다. 자신의 무공 수위가 비록 마장을 능가한다 해도 투사민과 격돌했다면 결코 무사하지 못했을 것임을 깊이 인정해야 했다.

투사민은 독기로 인해 검게 변색된 피를 쏟고는 전신을 부르르 떨었다. 그의 생명 의지가 아무리 굳세도 체력적인 한계는 어쩔 수 없었다.

그는 천통마뇌를 직시하며 마지막 투혼을 불살랐다. 가문의 천 년 전통을 말살한 사악한 두뇌를 마저 죽이고 싶었다.

그러나 이미 두 다리는 움직이지 않았고 정신마저 혼미했다. 게다가 제일마장을 죽이느라 벽혈신검을 날렸기에 병기조차 쥐고 있지 않았다.

이때 유일하게 생존해 있던 투사가 그에게 다가섰다.

"가주님!"

투사민은 떨리는 손을 내밀었다.

"거… 검을 다오."

"예, 가주님."

투사는 투사민을 향해 검을 내밀었다.

한데 참으로 예상치 못한 변고가 발생했다. 투사는 투사민에게 검을 건네지 않고 곧바로 검을 뻗어 투사민의 심장에 검을 꽂은 것이다.

퍼억!

심장이 관통된 투사민은 고통보다는 충격을 금할 수 없었다.

그는 정신이 혼미해 자신을 찌른 마인을 일족으로 오인했다고 생각하며 다시 상대를 직시했다. 그러나 상대의 모습은 바뀌지 않았다.

아이를 출산했지만 아직도 청초함을 간직하고 있는 여인은 바로 천년제일세가의 일족이었다.

마지막 종부 손예지.

투사민은 비로소 가문의 우물에 독을 살포한 흉수를 알게 되었다.

"아… 아가! 네, 네가……?"

손예지의 눈에서 주르륵 눈물이 흐른다.

"투 가주, 용서하십시오."

"이… 이럴 수가! 네가… 마도의 첩자라니……."

"제 이름은 금잔화(琴殘花). 비록 임무를 완수했지만 한동안 가주를 시아버님으로 모셨기에… 정말 송구합니다."

투사민은 하늘을 우러러보며 길게 탄식했다.

"가문의 선조들이시여, 이 불민한 후손을… 벌하소서!"

스스로 검을 뽑은 그는 서서히 뒤로 쓰러졌다. 심장에서 뿜어지는 피가 독기로 인해 시커멓다.

천년제일세가의 제삼십일대 가주 투사민.

마도의 사악한 계략에 의해 가문의 천 년 전통을 잃게 되었으니 참으로 비극적인 최후가 아닐 수 없었다.

"하하핫!"

천통마뇌는 통쾌한 웃음을 터뜨리며 금잔화 옆으로 섰다.

"대단하구나, 잔화! 마교의 천 년 숙원이 너에 의해 이루어졌다."

"……."

"뭐 하느냐? 어서 투사민의 목을 베어라! 성주님께서 아마 네게 문상(文相)의 직위를 하사하실 것이다!"

"제 소임은 다했습니다."

금잔화는 간단히 예를 표하고는 돌아섰다.

천통마뇌의 눈가 근육이 씰룩거렸다.

"못난 계집, 잠시 천년제일세가의 며느리가 되었다고 네가 투 씨 일족인 줄 아느냐?"

그는 투사민의 목을 향해 섭선을 날렸다.

휘리리링!

투사민의 수급이 핏물 속으로 구른다.

투사민의 수급을 확보한 천통마뇌가 악독한 명을 내렸다.

"투 씨 일족을 죄다 찾아내 머릿수를 확인해라! 금잔화를

제외하면 정확히 아흔한 명이어야 한다! 그리고 천년제일세
가를 철저히 파괴하고 풀 한 포기 나지 않도록 소금을 뿌려
라! 놈들이 궤멸된 현장을 향후 천 년 동안 보존할 것이다!"

　하룻밤 사이에 천 년 전통의 위대한 가문이 멸문을 당했다.
　이 엄청난 사건은 다음날부터 폭풍처럼 천하를 진동시켰
지만 자세한 내막은 그 누구도 알지 못했다. 어느 한 사람도
등천봉에 올라 그 현장을 살펴보지 못한 것이다.
　그것은 등천봉 계단 입구에 세워진 석비에 새겨진 끔찍한
경고문 때문이었다.

　세상에서 가장 오만한 가문인 투천세가는 궤멸됐다.
　놈들은 땅에 묻힐 자격이 없으니 비바람과 찬 서리가 놈들의
해골마저 갈아버릴 것이다.
　누구도 등천봉에 올라서는 안 된다.
　만일 이 경고를 무시하면 당사자는 물론이며 구족까지 멸문
지화를 면치 못할 것이다.
대마왕성 성주 전륜대마왕.

　천 년의 전실과 투혼이 무너졌으니 누가 감히 대마왕성에
대항하겠는가.
　백도의 구심점을 잃은 백도인들은 대마왕성의 무시무시한

엄포에 겁을 집어먹고 누가 하나 등천봉에 올라 투 씨 일족의 시신을 수습해 주지 못했다.

이는 천 년 동안 대의와 무림 정기를 수호해 온 천년제일세가에 대한 배신이다.

그러나 누구도 배신으로 생각지 않았고 또한 부끄러워하지도 않았다. 안타깝게도 천년제일세가는 더할 수 없는 존경과 더불어 질시를 받아왔던 것이다.

이로써 위대한 가문의 천 년 전설은 막을 내렸다.

백도인들은 삼십 년 만에 또다시 전개된 대마왕성의 혈겁에 전전긍긍하며 가슴을 졸였다.

한데 금세라도 피바람을 일으킬 것 같은 마도의 기운은 전혀 드러나지 않았다.

폭풍전야와도 같은 정적!

그러나 폭풍전야라 하기에는 그 정적이 너무도 길었다.

한 해 두 해가 흐르면서 백도인들은 겨우 안도의 한숨을 내쉴 수 있었고, 오 년 십 년이 흐르면서 천년제일세가의 대한 기억도 서서히 잊혀지기 시작했다.

그렇게 십팔 년의 세월이 흘러갔다.

第二章
병은 몸이 아니라 마음에서

$$1$$

“얼마냐?”

“은자 열 냥이오.”

“너무 비싸군.”

“그럼 열닷 냥을 내시오.”

“뭐야? 네가 지금 나를 희롱하는 것이냐?”

“스무 냥이오. 한 푼도 깎을 수 없소.”

“이런 미친놈을 보았나? 이러고도 네가 장원진에서 약초 한 망태 팔 수 있을 것 같으냐?”

장원진 시장으로 약초를 사러 온 약재상은 얼굴을 벌겋게 물들이며 악을 써댔다.

　좌판에서 약초를 팔고 있는 사람은 아직 약관에도 이르지 못한 청년이었다. 청년은 제법 사내다운 용모를 지녔지만 오른쪽 동공이 사팔눈처럼 기울어져 있어 그 면모가 크게 퇴색되었다.

　그는 오른팔에 비해 현저하게 빈약한 왼팔을 매만지며 대수롭지 않게 응수했다.

　"굳이 날 위해 걱정해 주지 않아도 되오. 내가 캐온 약초를 사줄 상인은 많소."

　"에이, 고약한 놈!"

　약재상은 가래침을 뱉고는 시종들과 함께 다른 좌판으로 이동했다.

　이때 의원으로 보이는 중년인이 좌판의 약초를 집어 들고는 세심하게 살폈다.

　"흐음, 뿌리까지 잘 캐냈군. 얼마면 되겠는가?"

　청년은 중년인을 빠르게 훑어보았다. 그의 정상적인 왼쪽 눈은 산골의 약초꾼답지 않게 맑고 차분했다.

　"값을 불러보시오."

　"은자 스무 냥이면 어떤가?"

　"열 냥이오."

　"그럴 수는 없네. 최소 열닷 냥은 받아야 하네."

　"열 냥 이상이라면 팔지 않겠소."

　흥정치고는 참으로 희한한 거래였다.

앞서 값을 깎으려는 상인에게는 오히려 올려 받고, 더 주겠다는 사람에게는 내려 받으니 확실히 정상적인 상거래는 아니었다.

청년의 고집에 의원은 어쩔 수 없이 열 냥을 지불하고 한 바구니의 약초를 구입했다.

다른 좌판에서 약초꾼과 값을 흥정하던 약재상이 청년의 괴이한 거래에 눈살을 찌푸렸다.

"허어, 몸만 성치 않은 게 아니라 정신도 성치 않은 녀석이로군. 스무 냥을 받을 수 있는데 왜 열 냥을 고집하는 거야?"

그러자 약재상과 흥정을 하던 늙은 약초꾼이 넌지시 주의를 주었다.

"대인, 나중에 약옹에게 처방전이라도 한 장 받으려면 말씀을 삼가시구려."

"약옹? 혹시 무릉산 신의를 말하는 겐가?"

"그렇소이다. 웅비가 바로 무릉산 신의인 약옹의 손자외다. 조금 엉뚱한 데가 있어 약초의 가치를 정확히 알아보는 사람에게만 팔지요."

"하면 내가 약초의 가치도 모른다는 말인가?"

약재상이 불쾌한 표정을 드러내자 약초꾼이 좋은 말로 위로했다.

"대인, 웅비는 약초를 사람을 구하는 데 쓰이는 구명초로 생각하고 있소. 한데 대인께서 일반 상품처럼 대뜸 깎으려 하니 심기가 틀어졌나 봅니다. 웅비가 다소 엉뚱하기는 해도 심성은 곧은 아이니 달리 생각지 마시오.”

약재상은 쓴 입맛을 다시며 돌아섰다.

“에잉, 약옹의 손자라면 내가 참아야지 어쩌겠나?”

장원진은 무릉산에서 채집된 약초가 널리 팔리는 시장이기에 대부분의 약초는 오전에 거래가 끝난다.

제멋대로 약초 값을 결정한 청년은 약초가 모두 팔리자 좌판을 걷고 일어섰다.

청년의 이름은 태응비(太鷹飛).

그는 반년 전쯤 조부와 함께 무릉산 기슭에 초옥을 짓고 살기 시작했다.

그의 조부는 약옹(藥翁)으로 불리는 의원으로 무릉산에서는 신의로서 명성이 높다. 하지만 약옹은 병자가 죽어가는 상황에서도 좀처럼 왕진에 나서지 않는 매정함 때문에 평판은 썩 좋은 편이 못 된다.

태응비는 마을에서 하나밖에 없는 주점에 들러 술을 한 단지 주문했다.

반대머리 주인이 소흥주 한 단지를 탁자에 올렸다.

“잘 왔네, 웅비. 마침 좋은 술이 들어왔어.”

“얼마입니까?”

“닷 냥일세. 이번에는 한 푼도 깎아줄 수 없으니 그리 알게.”

"그마한 가치가 있는 술이라면 당연히 닷 냥을 드리죠."

태웅비는 작은 잔으로 술을 떠서 냄새를 맡았다.

반대머리 주인이 못마땅한 표정을 지으며 혀를 찼다.

"쯧쯧, 술맛은 마셔야 아는 법일세. 한잔 쭉 들이켜 보게."

태웅비는 신중하게 냄새를 맡고는 잔을 내렸다.

"저는 술을 마시지 못합니다. 어릴 적에 할아버지 몰래 술을 훔쳐 마셨다가 죽는 줄 알았습니다. 제 절증이 해소되기 전까지는 술을 마실 수 없대요."

그는 탁자에 은자 한 조각을 내려놓았다.

"세 냥입니다."

"안 돼!"

반대머리 주인이 술 단지를 감싸 안았다.

"이번만큼은 나도 양보할 수 없네. 꼭 닷 냥을 받아야겠어."

"그렇다면 물을 타지 않은 술을 내주세요."

"물… 이라니?"

"소홍주에 물이 섞였습니다. 확인해 보십시오."

"그럴 리가 있나?"

반대머리 주인은 미심쩍은 표정을 지으며 주방으로 들어갔다.

태웅비의 후각이 남달리 발달한 것은 의술을 배웠기 때문이다. 의원은 냄새만으로 탕약을 구분하고 약초와 독초를 분류하며 병자들의 입 냄새와 고름 냄새 등으로 병을 진단해야 하기에 후각이 발달할 수밖에 없었다.

잠시 후 주방을 나선 빈대머리 주인은 빠르게 주변을 훑어 보고는 목소리를 낮추었다.

"허엄, 미안하네. 아들놈이 술을 빼먹는 바람에 마누라가 나 모르게 물을 조금 섞었다고 실토했네. 많이 섞은 것도 아니라고 했는데 자넨 코는 정말 귀신일세. 제발 소문만 내지 말아주게나."

"그건 어렵지 않습니다. 대신 다른 사람에게도 세 냥 이상을 받으면 안 됩니다."

약점을 잡힌 주인은 태웅비의 요구를 거부할 수가 없었다.

"에고, 우리 사람 망했다 해."

태웅비는 지게에 술과 양곡을 지고 산길을 올랐다.

그는 눈과 팔뿐만 아니라 다리에도 장애가 있었다. 어릴 적에는 심하게 다리를 절어 또래 아이들의 놀림이 되기도 했는데 지금은 절름발이 소리는 면할 정도로 회복되었다. 하지만 아직도 오른쪽 다리가 상대적으로 빈약해 그의 걸음걸이는 부자연스러울 수밖에 없었다.

그가 산자락 초옥에 이르렀을 때는 옷이 땀으로 홍건하게 젖어 있었다. 아무래도 한쪽 다리가 불편하다 보니 무거운 짐을 지고 산길을 오르기가 쉽지 않았다.

그와 조부가 사는 초옥은 허름했다.

초옥은 겨우 비바람을 피하는 정도에 불과했다. 오히려 초옥 뒤꼍에 세워진 약재 보관 창고가 주거지처럼 견고해 보였다.

사각사각……!

깡마른 노인이 평상에 걸터앉아 작두로 약재를 썰고 있었다.

노인은 나이를 측정할 수 없을 만큼 주름이 깊었고 이마에 새끼줄을 둘러 허연 백발을 고정시켜 놓고 있었다. 그래도 두 눈만큼은 노인답지 않게 맑고 강렬했으며, 다소 고집스런 모습은 꼬장꼬장해 보였다.

노인이 바로 무릉산 신의로 불리는 약옹이었다.

"에고, 힘들어."

마당으로 들어선 태웅비가 술 단지를 평상에 내려놓았다.

노인은 손자의 힘들어하는 모습은 전혀 개의치 않고 술만 반겼다.

"오냐, 한잔 마셔보자."

술을 한 모금 마신 노인은 술을 내뿜었다.

"푸하! 인석아, 술맛이 왜 이 모양이냐?"

태웅비는 우물을 길어 땀을 씻었디.

"물 탄 술이더군요. 대신 술값은 쌉니다."

"못난 놈, 약은 제값을 주고 지어야 하듯이 술도 제값을 주고 마셔야 한다. 물 탄 술이 어디 술이냐?"

"저는 술을 마시지 못해 맛을 모르겠습니다."

"맛은 못 느껴도 냄새로 알 수 있지 않느냐?"

"그래서 술값을 깎을 수 있었습니다. 주인아저씨 아들 녀석이 술을 빼 먹었대요. 아들이 혼날까 봐 아줌마가 양을 맞추느라고 물을 섞었답니다. 주인아저씨가 물 탄 술을 다 팔 때까지는 참으셔야 합니다."

약옹은 잔뜩 못마땅한 표정을 지으며 술을 한 대접 따랐다.

"고약한 여편네, 약에다 물을 탈지언정 술에다 물을 타면 안 되는 것을 몰랐단 말인가?"

"할아버지도 참. 물 탄 술은 맛이 없을 뿐이지만 물 탄 약은 병자가 상할 수 있잖아요. 명색이 의원께서 어떻게 그런 말씀을 하시는 겁니까?"

"인석아, 물 탄 약 마시고 죽었다는 병자는 아직 못 봤다."

약옹은 냉담하게 일축하고는 맛없는 술을 들이켰다.

"염병, 이게 물이지 술이냐?"

그는 연신 불평을 토하고는 다시 약재를 썰었다. 그러다 평상에 걸터앉아 다리를 주무르고 있는 손자를 힐끗 보고는 작두질을 멈추었다.

약옹이 표정을 굳히며 나무랐다.

"요즘 온천욕을 소홀히 한 것이냐? 최소한 사흘에 한 번씩은 온천욕을 해야 한다고 이르지 않았더냐?"

"온천욕을 하면 좋기는 하지만 오행천까지 오르내리기가 쉽지 않습니다."

"그래도 게으름을 피우면 안 된다. 어서 다녀와라."

태웅비는 중천을 넘어선 해를 올려보았다.

"너무 늦었습니다. 내일 다녀올게요."

"이 녀석이 이제 대가리가 컸다고 꼬박꼬박 말대꾸냐?"

"거 참, 되게 볶아대시는군."

태웅비는 다소 부은 얼굴로 평상에서 일어섰다. 마당을 나서는 걸음걸이가 다소 불편해 보였다.

그를 바라보는 약옹의 눈빛에 침중한 그늘이 드리워졌다.

약옹은 손에 쥔 약재를 내려놓으며 나직이 뇌까렸다.

"이제 음양선과(陰陽仙果)만 구하면 되거늘……."

무릉산에는 여러 곳에 온천이 있지만 태웅비는 자신이 찾아낸 오행천을 주로 이용했다. 오행천은 물이 아주 뜨겁고 하루에 물 빛깔이 다섯 번이나 변색돼 오행천이라는 이름으로 불리게 되었다.

태웅비는 온천수에 몸을 담근 채 자신의 왼팔과 오른 다리의 경락을 지압했다.

그의 온천욕은 자신의 설증을 치유하기 위한 처방 중 하나였다.

그는 열 살 때까지 장백산 일대에서 지냈는데 그때도 집 근처의 온천에서 수시로 온천욕을 했다. 이후 중원의 커다란 호수를 전전했는데 그때도 조부는 항상 온천을 끼고 거처를 정했다.

태웅비는 자신이 절증 때문에 눈과 팔, 다리에 장애가 있다고 들었을 뿐 절증의 이름도 모른다.

심한 장애 때문에 어렸을 적에는 사팔뜨기에 절름발이, 팔 병신으로 놀림을 받기도 했다. 하지만 그는 강한 정신을 지녀 동무들의 놀림과 조롱에도 그다지 상처를 받지 않았다.

오히려 정상적인 왼쪽 눈, 오른팔, 왼쪽 다리를 지녔다는 것으로 스스로를 위안할 만큼 대범한 모습을 보였다.

태웅비는 온천수에 머리까지 담그고 있다가 고개를 쳐들었다.

"후우, 오늘은 이쯤 하면 되겠군."

온천을 나선 그는 바위 위에 벌렁 누워 바람으로 몸의 물기를 말렸다.

그의 왼팔과 오른 다리는 확실히 빈약했지만 정상인 오른팔과 왼 다리는 근육질로 단단해 보였다.

몸이 뽀송뽀송하게 마르자 그는 옷을 걸쳐 입었다.

한데 이때, 산비탈에서 짐승의 가녀린 울음소리가 들려왔다.

끅끅……!

사슴 한 마리가 비탈을 내려오다가 힘에 부쳐 데굴데굴 굴렀다. 가까스로 온천에 이른 사슴은 온천수를 몇 모금 마시고는 옆으로 쓰러져 심하게 헐떡거렸다.

태웅비는 사슴의 목덜미 가죽이 벗겨져 벌건 속살이 드러난 것을 보고 상황을 짐작했다.

"이런, 사냥꾼의 올무에 걸렸나 보군."

그는 엎드려 있는 사슴에게 다가갔다. 사슴은 달아날 힘도 없는 듯 슬픔이 가득 어린 눈망울로 그를 멀건이 바라보기만 했다.

태웅비는 사슴의 머리를 쓰다듬어 주었다.

"괜찮아. 지금은 널 잡아먹을 생각이 없다. 사람이든 짐승이든 다친 사람을 노리는 행위는 비겁한 짓이지."

그는 사슴의 목덜미 부위를 살펴보았다.

과연 그의 짐작대로 사슴의 목에는 가는 올무가 박혀 있었다. 사슴은 사력을 다해 올무를 끊고 도주했지만 살 속까지 파고든 올무로 인해 심각한 부상을 당한 것이다.

"이대로는 위험하겠어."

태웅비는 올무의 매듭을 풀어 벗겨주었다.

"이런, 피가 너무 많이 흐르는군."

그는 곧 주변에서 지혈에 효과가 좋은 약초를 찾아낼 수 있었다.

사슴도 태웅비가 자신을 해치지 않을 사람으로 알았는지

처치가 끝날 때까지 말 잘 듣는 아이처럼 가만히 있었다.

태웅비는 돌로 약초를 찧어 사슴의 목에 발라주고는 자신의 옷자락을 찢어 동여매 주었다.

"일단 지혈은 됐고."

그는 사슴의 발을 쥐고는 경락을 따라 지압해 주었다. 그는 침술은 배우지 못했지만 지압에는 제법 뛰어났다.

지압은 침술이나 뜸보다는 효과가 약하지만 대신 환자를 치명적인 위험에 빠뜨리지도 않는다. 아무런 처방 도구가 없을 때를 감안한다면 지압은 약사여래(藥師如來)의 손길이라 할 수 있었다.

한동안 지압을 받은 사슴은 기력을 회복했는지 몸을 일으키고는 후닥닥 달아났다.

태웅비는 왠지 어깨가 으쓱해졌다.

"훗, 내가 누군가를 치유했군."

그가 남에게 의술을 베풀어보기는 이번이 처음이었다. 그 대상이 사람이 아니라 짐승이지만 그래도 상처를 치료해 주었다는 사실에는 변함이 없었다.

그는 가슴을 쭉 펴며 공연히 주변을 두리번거렸다.

"어디 또 다친 짐승 없나?"

초옥으로 돌아온 태웅비가 짐짓 대수롭지 않은 듯 말했다.

“할아버지, 제가 사슴을 살려냈습니다. 올무에 걸린 사슴인데 경락을 지압해 주었더니 이내 기력을 회복해 달아났습니다. 뭐, 생각만큼 어렵지 않더군요.”

그는 내심 조부의 칭찬을 기대했지만 들려온 것은 약옹의 매서운 호통이었다.

“허어, 네 주제에 누군가를 치료해? 선무당이 사람 잡는다고, 네가 사슴을 죽일 뻔했구나!”

“할아버지, 제가 치료해 주지 않았으면 사슴은 죽었을 겁니다. 어차피 죽을 사슴인데 제가 치료한 것이 잘못은 아니지 않습니까?”

“그렇다면 차라리 죽게 내버려 두었어야 했다.”

“그건 억지입니다.”

태웅비가 반발하자 약옹이 엄중하게 타일렀다.

“웅비야, 네 경락 치료법은 아직 미숙하다. 만일 사슴이 치료 도중 죽었다면 어쩔 뻔했더냐? 네가 요행히 사슴을 구했지만 그것은 네 치료가 통해서가 아니라 사슴이 아직 죽을 때가 되지 않았기 때문으로 생각해야 한다.”

“할아버지, 저를 너무 무시하십니다.”

“당연하지. 의술을 펼치기 위해서는 정확한 증상을 알아야 하는데 넌 아직 진맥이 부족하다. 진맥이 부실하면 처방이 잘못되고, 처방이 잘못되면 병자는 고통받게 된다. 심지어는 죽을 수도 있어.”

당대의 신의답게 날카로운 지적이었다.

태웅비는 비로소 자신의 오만을 깨닫게 되었다.

'맞아, 내가 너무 쉽게 생각했다. 할아버지 말씀대로 난 사슴을 치료해 준 게 아니다. 그저 올무를 벗겨주었을 뿐이며 사슴은 스스로 기력을 회복한 것이다.'

그는 자신의 과오를 인정했지만 사과는 하지 않았다.

"알겠습니다. 앞으로는 짐승들이 다쳐도 모른 척하겠습니다. 그러면 되겠죠?"

"그래도 지혈 정도는 해줘라. 어린 녀석이 왜 그렇게 매정한 것이냐?"

"제 매정함이야 할아버지를 닮아서죠. 먼저 자겠습니다."

태웅비는 툴툴거리고는 자신의 방으로 들어갔다.

그는 여느 사람보다 피곤함을 빨리 느끼기에 비교적 잠이 많았다.

"하암, 오늘은 아침 일찍 약초를 팔아서인지 더 피곤하군."

그는 늘어지게 기지개를 켜고는 눈을 감았다. 몇 번 호흡을 하는 사이 그는 곧바로 깊은 잠에 빠져들었다.

드르릉… 쿨쿨……!

잠시 후 방문이 열리며 약옹이 들어섰다.

그는 태웅비를 진맥하고는 금침으로 태웅비의 경혈에 침법(鍼法)을 시술했다.

그가 시술하는 침법은 일반적인 금침술이 아니라 경락의

기운을 보해주고 덜어주는 독특한 침술이었다. 다시 말해, 아픈 곳을 찔러 병을 낫게 하는 침술이 아니라 몸의 기운을 조화롭게 만들어 병증을 낫게 하는 시술법인 것이다.

이러한 침법은 워낙 난해하고 오운육기에 통달해야 하기에 태웅비는 제대로 전수받지 못했다.

태웅비는 이해력이 떨어져 어려운 학문을 습득하는 데에 많은 시간이 걸리기에, 금침 대신 지압으로 침법을 대신하는 정도만 배우게 되었다.

침법을 마친 약옹은 태웅비를 다시 진맥하고는 이불을 덮어주었다.

마당으로 나선 약옹은 뒷짐을 진 채 하늘의 달을 올려보았다. 밤하늘에는 여인의 눈썹처럼 고운 상현달이 걸려 있었다.

그는 달과 별의 흐름을 살피며 손끝으로 천기를 짚었다.

칠대성약은 하늘의 뜻을 받아야만 손에 넣을 수 있다. 하기에 무엇보다 천시(天時)가 중요했다.

잠시 천기의 흐름을 살핀 약옹은 길한 괘를 짚게 되자 주름진 얼굴에 환한 미소를 띠었다.

"오, 길운이 도래했다! 이번 여정에 귀한 약을 얻을 괘다! 웅비의 양맥삼경을 완치시킬 수 있겠구나!"

2

다각다각—!

무릉산 자락으로 세 필의 말이 아침 일찍 당도했다.

산자락에 말을 세워두고 단숨에 산길을 올라온 듯 두 명의 무사는 초옥의 마당에 들어서자 겨우 멈춰 서며 가쁜 숨을 몰아쉬었다.

태웅비는 우물가에서 설거지를 하고 있다가 두 무사를 보고는 물을 한 사발 떠서 다가섰다.

"아무리 급해도 숨부터 돌리시오."

텁석부리 무사가 물을 한 모금 들이키고는 동료에게 사발을 건넸다. 텁석부리 무사는 건성으로 포권을 취했다.

"고맙네, 소형제. 한데 안에 약옹은 계시는가?"

"내 할아버지 말씀이시오?"

"아, 그럼 자네가 약옹의 손자인가?"

"그렇소. 난 태웅비라 하오."

"난 호풍장(湖楓莊)의 총관 강평이라 하네. 우리 아가씨께서 위중한 병에 걸려 화급을 다투는 상황일세. 풍문에 들으니 약옹께서 무릉산 신의라 하기에 장주께서 우리를 파견한 것일세. 약옹께 어서 왕진을 서둘러 달라고 말씀드리게."

태웅비가 고개를 흔들었다.

"할아버지는 왕진을 가시지 않소. 병자를 데려오시오."

"그럴 상황이 못 되네. 어서 약옹을 뵙게 해주게나."

"할아버지는 뒤꼍에서 약재를 덖고 계시오."

"그럼 안내해 주게나."

"아마 소용없을 거요."

태웅비는 강평과 수행 무사를 대동해 뒤꼍으로 돌아갔다.

약옹은 커다란 가마솥에서 약재를 덖고 있었다. 산에서 캐온 약초는 햇볕에 말리거나 가마솥에서 덖는 과정을 거쳐야 약재로 사용할 수 있다.

강평이 정중히 예를 올리며 방문 연유를 고했다.

"약옹, 호풍장주님의 따님께서 환우가 아주 위중하십니다. 거마비는 얼마든지 드릴 테니 왕진을 서둘러 주십시오. 말도 한 필 가져왔소이다."

강평의 다급한 모습과 달리 약재를 덖는 약옹의 모습은 태연하기만 했다.

"어떤 증상인가?"

"얼마 전 체하신 후로 아무것도 드시지 못하고 있소이다. 용하다는 의원들이 탕약을 처방했지만 한 모금도 넘기지 못하시고, 침과 뜸으로 처치를 했지만 차도가 없으십니다."

"뭐, 갑자기 죽을병은 아니로군."

"아이고, 그런 말씀 마십시오. 벌써 수일째 물 한 모금 넘기지 못해 탈진 상태에 계십니다. 이삼 일 내로 체증을 다스리지 못하면 아가씨께서 운명하실지도 모른다는 것이 의원들의 진단이외다."

약옹은 덖은 약재를 대나무 채반에 옮겨 담았다.

“호풍장은 어디에 있는가?”

“상덕이외다. 동정호 서쪽 끝자락이지요. 이곳 무릉산에서 사백여 리 정도 떨어진 곳이니 서두르면 오늘 밤 안으로 당도할 수 있을 것이외다.”

약옹은 고개를 절레절레 저었다.

“어림도 없는 소리 말게. 내 몸 하나 가누기 힘든 상황인데 사백여 리를 어떻게 말을 타고 가란 말인가? 혹시 교자라면 모를까.”

“야… 약옹! 교자를 이용해 사백여 리를 달려가려면 사흘은 족히 걸립니다. 수고스럽지만 잠시만 고생해 주십시오.”

“이보게, 이 늙은 몸이 보이지 않는가? 무리하게 길을 서두르다 노부가 먼저 병이 들어 죽는다면 어찌할 참인가?”

약옹의 단호한 거부에 강평은 초조함을 금치 못했다.

“약옹, 호풍장의 장주님은 전 병부상서이시외다. 만일 아가씨께 불상사가 생기면 약옹은 무사하기 어렵소이다.”

“이제 협박까지? 퇴직한 병부상서가 그렇게 대단한 신분인가?”

강경책이 전혀 먹히지 않자 강평은 털썩 무릎을 꿇으며 감정에 호소했다.

“약옹, 제발 왕진을 서둘러 주십시오. 만일 아가씨께 불상사가 생기면 그동안 아가씨께 처방을 내렸던 의원들 모두 무사하지 못할 것입니다. 장주님께서는 돌팔이 의원들을 모두

옥에 가둬놓고 있습니다. 제발 같은 의원의 입장에서 왕진을
부탁드리겠습니다.”

약옹은 약초 건조대에 채반을 내리고는 몸을 돌렸다.

“노부는 몸이 쇠약해 그처럼 먼 길을 갈 수 없네. 대신 내
손자를 보내 치료토록 하겠네.”

“예에……?”

강평은 힐끗 태웅비를 훑어보았다.

얼굴은 사내다운 풍모를 지녔지만 꾸부정한 어깨며 한쪽
눈이 사팔눈에 가까운 것이 어딘가 부족해 보였다.

강평은 태웅비의 신체적인 장애를 문제 삼을 수 없어 나이
를 거론했다.

“아직… 너무 어리지 않습니까?”

“그래도 자네 아가씨의 체중 정도는 다스릴 수 있을 것이
네. 정 원치 않다면 다른 의원을 찾아보게나.”

“…….”

몸을 일으킨 강평은 난감한 모습으로 수행 무사를 돌아보
았다.

“장소팔, 다른 의원에 대한 정보는 없느냐?”

“총관, 약옹의 신술은 무릉산 일대뿐 아니라 호남성 서부
지역까지 자자합니다. 손자가 비록 나이가 어리지만 약옹의
신술을 익혔다면 한번 맡겨보는 게 어떻습니까?”

“그러다 만일 병세가 악화되면…….”

"지금으로서는 달리 방도가 없습니다. 오늘 밤 안으로 의원을 모셔가지 못하면 총관이나 소인 또한 죽은 목숨입니다."

강평은 잠시 고심하다가 결단을 내렸다.

"알겠소이다. 그럼 손자 분의 신술을 믿고 데려가겠소이다. 하나 만일 불상사가 생기면… 약옹 또한 무사하지 못할 것이오."

약옹은 가볍게 손을 내저었다.

"채비를 갖춰 보낼 테니 자네들은 먼 길을 떠날 말들에게 물이나 먹이고 있게나."

"알겠소이다. 서둘러 주십시오."

강평은 장소팔을 데리고 산을 내려갔다.

약옹은 가마솥에 다시 약초를 넣고 덖기 시작했다.

"응비야, 할아비 대신 네가 가서 호풍장의 귀공녀를 치료해 주거라."

태응비는 어처구니없는 표정으로 조부를 바라보았다.

"할아버지, 호풍장의 귀공녀가 사슴보다 못한 존재입니까?"

"사슴이 귀공녀보다 못하다는 생각은 그릇된 편견이다."

"명색이 사람이 아닙니까?"

"체중은 올무에 걸려 목이 찢긴 상처보다 가볍다."

"할아버지, 호북성의 명의들도 못 고친 병입니다. 차라리 제가 가서 귀공녀를 데리고 오겠습니다."

"그러다 귀공녀가 죽으면 너와 할아비 모두 무사할 수 없다."

태웅비는 비로소 조부가 진심으로 자신에게 환자를 맡기려는 것임을 인식하고는 바싹 긴장했다.

"정말… 저를 보내시려는 겁니까?"

"오냐. 승덕이라면 좋은 술도 많을 테니 한 단지 사오려무나. 돈은 호풍장에서 넉넉히 줄 것이다."

"하지만 저는 사람을 한 번도 치료한 적이 없습니다."

"두려우냐?"

"조금은 그렇습니다."

"의원이 병자의 증세를 제대로 짚어내지 못하면 불치의 병처럼 취급된다. 그러나 귀공녀의 증세는 의외로 간단하다. 증세가 파악되었으니 사슴을 치료한 네 실력이라면 충분히 고칠 수 있을 것이다."

"……."

태웅비는 잠시 생각하다가 우회적으로 말했다.

"승덕에는 볼 만한 구경거리가 많다고 들었습니다. 잠시 유람을 다녀오는 셈치죠."

약옹은 덖은 약재를 채반에 옮겨 담으며 치료법을 설명해주었다.

"귀공녀가 아무것도 먹지 못하는 것은 기가 극도로 허했기 때문이다. 한데 독한 탕약과 침으로 치료하려 했으니 쇠약한 몸이 버틸 수 있겠느냐? 먼저 태음비경을 보(補)해 비장을 달랜 후 궐음심포경을 사(瀉)하면 체증이 해소될 것이다.”

“저는 아직 침법을 모릅니다. 설마 지금 배우라는 얘기는 아니죠?”

“지금 귀공녀의 몸 상태를 감안한다면 지압이 더 효과적이다. 지압은 네가 할아비보다 낫지 않더냐?”

“지압술이야 확실히 제가 낫지요. 하지만 상황이 좋지 않을 수 있으니 할아버지는 멀리 피신해 계십시오.”

약옹은 손자의 농을 무시했다.

“할아비가 사흘 후 가야 할 곳이 있으니 그 안에 돌아와라. 참, 체증을 다스린 후의 처방은 호풍장에 연금돼 있는 의원들에게 맡겨라.”

“왜요?”

“그게 순리다. 그럼 떠나거라.”

3

승덕 외곽에 위치한 호풍장은 그 자체로 하나의 마을을 형성하고 있었다. 장원을 둘러싼 담장은 성채처럼 견고했고 담장 곳곳에 세워진 망루가 열두 개나 되었다.

대문 좌우에는 관청에서 파견된 병사들이 지켜서 있어 전

병부상서의 위엄을 한껏 높여주었다.

이히힝―!

세 필의 말이 장원 대문 앞에 이르렀다.

강평이 내려서자 병사들을 비롯한 경비무사들이 급히 달려왔다.

"다녀오셨습니까, 총관."

"그래, 아가씨의 병세는 어떠하냐?"

"극도의 탈진으로 간혹 혼절까지 하신다고 들었습니다."

"허어, 이런 변이 있나!"

강평은 태웅비의 손을 잡아끌었다.

"어서 가세나."

장원 내부는 인공 가산과 연못이 조화를 이뤄 실로 화려했다. 늦은 밤임에도 불구하고 진입로마다 등잔이 밝혀져 있어 길을 잃은 우려는 없어 보였다.

태웅비가 내당으로 들어서자 앞서 보고를 받은 장주 사도광(司徒匡)이 호위들을 대동해 다가섰다.

"약옹이 오신 것이냐?"

강평이 한쪽 무릎을 꿇으며 예를 올렸다.

"송구합니다, 장주님. 약옹은 너무 연로하서 왕진이 불가한 상태였습니다. 대신 약옹의 손자를 데려왔습니다."

태웅비가 가볍게 목례만 취했다.

"태웅비입니다."

사도광은 태웅비를 훑어보고는 잔뜩 못마땅한 표정을 지었다.

"뭐야, 아직 솜털도 가시지 않은 애송이가 아니더냐?"

"할아버지부터 이미 처방을 받았으니 제 할아버지가 치료하는 것과 다르지 않습니다."

"태웅비라 했더냐? 잘 들어라. 내 딸 연연(娟娟)은 내게 있어 목숨과도 같은 존재다. 만일 연연에게 불상사가 생긴다면 너는 물론이고 네 할아비 또한 무사하지 못할 것이다."

"장주님, 벌써부터 그렇게 겁을 주시면 제가 손이 떨려서 아가씨를 치료할 수 없습니다."

말은 그리했지만 조금도 겁먹은 모습이 아니었다.

사도광은 태웅비의 대담함에 조금은 우려를 덜었다.

"알겠다. 신의의 손자라니 너를 믿어보겠다."

그는 시비에게 안내를 지시했다.

태웅비는 시비를 따라 안채로 향했다. 그의 부자연스런 걸음걸이를 본 사도광어 퉁명스레 내뱉었다.

"쯧쯧, 명색이 약옹의 손자라는 놈이 왜 저 모양이냐? 한쪽 눈은 사팔눈에 다리마저 저는 것 같구나. 게다가 한쪽 팔마저 기형으로 보였다. 약옹이 정말 신의라는 게 확실한 정보냐?"

강평은 자신의 목숨이 걸린 사안이기에 힘써 약옹을 변론

했다.

"물론입니다, 장주님. 무릉산 일대의 풍문이 사실이라면 약옹은 분명 신의입니다. 풍병에 걸려 반신불수가 된 사람도 사흘 동안 침을 맞고 한 재의 탕약만으로 완쾌됐다고 했습니다. 몸소 병자들을 찾아 나서는 인의(仁醫)는 아니지만 놀라운 의술을 지닌 신의임에는 확실한 것 같습니다."

"오냐, 총관이 보증한다니 믿겠다."

사도광은 표정을 굳히며 서늘한 눈빛을 발했다.

"행여 제대로 치료를 하지 못하면… 놈을 다른 돌팔이와 함께 참수할 것이다."

이때 태웅비를 안내했던 시비가 달려왔다.

"장주님, 어서 안채로 가보십시오."

"무슨 일이냐?"

"의원이 젊은 청년이라는 말을 듣고 아가씨께서 치료를 거부하셨습니다. 마님께서 설득하셨지만 규방의 도리를 어기면서까지 치료받을 수는 없다고 하셨습니다."

사도광은 딸의 고고한 자존심을 잘 알기에 아주 난감해졌다.

"허어, 이런 낭패가 있나!"

그는 호위들을 이끌고 안채로 향했다.

"어서 안내해라!"

안채의 경계는 오직 여인 무사에 의해 이루어진다.

사도광은 호위들을 중문 바깥에 대기시켜 두고 안채로 들어섰다.

태웅비는 여인 무사들의 감시를 받으며 멀건이 하늘만 바라보고 있었다. 병자가 의원을 거부하는 상황이기에 그는 병자의 침소에도 들어가 보지 못했다.

"부인, 연연을 설득시켜야지 대체 어쩔 셈이오?"

호풍장의 안주인 호훼부인(好卉婦人)은 쏟아지는 눈물을 연신 손수건으로 훔치고 있었다.

"흑… 연연의 고집은 당신도 잘 알잖아요. 차라리 죽을지언정 젊은 사내에게 치료를 받을 수 없다고 합니다. 아이고, 연연아!"

사도광은 딸의 침소 앞에서 손을 비비며 왔다 갔다 했다.

"허어, 이를 어쩌면 좋단 말인가? 어렵사리 신의의 손자를 초빙해 왔건만 진맥 한번 받아보지 못하게 되었으니 정말 답답해 미치겠구나."

그는 호훼부인 앞으로 다가섰다.

"부인, 한 번만 더 설득해 보시오. 이번만 치료를 받아보라고 하시오. 다음에는 반드시 호호백발 의원들만 들이겠다고 말이오."

"흑흑, 소용없습니다. 이미 몇 번을 설득했지만 대꾸도 하지 않습니다."

호휘부인은 사도광의 옷자락을 쥐었다.

“여보, 이러다 연연을… 영영 잃는 것은 아닙니까? 제발 연연이를 살려주세요.”

“진정하시오, 부인. 차분하게 방도를 생각해 봅시다.”

“의원을 마다하는데… 무슨 방도가 있겠어요. 흑흑.”

호휘부인은 상심이 지나쳐 실신할 지경이었다.

사도광은 시비들에게 호휘부인을 모시도록 명하고는 태응비에게 다가섰다.

“곤란하게 됐군. 혹시… 다른 방도는 없겠느냐?”

“의원이 병자를 대하지 않고서 어떻게 치료할 수 있겠습니까? 제 할아버지도 불가한 일입니다.”

“하, 하기는…….”

사도광은 부질없는 물음을 자책하고는 고개를 흔들었다.

“공연히 먼 길을 달려왔군. 여비는 넉넉히 줄 테니 돌아가거라.”

“장주님, 제가 사내인 것이 그렇게 문제가 됩니까?”

“네가 젊다는 게 문제다. 규방의 숙녀가 어떻게 젊은 사내에게 함부로 몸을 맡기겠느냐? 내 딸이 워낙 정숙하다 보니 여인의 도리를 지키겠다는 의지가 너무 강한 게 흠이다.”

“그럼 다른 의원들은 모두 노인이었습니까?”

“그렇다. 가장 젊은 의원도 쉰을 넘었다.”

태응비는 잠시 고심하다가 한 가지 방안을 제안했다.

"그럼 제가 눈을 가리면 되겠습니까?"

"뭐야? 눈을 가리고 내 딸을 치료하겠다고?"

"또한 아가씨의 팔과 다리를 얇은 비단으로 가려도 상관없습니다. 그렇게 하면 아가씨의 얼굴을 전혀 볼 수 없고 옥체에도 직접 손을 대지도 않으니 괜찮지 않겠습니까?"

"아니, 그런 상태로… 내 딸을 치료할 수 있단 말이냐?"

"아무것도 하지 않는 것보다는 나을 겁니다."

"알았다."

사도광은 태웅비의 제안을 호훼부인에게 전하고 딸을 다시 설득토록 청했다.

호훼부인은 절망 속에서 한줄기 빛을 대한 듯 결연한 표정을 띠었다.

"알았어요. 의원이 그렇듯 배려해 준다면 연연도 허락할 겁니다. 아니, 반드시 허락하도록 만들겠어요."

호훼부인은 시비들의 부축을 받고 딸의 침소로 들어갔다.

사도광은 잠깐을 참지 못하고 연신 가슴을 두드리며 몸달아했다.

잠시 후 호훼부인이 밝은 표정으로 침소를 나섰다.

"됐어요. 연연이가 허락했어요."

사도광도 안도의 가슴을 쓸어내렸다.

"오, 다행이군."

그는 태웅비의 손을 굳게 쥐었다.

“내 딸만 살려라. 네가 원하는 만큼의 재물을 안겨주겠다. 벼슬을 원한다면 너를 황궁으로 보내줄 수도 있다.”

“장주님, 아직 진맥도 못했습니다.”

“아, 그렇지. 어서 들어가 보아라.”

태웅비는 사도광의 등에 떠밀리다시피 사도연연의 침소로 들어섰다.

규방은 아늑하고 호사스러웠다.

태웅비는 난생처음 대하는 화려한 장식품과 진귀한 진열품에 눈이 휭휭 돌 정도였다.

시비가 검은 천을 손에 쥐고 다가섰다.

“잠시 무례를 범하겠습니다, 의원님.”

“그러시오.”

태웅비는 눈을 감고 고개를 숙였다.

시비는 태웅비의 눈을 검은 천으로 동여매고는 손을 쥐었다.

“아가씨께 안내하겠습니다.”

“고맙소.”

태웅비는 시비를 따라 걸음을 옮겼다.

휘장이 걷히는 소리가 들리며 여인 특유의 향기와 함께 음습한 한기가 느껴졌다.

태웅비는 음습한 기운을 통해 이미 사도연연의 병증을 어느 정도 짐작할 수 있었다. 그는 시비가 이끄는 대로 손을 뻗었다.

얇은 비단으로 덮여 있는 여인의 손목이 손끝에 닿았다.

"소저, 그럼 잠시 진맥을 하겠소."

곧 사도연연의 맥문에 손끝을 대고 진맥을 시작했다.

그는 조부를 통해 일정 수준의 의술을 배웠기에 얇은 비단은 전혀 장애가 되지 않았다.

사도연연을 진맥한 태웅비는 조부의 진단에 감탄을 금치 못했다.

'할아버지는 정말 신의시다. 강 총관이 밝힌 증상만으로 이 아가씨의 병증을 정확히 파악하셨다. 아가씨의 체중은 비장이 너무 약해져서 생긴 병이다. 따라서 비장을 보한 후에야 미음과 탕약을 처방했어야 돼. 그렇지 않고서는 아무것도 입에 댈 수가 없지.'

비장의 쇠퇴한 기운을 되살리기 위해서는 비장과 연결돼 있는 다리의 경락에 침법을 시술해야 한다. 다리의 경락이 바로 태음비경(太陰脾經)으로, 이는 엄지발가락 안쪽서부터 비롯된다.

태웅비는 공손하게 양해를 구했다.

"소저, 발과 종아리의 경혈을 지압해 태음비경의 기운을 보하겠소. 약간의 통증이 있을 것이오."

사도연연 대신 시비가 대신 답변했다.

"아가씨께서 허락하셨습니다, 의원님."

태웅비는 시비의 손에 이끌려 침상 발치에 걸터앉았다.

그는 비단버선이 덧씌워져 있는 사도연연의 발을 쥐었다. 전족을 해서인지 아기의 발처럼 작았으며 엄지발가락이 안쪽으로 상당히 굽어져 있었다.

'이런, 태음비경이 이렇듯 휘어져 있으니 비장에 무리가 갈 수밖에.'

오장육부 중 오장에 해당되는 비장이 쇠하면 비위가 약해 음식을 가리게 되고 심한 경우에는 구토가 반복돼 아무것도 먹지 못하게 된다.

이것이 체증을 일으키는 근본적인 원인으로 비장을 보하지 않으면 백약이 무효다.

태웅비는 오른손만 이용해 사도연연의 태음비경을 천천히 지압했다. 양손을 동시에 사용해 두 발의 태음비경을 지압한다면 훨씬 효과적이겠지만, 그의 왼손은 거의 힘을 쓰지 못하기에 오직 오른손으로 지압을 펼쳐야 했다.

그는 대둔과 은백에 이어 태충혈을 지압하면서 점차 종아리까지 올라갔다.

보다 빠른 효과를 보기 위해서는 허벅지까지 이어진 경락을 지압해야겠지만, 그는 사도연연의 자존심을 감안해 무릎 아래인 음곡혈까지만 지압했다.

"으음……!"

사도연연의 것으로 짐작되는 신음 소리가 가냘프게 울렸다.

태웅비는 손을 옮겨 사도연연의 오른발을 쥐었다.

"소저, 체증이 내려가는 것 같으면 편히 숨을 쉬시오. 나는 소저의 모습을 전혀 보지 못하니 부끄러워하지 않아도 되오."

그는 사도연연의 답변을 기다리지 않고 지압을 계속했다.

태음비경의 기운이 회복되어서인지 사도연연의 굽어졌던 엄지발가락이 서서히 펴졌다. 그러면서 사도연연의 것으로 짐작되는 트림 소리가 들려왔다.

트림 소리가 들렸다는 것은 체증이 해소되었음을 의미한다.

태웅비는 자신의 처치가 효과를 보았다는 생각에 뿌듯한 자부심을 느꼈다.

'됐어. 이제 연연 소저도 더는 구토를 일으키지 않을 거다.'

그러면서 그는 한 가지 의혹에 젖었다.

'체증 치료는 태음비경만으로 충분해. 한데 할아버지는 왜 굳이 궐음심포경을 사(瀉)하라고 했을까?

가운뎃손가락에서 시작되는 궐음경락은 심장을 감싸는 심포와 연결돼 있다. 이를 궐음심포경이라 하는데 체증과는 전혀 무관한 경락이다. 하지만 그의 조부가 지침을 내린 이상 반드시 따라야 했다.

태웅비는 자리를 옮겨 사도연연의 손을 쥐었다.

얇은 비단에 싸여 있지만 살 한 점 붙어 있지 않은 앙상한 손이 안쓰럽게만 생각되었다.

태웅비는 사도연연의 가운뎃손가락에서부터 팔꿈치까지만 지압해 주었다. 그 위쪽까지 손을 대는 것은 불경일 수 있기에 그녀의 자존심이 상하지 않는 한도 내에서 처치를 하는 데 노력했다.

이윽고 치료를 마친 태웅비가 몸을 일으켰다.

“소저, 내가 할 수 있는 치료는 끝냈소. 부디 쾌차하기를 바라겠소.”

한데 앙상한 손이 그의 손을 가만히 쥐었다. 사도연연이 비단을 벗고 맨손으로 그의 손을 쥔 것이다.

“고마워요. 의원께서는… 소녀의 체중뿐 아니라 심화까지 안정시켜 주셨습니다. 이 은혜, 잊지 않겠어요.”

기력이 없어 목소리는 미약했지만 음색은 맑고 고왔다.

태웅비는 목소리가 들려온 방향으로 고개를 숙였다.

“과찬이오. 나는 그저 할아버지가 지시한 대로 따랐을 뿐이오.”

이어 그는 시비의 안내를 받아 침소를 나섰다.

초조하게 기다리고 있던 사도광이 손수 태웅비의 눈을 가린 천을 풀어주었다.

“어찌 되었느냐? 내 딸이 차도는 좀 있더냐?”

“제가 할 수 있는 처치는 모두 마쳤습니다. 일단은 아가씨께서 뭐라도 드셔야 기력을 회복하실 수 있습니다.”

이때 침소의 문이 열리며 시비가 뛰쳐나왔다.

“장주님, 마님, 아가씨께서 몹시 시장하다며 미음을 가져오라고 하셨습니다.”

사도광과 호훼부인은 감격의 눈물을 글썽거렸다.

“오오, 체증이 가라앉았구나!”

“천지신명이시여, 감사하옵니다. 이제 연연을 구할 수 있게 되었습니다.”

사도광은 태웅비의 손을 덥석 쥐었다.

“고맙다! 정말 고마워! 네가 내 딸을 살렸구나!”

“저는 그저 할아버지가 시킨 대로 했을 뿐입니다.”

“그렇다 해도 네 정성이 아니었다면 어찌 내 딸이 진맥을 허락했겠느냐? 참, 이제 완전히 회복이 된 것이냐?”

“저는 체증을 치료할 뿐 탕약에 대한 처방은 호풍장 의원들에게 맡기라는 것이 할아버지의 지시였습니다.”

사도광은 약옹의 의도를 대번에 간파했다.

“허어, 약옹은 정녕 신의로구나. 내가 딸에 대한 집착 때문에 죄 없는 의원을 해칠 뻔했는데 약옹이 그것을 깨우쳐 준 것이다.”

“그럼 저는 이만 가보겠습니다.”

“무슨 소리냐? 야심한 시각에 어디를 가? 당분간 본 장에 머물면서 내 딸의 상세를 돌보도록 해라. 너라면 나도 믿을 수 있다.”

태웅비는 완곡하게 사양했다.

“장주님, 제가 없으면 할아버지께서 식사를 제대로 하지 못합니다. 오늘은 너무 늦었으니 하룻밤만 신세를 지고 아침 일찍 떠나겠습니다.”

사도광은 더 이상 그를 붙잡을 수 없음을 알고는 어깨를 다독여 주었다.

“알겠다. 대신 뭐라도 보답해야 내가 조금이나마 부담을 덜 수 있을 것 같다. 무엇이든 말해보아라.”

태웅비는 주저하지 않고 자신의 요구를 밝혔다.

“그렇다면 좋은 술 한 단지만 주십시오.”

第三章

건고팔기, 첫 번째 만남

1.

이틀 후, 태웅비는 무릉산 자락의 초옥으로 돌아왔다.

그들 조손에게는 말이 필요치 않기에 말은 마장에 매각했다. 태웅비는 지게에 두 단지의 술과 양곡, 몇 가지 생필품을 짊어지고 마당으로 들어섰다.

약옹은 평상에 앉아 약재를 분류하고 있었다.

술 단지를 개봉한 약옹은 예민한 후각으로 대번에 술을 감별했다.

"흐음, 훌륭한 술이다. 소흥주 준에서도 최상품이 확실해."

약옹은 술을 한 사발 마시고는 탄성을 그치지 않았다.

"좋아. 아주 좋구나."

태웅비는 우물을 길어 한 사발 들이켜고는 평상에 걸터앉
았다.

"상덕의 오리가 실하더군요. 오늘 저녁에는 오향장압을 만
들어 드리겠습니다."

"그래, 호풍장의 귀공녀는 회복된 것이냐?"

"물론입니다."

태웅비는 호풍장에서의 상황을 상세하게 보고하고는 줄곧
품고 있었던 의문을 제기했다.

"한데 왜 체증과는 무관한 궐음심포경을 지압하라고 명하
셨습니까?"

"쯧쯧, 네가 귀공녀를 치료해 놓고서 그것을 모른단 말이
냐? 귀공녀도 심화를 치료해 주어서 고맙다고 했다면서?"

"그렇게 말한 것은 사실입니다만……."

약옹은 술을 한 모금 마시고는 안주 삼아 대추를 우물거렸
다.

"귀공녀가 극심한 체증으로 목숨까지 잃을 뻔한 연유는 단
지 비장이 약해서가 아니다. 만일 비장이 극도로 쇠약했다면
여태 살아 있지도 못했을 게다. 한데 총관의 말을 들어보면
갑작스런 체증이지 오랜 지병은 아니었다."

"제가 진맥하기에도 비장이 아주 쇠약한 정도는 아니었습
니다."

"귀공녀는 아주 자존심이 센 아가씨였을 것이다. 목숨을

잃을 수도 있는 상황에서 외간 사내에게 치료를 맡기지 않으려는 것을 보면 분명히 알 수 있다.”

“맞습니다. 아가씨의 자존심과 고집이 정말 대단했어요. 얼굴을 못 본 게 조금 아쉽습니다.”

약옹은 술을 맛있게 마시고는 설명을 계속했다.

“오냐, 그런 귀공녀였기에 사소한 반응에도 마음에 상처를 입을 수 있다. 할아비가 판단컨대 귀공녀는 어떤 이유에서인지 심사가 틀어져 있었다. 그래서 체증이 악화된 것이다. 네가 태음비경을 지압해 일시적으로 체증을 내려줄 수는 있겠지만, 심화를 해소하지 못하면 체증은 다시 재발된다. 그래서 궐음심포경의 화기를 덜어내라고 지침을 내린 것이다.”

태웅비는 내심 감탄을 금치 못했다.

‘아, 그랬었구나!’

병자를 진맥하지도 않은 상태에서 단지 증상만 듣고 그 증세와 원인까지 정확히 헤아렸으니 약옹의 의술은 가히 신의 경지라 할 수 있었다.

그러나 태웅비는 속내와는 달리 대수롭지 않게 응수했다.

“어쨌거나 눈을 가리고 귀공녀를 치유한 사람은 접니다. 저도 이제는 사람을 치료해 보았으니 무시하지 마십시오.”

약옹은 가소롭다는 듯 냉랭하게 일축했다.

“그래 봤자 너는 할아비의 심부름을 했을 뿐이다.”

그는 호리병을 가져와 술을 담았다.

“일전에 말한 대로 할아비가 한동안 다녀올 데가 있다.”

“가시는 데가 어디인데요?”

“대설산이다. 서역에 위치한 아주 먼 곳이지.”

“혼자 가시려면 심심하겠군요?”

“네 걸음이 늦어 동행할 수가 없구나.”

약옹은 길을 떠나는 와중에도 태웅비에 대한 경계를 늦추지 않았다.

“혹시 병자들이 찾아와도 함부로 치료해서는 안 된다. 네가 배운 십이경락의 치료법은 겨우 기초에 불과하다. 귀공녀를 치료했다고 함부로 시술하려 들다가는 오히려 남을 해칠 수가 있다.”

태웅비가 볼멘소리로 응수했다.

“알겠어요. 다친 사슴이 찾아와도 치료하지 않겠습니다.”

“오냐, 약초를 캐면서 온천욕이나 즐겨라. 그게 너를 위해서도 이롭다.”

약옹은 이미 꾸려놓은 행장을 어깨에 걸치고는 휘적휘적 산을 내려갔다.

보기에는 그다지 빠른 걸음이 아니었는데 태웅비가 몇 번 눈까풀을 깜빡이는 사이 약옹은 이미 그의 시야에서 사라져 버렸다.

문득 혼자 남게 된 태웅비는 난생처음 허전함을 느끼게 되었다.

그는 조부가 자신을 치료할 약을 구하기 위해 대설산으로 떠난 것임을 짐작하고 있었다.

연로한 조부의 몸을 감안하면 의당 말려야 할 상황이었다. 그러나 조부의 결정은 그도 어찌할 도리가 없다. 만류한다고 떠나지 않을 조부가 아님을 알기에 말리는 행위가 오히려 우스꽝스럽게 보일 수 있었다.

태웅비는 서쪽 하늘을 바라면서 혼잣말로 중얼거렸다.

"한동안 할아버지의 잔소리를 듣지 못하게 됐으니 정말 심심하겠군."

2

부우… 부우……!

부엉이 울음소리가 아련하게 들려온다.

주변으로 민가 한 채 없는 고적한 초옥이지만 그 안에서 잠들어 있는 태웅비는 천하태평이었다. 사나운 들짐승이나 도적 떼의 습격을 우려할 수도 있겠지만 그는 한 번도 그런 걱정을 해본 적이 없었다.

여느 사람에 비해 잠이 많은 그는 초저녁부터 잠자리에 들어 나믐닐 아침이 되어서야 깨어난다. 또한 한번 잠들면 누가 코를 베어가도 모를 정도로 깊이 잠들기에 중간에 잠이 깨는 일도 없다.

그의 조부가 대설산으로 떠난 지도 어느덧 열흘째.

태웅비는 침상에 반쯤 걸친 상태로 코를 골면서 깊은 잠에 빠져 있었다.

이때 멀리서부터 들려오는 둔탁한 폭음이 급속도로 가까워졌다.

쿵… 쿵… 쿵……!

한 번 폭음이 울릴 때마다 초옥이 진동했다. 폭음은 초옥 마당에서 최고조에 이르렀다.

쿠우웅—!

둔탁한 폭음이 울려 퍼지며 초옥이 무너질 듯 흔들렸다.

한번 잠에 빠지면 좀처럼 깨어나지 않는 태웅비였지만 천장에서 흙먼지가 얼굴로 뿌려지면서 재채기를 참을 수 없었다.

"엣취—!"

심한 재채기와 함께 벌떡 깨어났다.

그는 손등으로 얼굴을 훔치며 정신을 차리기 위해 고개를 흔들었다.

"뭐야? 지진이라도 일어난 걸까? 땅이 울리는 폭음을 들은 것 같은데……?"

그는 입맛을 쩍 다시며 밖으로 나섰다. 물이라도 한 사발 들이킬 생각이었다. 그러다 마당을 차지하고 있는 거대한 물체에 깜짝 놀라 문설주 뒤로 몸을 숨겼다.

"뭐, 뭐야?"

그는 눈을 동그랗게 뜨고 마당을 차지하고 있는 물체를 훑어보았다.

부서지는 달빛 아래 보이는 물체는 놀랍게도 사람이었다. 여느 사람이라면 크게 놀라지 않았겠지만 사람이라고 생각하기에는 덩치가 워낙 거대해 순간 커다란 짐승으로 착각한 것이다.

"대체… 누굴까?"

마당으로 내려선 태웅비가 거한을 향해 조심스럽게 다가서자 언뜻 피비린내가 느껴졌다.

"다쳤나?"

상대가 병자이거나 부상을 당했다면 경계해야 할 상황이 아니었다.

의원은 선인과 악인을 가리지 않는다. 다만 상대가 의원을 필요로 하는 병자이거나 부상자인지만 가릴 뿐이다.

태웅비는 우물에서 한 양동이 물을 긷고 천을 준비했다. 연후 횃불을 밝혀 들고 거한 옆에 쪼그려 앉았다.

거한은 앞으로 엎어져 있는데, 구 척도 넘는 장신인데다 우람한 근골은 작은 동산을 연상케 할 정도였다. 혼절한 상태에서도 한 자루 도끼를 꽉 움켜쥐고 있는데 도끼날에 검붉은 피가 묻어 있었다.

피의 응고 상태를 감안한다면 도끼에 피를 묻힌 지 다소 시간이 경과된 것으로 짐작되었다.

태웅비는 거한의 얼굴 쪽으로 횃불을 비춰보았다.

뜻밖에도 청년이 아니라 노인이었다. 풍성한 사자수염을 길렀으며 얼굴 전체에서 우직함과 과격함이 뿜어졌다.

"노인이로군. 한데 우리 할아버지와 달리 주름도 별로 없고 근육도 탱탱해."

거구 노인의 피부는 은은한 금빛을 발하는데 아주 견고해 보였다. 몸 여러 곳에 부상을 입었지만 뼈가 드러날 만큼 깊은 상처는 없어 보였다.

"노인의 골격을 보면 상당한 괴력의 소유자로 보이는데, 누구와 싸우다 다쳤을까?"

태웅비는 거구노인의 손목을 쥐고 진맥해 보았다. 손목이 얼마나 굵은지 두 손을 맞대도 한 번에 쥘 수 없을 정도였다.

진맥을 하던 태웅비가 짙은 검미를 꿈틀거렸다.

"가만, 내상뿐 아니라 독에도 중독된 것 같군."

야심한 시각에 찾아온 사람이 병자가 아니라 부상자이기에 태웅비는 아주 난감해졌다.

외상이라면 지혈초를 붙여 출혈을 막은 후 금창약을 발라주면 되겠지만 내상은 치료하기가 쉽지 않다. 한데 부상자가 독상까지 당했다면 그의 한계를 훨씬 벗어난다.

'할아버지도 환자를 함부로 치료하지 말라고 주의를 주셨는데……'

그러나 거구노인의 부상 상태를 감안한다면, 이대로는 하룻밤을 넘기기도 쉽지 않을 것 같았다.

잠시 고심하던 그가 결단을 내렸다.

"그래, 일단은 사람의 목숨부터 살리는 게 우선이다. 이 노인은 아마도 할아버지의 명성을 듣고 찾아온 게 분명해. 할아버지가 명색이 약옹인데 이곳에서 누군가 죽는다는 것은 확실히 문제가 있지. 모두가 할아버지를 돌팔이로 여길 테니까."

그들 조손은 서로에게 냉담한 태도로 일관하지만 그것은 표면적인 모습일 뿐 진심이 아니다.

절대적인 신뢰.

약옹이 호풍장 귀공녀를 치료하기 위해 태웅비를 보낸 것은 그만큼 그를 신뢰했기 때문이며, 태웅비가 조부의 지침대로 귀공녀를 치료한 것도 조부의 의술을 믿어 의심치 않았기 때문이다.

누구보다 조부의 의술을 존중하는 태웅비이기에 조부의 의술에 대한 명성이 훼손되는 것은 좌시할 수 없었다.

"할아버지를 위해서라도 이 노인을 치료해야 한다."

그는 수건을 물에 적셔 거구노인의 몸과 얼굴을 닦아주었다. 도끼를 움켜쥔 손은 워낙 굳어져 있어 손의 혈도 열세 곳을 눌러서야 겨우 손가락을 펼 수 있었다.

태웅비는 보다 자세하게 부상을 살피기 위해 거구노인을 바로 눕히려 했지만 어림도 없었다. 그가 아무리 용을 써도 거구노인은 엎어진 상태에서 꿈쩍도 하지 않았다.

“일단 이 상태로 치료를 해야겠군.”

그는 노인의 새끼손가락을 매만지며 태양소장경을 찾아냈다. 새끼손가락에는 태음심경도 함께 흐르기에 경락을 정확히 찾아내려면 오랜 훈련이 필요하다.

태양소장경을 찾아낸 태웅비는 경락을 따라 경혈을 지압해 주었다. 태양소장경은 피를 주관하는 경락이기에 경혈을 다스리면 내상에 의한 출혈을 막아내는 데 큰 효과를 볼 수 있다.

태웅비가 양손의 태양소장경을 번갈아 지압해 주자 거구노인의 입과 코에서 흐르던 피가 멎었다.

“됐어. 이제 정신을 차리게 만들자.”

태웅비는 거구노인의 신발을 벗겼다.

체격에 걸맞게 발도 엄청 컸다. 태웅비는 대충 발을 씻겨주고는 소음신경을 찾아가 지압해 주었다. 한데 피부가 워낙 견고해서인지 지압의 효과가 없었다.

“지압이 안 되면 침법을 구사해야 하는데, 난 아직 금침술을 모른다. 경혈은 알고 있지만 침법은 아주 정확하지 않으면 오히려 병자를 상하게 만든다고 했어.”

태웅비는 턱을 어루만지며 생각하다가 문득 뜸을 떠올렸다.

“그래, 이 노인한테는 뜨거운 뜸이 오히려 효과적일 거야. 침보다는 위험하지 않으니까.”

그는 조부의 방에서 말린 약쑥을 한 상자 가져와 거구노인의 발에 뜸을 놓았다. 발바닥 용천혈에서부터 무릎의 태음교까지 모두 일곱 곳이었다.

약쑥이 타면서 독특한 향기를 발했다. 약쑥이 타 들어가면서 경혈을 자극하자 거구노인이 움찔하는 반응을 보였다.

"됐어."

태웅비는 급히 뜸을 털어내고 물수건으로 닦아주었다. 보통 뜸 놓은 자리는 벌겋게 달아오르기 마련인데 거구노인의 피부는 철갑처럼 단단해 뜸을 맞은 흔적이 전혀 나타나지 않았다.

태웅비는 경락에 의한 처치를 마치고 추궁과혈 수법으로 거구노인의 머리를 눌러주었다.

그렇게 한 식경이 흐르자 거구노인의 입에서 가래 끓는 소리가 들려왔다.

"크르륵……!"

태웅비는 거구노인의 어깨를 쥐고 흔들었다.

"노인장, 노인장! 이제 정신이 좀 드십니까?"

거구노인이 눈을 번쩍 떴다. 황소 눈알처럼 커다란 눈에서 은은한 금빛 기운이 뿜어진다.

워낙 강렬한 눈빛에 태웅비는 소름이 오싹 돋았다.

'으와, 무시무시한 눈빛이다.'

거구노인은 몸을 일으키려 했지만 여의치 않자 몸을 굴려 바로 누웠다.

태웅비는 비로소 노인의 가슴에 새겨져 있는 독상을 볼 수 있었다. 노인의 금색 피부가 시커멓게 변색돼 있었다.

‘아, 이런 독상을 당하고도 용케 목숨이 붙어 있었구나.’

태웅비는 거구노인의 강인한 생명력에 내심 놀라며 가까이 다가앉았다.

“노인장은 부상이 심합니다. 함부로 움직이지 마십시오.”

“……!”

거구노인은 형형한 눈빛으로 태웅비를 직시하다가 손을 움켜쥐었다. 그러다 도끼가 손에 잡히지 않자 종이 깨지는 듯한 음색으로 호통을 쳤다.

“붕천금부(崩天金斧)! 노부의… 도끼는… 어디 있느냐?”

“아, 노인장의 도끼 말입니까?”

태웅비는 노인이 엎어져 있던 자리에 놓인 도끼를 쥐었다.

한데 얼마나 무거운지 도끼 자루만 들릴 뿐 도끼는 꿈쩍도 하지 않았다.

“어휴, 뭐가 이렇게 무거워?”

태웅비는 있는 힘을 다해 도끼를 끌어다가 노인의 손에 쥐어주었다.

도끼를 손에 쥔 거구노인은 벌떡 일어나 앉으며 태웅비의 머리에 도끼를 갖다 댔다.

“네놈은 누구냐?”

태웅비는 서슬 퍼런 도끼날에서 뿜어지는 서늘한 한기를 느꼈지만 크게 두려워하지 않았다.

“내 이름은 태웅비입니다.”

“이곳은 어디냐?”

“무릉산 기슭입니다.”

거구노인은 허름한 초옥을 힐끗 보고는 도끼를 내렸다.

“노부는 초은야의(草隱野醫)를 찾아왔다. 한데… 그 늙은이가 보이지 않는 것으로 보아 잘못 찾아온 것 같구나.”

“초은야의요?”

“그렇다. 아, 그 늙은이가 신분을 숨기기 위해 다름 이름으로 행세한다고 들었다. 혹시 약옹이라고 들어봤느냐?”

태웅비는 피식 실소를 지었다.

“물론 들어보았습니다. 바로 제 할아버지십니다.”

“뭐, 뭐야? 하면 이곳이… 초은야의의 거처란 말이냐?”

“제 할아버지는 초은야의가 아니라 약옹이십니다.”

“알겠다. 한데 네 할아비 약옹은 왜 코빼기도 보이지 않는 것이냐?”

태웅비는 다소 경계하는 눈빛으로 노인을 응시했다.

“제 할아버지와는 어떤 사이십니까?”

“친구… 아니, 비교적 잘 아는 사이다.”

“어떻게 아는 사이입니까? 나쁜 관계는 아닙니까?”

거구노인이 버럭 소리를 질렀다.

“조그만 녀석이 왜 그리 꼬치꼬치 묻는 것이냐? 어서 네 할아비나 불러와라. 네 할아비만이 노부를 치료해 줄 수 있다.”

“할아버지는 열흘 전 대설산으로 떠나셨습니다. 겨울은 되어야 돌아오실 겁니다.”

“이런 염병!”

거구노인은 낙담한 모습으로 바닥을 내려쳤다.

퍼억!

그의 커다란 주먹이 땅바닥을 뚫고 땅속으로 손목까지 파고들었다.

태웅비는 거구노인의 괴력에 혀를 내둘렀다.

‘와아, 정말 엄청나군. 웬만한 사람은 슬쩍 건드리는 것만으로 머리가 으스러지겠어.’

그는 조부와의 친분을 감안해 거구노인을 위로해 주었다.

“가능할지 모르겠지만 제가 노인장을 치료해 보겠습니다.”

“네놈이?”

거구노인은 무시무시한 눈빛으로 태웅비를 쏘아보다가 다소 표정을 풀었다.

“그래, 네가 초은야의 손자라면 조금은 믿어보겠다.”

“한데 노인장은 누구십니까?”

“허엄, 노부는 오악패군(五岳霸君)이다.”

“아, 그러세요. 그럼 패군 노옹으로 호칭하겠습니다.”

“인석 보게? 노부의 명호를 듣고도 전혀 놀라지 않는구나?”

“당연하죠. 오악패군이란 명호는 처음 들었습니다.”

일순 오악패군의 얼굴이 험악하게 일그러졌다.

“이… 이놈아, 감히 건곤팔기(乾坤八奇)의 일원인 노부를 무시해? 당장 네놈을 때려죽이겠다!"

"노옹을 무시하는 것이 아닙니다. 저는 강호에 대해 아는 바가 거의 없습니다. 당연히 할아버지를 모를 수밖에. 그것도 죄가 됩니까?"

"이놈아, 모르는 것도 죄다. 다른 놈은 몰라도 노부에 대해서는 알아야 했다!"

오악패군의 끝도 없는 자부심에 태웅비는 조금 부아가 치밀었다.

'그렇게 대단한 분이 왜 부상을 당해 쓰러진 거요?

그는 그렇게 내뱉고 싶었지만 조부의 친인이기에 마음속으로만 삭였다.

"패군 노옹, 부상이 심하니 역정을 내지 마십시오. 겨우 안정된 기혈이 다시 엉킬 수가 있습니다."

오악패군은 비로소 약관에도 이르지 못한 새파란 애송이 앞에서 자신을 과시했음을 깨닫고는 주먹을 내렸다.

"오냐, 강호에 대해 모르다면 죄가 될 수 없지."

말은 그리했지만 사실 그는 자신의 위엄이 손상되었다는 생각에 몹시 속상해 있었다.

건곤팔기가 누구이던가.

정마대전 이후 천하를 진동시킨 수많은 고수들이 출현했지만 그중 으뜸이 바로 건곤팔기로 불리는 여덟 명의 절세고수이다.

건곤팔기는 주역 육십팔괘 중 으뜸인 팔괘를 이름하며, 여덟 명의 기인은 건태이진손감간곤(乾兌離震巽坎艮坤)으로 구분된다.

오악패군은 산악과 같은 체구로 산을 의미하는 간위산(艮爲山)에 해당된다.

그는 당대 최고의 신력을 지녔으며, 금종조 외문기공마저 터득했기에 웬만한 도검에는 상처를 입지 않는 신체를 지녔다.

그의 병기는 하늘과 땅을 한 번에 쪼갠다는 붕천금부.

근래 들어 건곤팔기는 거의 모습을 드러내지 않는데 무릉산에 오악패군이 출현했다는 것은 대사건이 아닐 수 없었다. 더불어 그의 심각한 부상은 커다란 의혹이기도 했다.

오악패군은 진기를 일주천시켜 스스로의 몸 상태를 살폈다. 그는 내상이 다소 완화되었다는 사실에 크게 놀랐다.

"웅비라고 했지? 네가 노부의 내상을 치료한 것이냐?"

"치료라고 할 수는 없습니다. 경락을 조금 지압해 드렸을 뿐입니다."

"으음, 어쨌거나 놀라운 의술이다."

"한데 패군 노옹께서는 독상을 입은 것 같은데 알고 계십니까?"

오악패군이 잔뜩 격앙된 모습으로 말을 받았다.

"물론이다. 노부가 암산을 당하지 않았다면 어찌 이런 수치스런 부상을 당했겠느냐?"

“독상이면 곤란합니다. 저는 해독법은 전혀 배우지 못했습니다.”

“해독은 좋은 약재만 있으면 된다. 초은야의라면 분명 희귀한 약재를 지니고 있을 것이다.”

“희귀한 약재요?”

태웅비는 조부의 거처를 바라보다가 무언가를 생각한 듯 손뼉을 쳤다.

“아, 할아버지가 아주 소중하게 보관해 둔 약재가 있는 곳을 제가 압니다.”

조부의 처소로 들어선 그는 벽 한쪽을 채우고 있는 약장 서랍을 뒤졌다. 약장 서랍은 백 개도 넘기에 그는 한참을 뒤져야 했다. 한데 그가 찾고자 하는 약재는 발견되지 않았다.

태웅비는 별반 넓지 않은 방을 구석구석 둘러보았다.

“약장에는 없는데… 은밀한 곳에 숨겨두신 걸까?”

그는 문득 나무 침상 쪽으로 시선을 돌렸다.

“맞아. 이곳에 이주해 초옥을 세우면서 대부분의 집기는 내가 만들어 들여놓았는데 이 나무 침상만은 할아버지가 직접 짜셨다. 당시 할아버지는 건강이 좋지 않았는데도 당신의 침상은 직접 짜겠다고 고집을 부리셨지.”

지금 생각해 보면 분명 이해할 수 없는 행동이었다.

태웅비는 침상 아래쪽을 두드리다가 막아놓은 판자를 뜯어냈다. 한 자 남짓한 빈 공간이 드러났다.

태웅비는 손을 넣어 빈 공간을 더듬었지만 수북한 먼지만 손에 잡혔다.

"이상하군."

그는 고개를 흔들다가 혹시나 싶어 바닥의 흙을 긁어보았다. 문득 침상 머리맡 밑 부분의 바닥에서 매끄러운 돌판의 감촉이 감지됐다.

"이게 뭐지?"

태웅비는 등잔을 들이밀어 어둠을 밝히면서 돌판 주변의 흙을 긁어냈다. 이내 두 자 크기의 돌판이 드러났다.

돌판은 돌 상자를 덮은 뚜껑으로 보였다. 뚜껑을 열어보니 돌 상자 안엔 기다란 나무 상자와 하얀 호리병이 들어 있었다.

"훗, 역시 있었군."

태웅비는 나무 상자와 호리병을 꺼내 들고 방을 나왔다.

"찾았습니다, 패군 노옹."

단정히 가부좌를 틀고 앉아 있던 오악패군은 눈을 번쩍 떴다.

"오, 그러냐?"

그는 서둘러 기다란 나무 상자를 열어보았다. 마른 이끼 사이로 반 뿌리의 마른 산삼이 드러났다.

오악패군의 얼굴이 환해졌다.

"훌륭하다. 이만한 크기면 족히 수백 년 묵은 산삼이겠구나!"

“아마 천년삼왕일 겁니다.”

“뭐야, 천년삼왕?”

“전 열 살 때까지 장백산 일대에서 지냈습니다. 그러다 할아버지가 삼왕을 구한 이후 태호로 거처를 옮겼지요. 당시는 어려서 삼왕이 뭔지 몰랐는데 나중에 천 년 넘는 산삼을 삼왕이라고 한다는 얘기를 듣게 됐습니다.”

“그렇다면 삼왕이 확실하구나. 한데 왜 반 뿌리뿐이냐?”

“제게 복용시켜 주셨습니다. 제가 열 살 때까지는 비실비실했는데 산삼탕을 마신 이후 건강해졌습니다.”

오악패군은 천년삼왕과 태웅비를 번갈아 보다가 난처한 기색을 띠었다.

“으음, 천년삼왕이라면 마독(魔毒)를 충분히 해독할 수 있다. 하지만 너무 귀한 영약이라 함부로 사용하기가 두렵구나.”

“괜찮습니다. 약이 아무리 귀해도 사람 목숨보다 귀하겠습니까?”

오악패군은 가슴 뭉클한 감동에 젖었다.

“허어, 어린 녀석이 참으로 대견하구나. 하지만 내 목숨 구하자고 천고의 영약을 함부로 허비할 수는 없다.”

그는 반 뿌리의 천년삼왕을 나무 상자에 다시 담았다.

삼왕을 마다하는 그의 의연한 태도에 이번에는 태웅비가 그를 다시 보았다.

“패군 노옹은 정말 의인이시군요. 솔직히 우악스런 모습이 조금은 두려웠는데 이제 안심이 됩니다."

그는 하얀 호리병을 건넸다.

"이건 천년화리의 내단입니다. 도움이 될지 모르겠습니다."

"뭐야? 천년화리의 내단?"

"예. 할아버지와 저는 장백산을 떠나온 이후 태호와 동호 등 주로 커다란 호숫가에서 지냈습니다. 그러다 지난해 동정호에서 할아버지가 천년화리를 낚으신 것으로 알고 있습니다."

오악패군은 혀를 내둘렀다.

"허헛, 과연 초은야의답구나. 천하칠대성약 중 두 가지나 보유하고 있으니 말이다."

오악패군은 호리병을 흔들어보았다. 안에서 찰랑거리는 물소리가 들려왔다.

"내 듣기로 천년화리의 내단은 화리의 배를 갈라 꺼내는 즉시 녹는다고 들었다. 이 호리병이 아주 차가운 것으로 미루어 한옥(寒玉)으로 제작된 것 같구나. 약효를 유지하기 위함일 것이다."

그는 단단히 밀봉된 호리병 마개를 보고는 잠시 주저했다.

"천년화리의 내단 역시 희대의 성약이라 걱정이 되는구나. 네가 이 귀한 성약을 함부로 내주었다고 네 할아비한테 혼나지 않겠느냐?"

태웅비는 그가 부담을 덜 수 있도록 편하게 응수했다.

"물론 세상에 공짜는 없습니다. 나중에 천년화리의 내단

이상 가는 성약을 구해주면 됩니다.”

“오냐, 그렇게 생각해 주니 고맙구나.”

오악패군은 비로소 봉인을 뜯고 호리병의 마개를 열었다. 상큼한 향기가 코를 찌른다.

오악패군은 호리병을 기울여 반 정도 마시고는 얼른 마개를 닫았다.

“다 마셨다가는 초은야의가 날 가만두지 않을 것이다. 이제 본래대도 갖다 놓아라.”

“그 정도로 괜찮겠습니까?”

“음, 화리의 내단은 극양의 성약이다. 화기는 만독을 태울 수 있으니 해독이 가능하다. 한데… 운공조식을 취할 만한 곳은 없느냐?”

태웅비는 초옥을 둘러보다가 뒤꼍을 가리켰다.

“뒤꼍의 약재 창고가 그나마 넓으니 한동안 지낼 만합니다.”

“알겠다. 그럼 잠시 신세를 지겠다.”

오악패군은 붕천금부를 걸머메고 몸을 일으켰다. 마치 작은 동산이 움직이듯 지반이 흔들렸다.

약재 창고가 제법 크기는 했지만 문이 좁아 오악패군은 벽을 일부 뜯어낸 후에야 안으로 들어갈 수 있었다. 그는 가부좌를 틀고 앉아 무릎 위에 붕천금부를 올려놓았다.

“혈황마독(血荒魔毒)만 해소하면 누구도 노부를 이길 수 없으니 안심해도 된다. 넌 이제 쉬어도 좋다.”

그는 깊이 진기를 들이켠 후 운공조식에 들어갔다.

태웅비는 마당으로 돌아와 평상에 걸터앉았다.

하늘색으로 미루어 아직 한밤중이라 날이 밝으려면 한참은 있어야 할 것 같았다. 다소 긴장이 풀리면서 그는 졸음이 밀려왔다.

"하암, 내가 더 이상 도와드릴 일도 없으니 잠이나 마저 자야겠다."

그는 자신의 처소로 들어갔다. 세상이 어찌 되건 그는 자신의 수면 시간을 채워야 했다.

3

다음날 아침.

태웅비는 식사를 챙겨 약재 창고로 들어섰다.

오악패군은 여전히 가부좌를 튼 자세로 운공조식을 취하고 있었다. 여느 무림인과 달리 그의 숨소리는 풀무질 소리처럼 요란했다.

푸후… 푸후……!

그의 커다란 콧구멍을 통해 뿜어지는 숨결에는 은은한 금빛이 서려 있었다.

태웅비는 오악패군의 콧구멍을 통해 들어갔다 나오는 금빛 기운을 재미있게 바라보았다.

잠시 후 오악패군의 가슴이 한껏 부풀어 오르더니 들숨과 날숨에 따라 콧구멍 속으로 들어갔다 나오던 금빛의 숨결이 모두 흡수되었다.

그가 눈을 뜨자 눈부신 금빛 안광이 뿜어져 나왔다.

"엇?"

태웅비는 강렬한 안광에 놀라 얼른 두 눈을 가렸다.

오악패군이 다시 눈을 감았다 떴다. 그러자 형형한 눈빛이 안으로 갈무리되었다. 상승 내공인 반박귀진에 이른 현상이었다.

"웅비가 왔구나."

독 기운을 모두 해소했는지 오악패군의 다소 험상궂은 얼굴에 부드러운 화기가 감돌았다. 그러다 태웅비를 유심히 살피던 그가 경이로운 탄성을 토했다.

"오, 네가 이런 신골이었단 말이냐?"

오악패군은 두 손으로 태웅비의 어깨를 감싸 쥐고는 인형을 다루듯 가볍게 치켜들었다.

"놀랍구나. 이렇듯 뛰어난 근골을 지닌 천하기재가 존재할 줄이야!"

"노, 노옹, 살살 쥐십시오. 뼈가 으스러질 것 같습니다."

"허헛, 그러하냐?"

오악패군은 태웅비를 내려놓고는 백회혈에 장심을 올렸다.

"이런 근골이라면 남다른 신맥(神脈)을 지녔을 것이다."

그의 장심에서 뿜어진 진기가 백회혈로 스며들면서 기경팔맥과 경락으로 스며들었다. 순간 태웅비는 몸의 일부와 팔다리가 타는 듯한 극심한 고통을 느껴야 했다.

"으윽, 그… 그만 하십시오!"

깜짝 놀란 오악패군이 얼른 진기를 회수했다.

"이런 변이 있나? 네게 노부의 오악진기를 조금 주입시켜 주려 했건만 전혀 주입이 되지 않는구나."

그는 신중한 눈빛으로 태웅비의 오른쪽 눈을 살피고 상대적으로 빈약한 왼팔과 오른 다리를 만져 보았다. 이어 맥을 짚어보고는 땅이 꺼져라 탄식을 지었다.

"허어, 애석하구나! 천고의 기재가 경맥과 경락이 손상되었다니! 하늘이 어찌 네게 이런 불우한 운명을 내렸단 말이냐?"

"그래도 살아가는 데는 큰 지장이 없습니다. 온천욕만 꾸준히 하고 경락만 잘 주물러 주면 됩니다."

"인석아, 목숨만 연명하는 게 어디 삶이라 할 수 있겠느냐? 하늘로 날아오를 용이 이무기가 되었는데 어찌 통탄하지 않겠느냐?"

태웅비는 오악패군의 지나친 찬사에 머쓱해졌다.

"훗, 제가 용이라면 토룡(土龍:지렁이)쯤 되겠군요?"

"웅비야, 네 할아비는 천하에서 가장 뛰어난 세 명의 신의 중 한 사람이다. 지금 생각해 보니 어제 내가 복용한 천년화

리의 내단은 너를 위해 보관해 둔 약으로 생각되는구나. 초은
야의가 머나먼 대설산으로 여행을 떠난 것도 특별한 성약을
구하기 위함으로 생각된다. 그렇다면 노부는 엄청난 실수를
범한 것이다. 너를 치료할 약을 노부가 복용했으니 말이다.”

오악패군이 잔뜩 우려의 모습을 보이자 태웅비가 오히려
그를 위로했다.

“노옹은 너무 자책하지 마십시오. 천년화리의 내단은 아직
절반이 남았습니다. 반 뿌리의 삼왕도 그대로 있고요. 그리고
설사 절증이 해소되지 않으면 어떻습니까? 지금까지 살아온
것처럼 살아가면 되는 일입니다.”

태웅비가 워낙 초연한 모습을 보이자 오악패군은 어느 정
도 자책감에서 벗어났다. 그는 워낙 호쾌한 성격이기에 고민
을 오래 하지 않는다.

“알겠다. 내 반드시 또 다른 성약으로 보답하겠다. 노부의
명예를 걸고 약속하마.”

“그 얘기는 그만 하세요. 시장하실 텐데 뭐라도 드십시
오.”

“오냐, 그러고 보니 몹시 배가 고프구나.”

두 사람은 마주 앉아 찐빵과 콩죽을 먹었다.

태웅비는 오악패군의 가슴에 감긴 천을 힐끗 보았다.

“한데 대체 누구와 싸우다가 다치신 겁니까?”

오악패군은 쓴 입맛을 다시며 퉁명스레 내뱉었다.

“대마왕성 놈들이다.”

“대마왕성이오? 대체 그들이 누구죠?”

“네 할아비가 무림계에 대해 얘기해 주지 않았느냐?”

“조금 듣기는 했지만 잘 모릅니다.”

“그 얘기는 나중에 하기로 하고… 네가 정말 초은야의의 손자가 분명하냐?”

뜻밖의 물음에 태웅비는 찐빵을 우물거리다가 눈을 동그랗게 떴다.

“그게… 무슨 말씀이십니까?”

“초은야의에게 혈육이 있다는 얘기는 못 들었기에 하는 소리다. 아니, 됐다. 초은야의같이 매정한 인간이 너를 손자로 데리고 있다면 분명 친손자일 게다.”

태웅비가 다소 퉁명스레 말을 받았다.

“물론입니다. 공연히 멀쩡한 조손을 갈라놓지 마십시오.”

식사를 마친 오악패군이 약재 창고를 나섰다.

그가 기지개를 켜자 뼈마디 어긋나는 소리가 우둑우둑 들려왔다.

태웅비는 고개를 뒤로 젖혀 그를 올려다보았다.

“내상은 그 후유증이 오래갑니다. 마당으로 가십니다. 경락을 지압해 드리겠습니다.”

“괜찮다. 노부는 내상이든 외상이든 회복이 빠르다. 혈황마독을 해독했으니 부상은 저절로 낫게 될 것이다. 네게 너무 많은 신세를 졌구나. 어떻게 보답해야 할지 모르겠다."

"신세라 생각지 마십시오. 사실 사람을 치료해 보기는 이번이 두 번째라 패군 노옹은 제 시술 시범 대상이 된 셈입니다."

오악패군은 약재를 말리는 자리를 펼치고 마당에 앉았다.

"두 번째? 그럼 첫 번째는 누구였느냐?"

"지체 높은 아가씨였습니다."

"흐음, 그랬구나."

오악패군은 태웅비가 건네준 차를 한 모금 마시고는 넌지시 물었다.

"웅비야, 넌 운기조식에 의한 요상법을 알고 있느냐?"

"모르겠습니다. 요상법이 뭐죠?"

"진기를 운기해 그 힘으로 기경팔맥과 경락을 치료하는 방법을 말한다. 다시 말해, 무공의 입문 과정이라 할 수 있다."

"무공은 안 됩니다. 할아버지는 제가 경맥이 손상돼 무공을 배울 수 없다고 하셨습니다."

오악패군이 진지한 표정으로 고개를 끄덕였다.

"노부도 안다. 양맥삼경이 손상된 너로서는 진기를 모을 수 없을 뿐만 아니라 누군가에게 진기를 주입받더라도 오히려 경맥이 뒤엉켜 목숨을 보존할 수 없다. 하지만 노부가 전수해 주려는 내공심법은 조금 다르다."

"어떻게 다른데요?"

"일반적인 토납술은 들숨을 깊이 들이켜고 날숨을 최대한 줄여 체내에 기를 축적하는 방식이다. 하나 네가 배울 내공 구결은 경혈을 통해 토납술을 수행할 수 있는 아주 독특한 심법이다."

태웅비는 언뜻 이해가 되지 않아 고개를 갸웃거렸다.

"경혈을 통해 토납술을 한다고요? 그게 가능합니까?"

"솔직히 노부도 심법 구결만 알고 있을 뿐 실제로 수련한 적이 없어 그 진위는 알 수 없다. 하지만 선인께서 희언을 남겼을 리가 없으니 가능할 것이다."

"선인이오?"

"그래, 노부가 알게 된 무학은 한 선인이 남긴 전무후무한 내공심법이다. 어쩌면 너의 절증은 그 내공심법을 통해 치유될 수도 있을 것이다."

태웅비는 바싹 관심을 보였다.

"심법으로 절증을 치료한다고요? 그런 신기한 심법이 있다면 한번 배워보고 싶습니다."

오악패군은 우악스럽게 태웅비의 어깨를 쥐었다.

"오냐, 신비의 선도무학이 너를 통해 빛을 발할지도 모르겠구나."

第四章
주작성전의 요녀, 그리고 죽음

①

천지환혈심법(天地換穴心法).

오악패군이 이 심법을 알게 된 것은 우연한 기회에 무명선인이 수련했던 선동(仙洞)을 찾아낸 덕분이었다. 선인은 이미 우화등선했는지 시신은 전혀 찾을 수 없었고, 석벽에는 전자(篆字)로 새겨진 구결만 남아 있었다.

전자는 한나라 시절에 사용되던 글자체로, 이를 근거로 환산하면 아주 오래전에 새겨진 글이라 할 수 있다.

선인이 남긴 심법 구결은 무림사 이래 등장했던 수천 가지의 내공 수련법 어디에도 해당되지 않는 독특한 내공심법이었다.

어떤 심법도 입과 코를 통한 토납술을 기본으로 하며, 이는 심법의 기초적인 원칙이다. 한데 무명선인이 남긴 심법은 토납술이 아니라 전신 삼백육십 개 경혈을 통해 진기를 흡입하는 방식이었다.

물론 처음에는 한두 개 경혈을 통해 이루어지며 오성 경지에 이르러야 삼십육 개의 대혈을 통해 진기를 빨아들일 수 있다.

십성 경지에 이르면 삼백 개 경혈을 통해 진기를 운집할 수 있고, 최고 경지인 십이성에 이르면 전신의 모든 경혈을 사용할 수 있다.

십성부터는 선인의 경지에 해당된다.

오악패군은 천고의 기연으로 신비로운 선도무학을 접하게 되었지만 자신이 터득할 수 없다는 데 탄식해야 했다.

천지환혈심법은 기존의 내공심법과 그 운기 방식이 전혀 다르기에 기초부터 새로이 수련해야 한다. 따라서 자신이 여태 쌓은 공력을 모두 해소해야 하는데 오악패군은 도저히 그럴 용기가 나지 않았다.

천지환혈심법을 통해 단기간에 과거처럼 절세적인 공력을 보유할 수 없는데다, 천지환혈심법을 믿기에는 운공 방식이 너무도 특별해 신뢰가 가지 않았던 것이다.

오악패군은 차를 마저 비우고는 얘기를 이었다.

"생각해 봐라. 노부가 앞으로 얼마나 더 산다고 늙은 나이에 새로운 무공에 매진하겠느냐? 더군다나 평생토록 수련한 오악신공을 버리면서까지 말이다. 결국 노부는 기연이 아니라 악연을 만난 것과 다름이 없었다. 하지만 이렇게 너를 만나 천지환혈심법을 전수해 줄 수 있게 됐으니, 아마도 천지환혈심법은 너를 위한 절기인 것 같구나."

그는 태웅비의 자세를 고쳐 주면서 상세하게 설명해 주었다.

"손끝만 붙여라. 장심이 붙으면 안 돼. 그리고 두 발도 발끝만 붙여야지 용천혈이 붙으면 안 된다. 숨은 편히 쉬어도 된다. 일단은 용천, 전중, 백회 세 곳의 경혈을 통해 진기를 운집하는 데 집중해라. 네가 양맥삼경이 손상됐기에 단전혈에 의한 운집은 차후로 미룰 수밖에 없다."

"알겠습니다."

"구결이 아주 길고 복잡하니 차분하게 뇌리에 새겨라. 사실 노부도 원리를 이해하지 못해 해석해 줄 수가 없구나."

오악패군은 총 육십사 절에 이르는 긴 구결을 한 대목씩 일러주었다.

태웅비는 구결을 한 구절도 이해할 수가 없어 그저 통째로 암기하는 수밖에 없었다.

그의 사고력은 다소 미흡한 편이지만 다행히 암기력은 그런대로 쓸 만해 두 시진이 지나면서 육십사 절의 구결을 거의 외울 수 있었다.

그는 세 곳의 경혈을 통해 진기를 운집하기 위해 의식적으로 경혈을 통해 숨을 쉰다는 생각에 집중했다. 하지만 코와 입으로 숨을 쉬는 상황이라 경혈을 통해 진기를 운집하려는 의도는 제대로 이루어지지 않았다.

태웅비가 제대로 적응하지 못하자 오악패군이 넌지시 일러주었다.

"잠시 숨을 멈춘 후 운집해 보아라. 효과가 있을 게다."

"아, 그렇군요."

태웅비는 오악패군이 일러준 대로 숨을 멈춘 상태에서 경혈을 통해 진기를 운기해 보았다. 용천혈과 전중혈에서는 느낌이 없는데 백회혈 부근에서 미세하나마 열기가 느껴졌다.

미세한 성과였지만 스스로 심법을 운기했다는 점에서 태웅비는 상당히 고무되었다.

"백회혈을 통해서는 열기가 조금 느껴지는 것 같습니다."

"호오, 그러하냐? 그럼 백회혈을 통해 집중적으로 진기를 운집하면서 전중혈과 용천혈로 범위를 확대하도록 해라. 천지환혈심법은 단전과 같은 특정 부위에 공력을 운집하는 게 아니라 전신의 경락에 공력을 담을 수 있기에 무한대의 공력을 보유할 수 있다. 또한 칠성의 경지에 이르면 전신 육십사 개 경혈을 통해 진기를 운집할 수 있는데, 그런 경지에 이르면 도검불침의 신체를 지닐 수 있다."

"할아버지의 신체처럼 딱딱해지는 겁니까? 별로 좋아 보이지 않는데요?"

"허헛, 재미있는 녀석이군."

태웅비는 자세를 풀고는 넌지시 물었다.

"할아버지는 무림에 대해 잘 아십니까?"

"조금은 아는 편이다만… 네 할아버지는 네게 무림에 대해 말해주지 않은 것이냐?"

"경락 치료법과 약초를 구분하는 약학 외에는 다른 얘기를 들어본 적이 없습니다. 그저 풍문으로 중원사패 정도에 대해 들었을 뿐입니다."

오악패군은 태웅비의 어깨에 손을 얹었다.

"웅비야, 너처럼 특별한 아이가 평범하게 생을 마치지는 않을 것이다. 무림에 대한 동경은 사내대장부로서 당연히 품어보아야 한다. 네가 심법을 배웠으니 너도 이제 무공에 입문했다고 볼 수 있다. 하지만 노부는 유식한 편이 못 돼 네게 많은 것을 일러주지 못하겠구나."

"그래도 오래 사셨으니 보고 들은 것도 많지 않겠습니까?"

"사실 노부는 많은 세월 동안 싸움만 했지 공부는 거의 하지 않았다. 어쨌거나 아는 만큼은 모두 얘기해 주었다."

오악패군은 무림사 전반에 대해 간략하게 말해주었다.

오악패군이 가장 많이 언급한 대목은 지금은 사라진 투천세가였다.

천년제일세가로 불리었던 전설적인 가문, 투천세가.

그러나 십팔 년 전 대마왕성에 의해 철저하게 괴멸되었기에 전설이 되어버린 비극의 가문이다.

태웅비는 천년제일세가가 거론될 때마다 파문과도 같은 잔잔한 묘한 충동에 젖었다.

이유는 알 수 없다.

그저 오악패군의 열띤 어조 때문이라 생각할 뿐이었다.

2

맴… 맴… 맴……!

시원스런 매미 소리가 한여름의 더위를 조금이나마 식혀 준다.

태웅비는 오악패군과 함께 온천욕을 즐기고 있었다.

오악패군은 놀라운 회복력을 지녔기에 심한 부상을 당하고도 내, 외상이 거의 회복되었다. 물론 천년화리의 내단 덕분일 수 있겠지만 타고난 신력과 오악신공도 그의 빠른 회복에 큰 도움을 주었다.

오악패군은 한참 동안 온천수에 머리까지 담갔다가 고개를 쳐들었다.

"푸하! 좋구나! 정말 좋아!"

태웅비는 수건으로 몸을 문지르다가 그에게 다가갔다.

"패군 노옹, 등을 밀어드릴까요?"

“등을……?”

오악패군이 멀뚱한 표정을 짓자 태웅비가 그의 등 뒤로 섰다.

“등은 누군가 밀어주어야 시원합니다.”

태웅비는 오악패군의 등을 밀어주었다.

오악패군의 등은 근육질로 단단했다. 등판이 하나의 바윗덩이를 방불케 했다. 철갑과 같은 피부였지만 오랜 세월에 걸쳐 새겨진 엷은 상흔을 곳곳에서 찾아볼 수 있었다.

‘이것이 늙은 투사의 몸이로군.’

태웅비에게 등을 맡긴 오악패군의 표정에서 묘한 감동이 피어올랐다. 아주 어렸을 적에는 누군가 자신의 등을 밀어주었겠지만 지금은 그때의 기억을 돌이키기가 너무 가물가물했다.

“이제 됐습니다.”

태웅비가 물을 끼얹어주자 오악패군은 몸을 돌렸다.

“돌아서라. 이제 노부가 네 등을 밀어주겠다.”

“살살 하십시오. 자칫 제 등가죽이 홀렁 벗겨질 수 있습니다.”

“알겠다.”

오악패군은 수건으로 그의 등을 밀어주었다. 아주 살살 밀었지만 태웅비는 살가죽이 벗겨지는 듯 화끈거리기만 했다.

‘윽, 고문 수준이군.’

온천욕을 마친 두 사람은 나무 그늘 아래에서 휴식을 취했다.

오악패군은 나무 기둥에 기대앉았다.

"그래, 천지환혈심법은 조금 성과가 있더냐?"

"백회혈에서는 조금 느낌이 있는데 전중혈 쪽은 확실치 않습니다. 용천혈 쪽은 발바닥이 두꺼워서인지 전혀 감각이 없습니다."

"흐음, 역시 선도무학이라 어렵구나. 하지만 백회혈을 통해 운집이 된다면 다른 경혈에서도 가능할 것이다."

오악패군은 태웅비의 오른팔을 매만져 보았다.

"네 오른팔은 제법 힘이 좋은 편이다. 한번 주먹을 쥐어보아라."

"이렇게 말입니까?"

"그래. 무명선인은 천지환혈심법과 더불어 한 가지 독특한 신비로운 절기를 남겨놓았다. 절기는 하나의 권법인데, 구결로만 파악한다면 가히 천신의 주먹이다."

오악패군은 높이가 삼 장쯤 되는 커다란 바윗덩이 앞에 섰다.

"잘 보아라."

그는 허공에 현란한 주먹 그림자를 만들어내고는 힘껏 내질렀다.

콰아앙!

엄청난 폭음과 함께 커다란 바윗덩이가 산산조각이 나버렸다. 집채만 한 바윗덩이가 흔적도 없이 사라진 것이다.

"와아!"

태웅비가 탄성을 토하자 오악패군이 고개를 흔들었다.

"아니다. 이 수법은 노부의 오악붕천권(五嶽崩天拳)이다. 네게 전수해 줄 권법과 비교하기 위해 단지 시범을 보였을 뿐이다."

"무엇을 비교하려는 겁니까?"

"네가 배울 절기는 만파신권(萬破神拳)으로 마음만 먹으면 바윗덩이가 아니라 산악도 무너뜨릴 수 있다. 물론 네 팔에 그런 신력이 담겨야 하겠지만."

"산악을 무너뜨린다고요?"

"그래, 노부는 세상에서 가장 뛰어난 신력을 지녔다고 자부하지만 산악은 무너뜨릴 수 없다. 그래서 무명선인이 남긴 절기를 신뢰하기가 어렵다. 하나 천지환혈심법이 무학의 상도를 벗어났듯이 만파신권 역시 인간의 한계를 초월하는 절대무학일 수 있다."

태웅비가 의아한 표정으로 물었다.

"절기는 꼭 강해야 합니까?"

"노부의 판단으로는 그렇다. 남과 싸워 패한다는 것은 수치다. 또한 세상을 어지럽히는 놈들을 혼내주려면 강해야 한다. 노부가 비록 의인은 아니지만 선악은 확실히 구분한다.

돼먹지 못한 놈들이 설치는 것은 눈꼴이 시어서 두고 볼 수 없으니 말이다.”

“저는 아직 남과 싸워본 적이 없습니다. 뭐, 앞으로도 싸울 일은 없을 것 같습니다.”

“웅비야, 세상은 네가 원하는 대로 돌아가지 않는다. 세상을 살아가다 보면 정말 원치 않은 일들이 너를 옭아맬 것이다. 대장부라면 최소한 자신을 지킬 힘은 지녀야 하지 않겠느냐?”

태웅비는 대꾸를 하지 않았지만 그 말에는 내심 동감했다.

‘틀린 말은 아니다. 남과 싸우기 위해서가 아니더라도 최소한 내 자신을 지킬 힘은 필요해.’

오악패군은 만파신권의 구결을 일러주고는 해석을 곁들여주었다.

“만파신권은 손의 경혈을 통해 운집된 진기를 발출하는 수법이다. 네가 천지환혈심법을 부단히 수련하면 손의 경혈을 통해 운집한 진기로 만파신권을 전개할 수 있을 것이다. 이해가 되었느냐?”

“조금 알 것 같습니다. 구결이 천지환혈심법만큼 난해하지는 않군요.”

오악패군은 잠시 생각하다가 태웅비를 훑어보았다.

“싸움에 임해 달아나는 것은 수치이지만 개죽음이다 생각되면 피할 수도 있다. 임전불퇴는 천년제일세가 일족들이나 고수하는 고지식한 원칙이다. 한데 네 한쪽 다리가 부실하니 제대로 달아나지 못할 것 같구나.”

“달아날 수 없으면 죽을 때까지 싸워야지요.”

“넌 아직 그래서는 안 된다. 노부가 한 가지 보법을 일러주겠다. 이 보법은 운풍선자(雲風仙子)가 노부에게 제발 맞서 싸우지만 말고 피신할 때 사용하라고 전수해 준 절기다.”

“운풍선자라면… 패군 노옹과 더불어 건곤팔기에 해당되는 기인이 아닙니까?”

“그렇다. 운풍선자는 손위풍(巽爲風)에 해당되며 다양한 절기를 지닌 당대의 기녀(奇女)이지. 이 보법은 구궁잠은종(九宮潛隱踪)이라 하는데 아주 신묘하다.”

“제 다리가 부실한데 보법을 제대로 구사할 수 있겠습니까? 천지환혈심법도 깨우치니 힘든 상황인데 만파신권, 구궁잠은종까지 배우려면… 이거 골치 아프네.”

“서두를 것 없다. 너는 특별히 바쁠 일도 없지 않느냐?”

오악패군은 태웅비의 의지와는 관계없이 구궁잠은종의 구결을 일러주고는 갑작스럽게 이별을 고했다.

“웅비야, 노부는 이제 가봐야겠다.”

“노옹……?”

“노부가 대마왕성의 공격을 받게 된 여유는 등천봉 입구의 마왕비를 깨뜨렸기 때문이다. 노부가 대단한 의인이어서가 아니라 마왕비의 경고문이 너무 오만해 참을 수가 없었다. 대마왕성 마인들은 아주 집요해 한 번 표적을 삼으면 추적을 멈추지 않는다. 노부가 계속 머물러 있으면 네가 위험해질 수도 있다."

"그런 이유라면 떠나시지 않아도 됩니다. 오히려 패군 노옹께서 머물러 계셔야 제가 안전하지 않겠습니까?"

오악패군은 태웅비의 의연함에 기분 좋은 웃음을 터뜨렸다.

"허헛, 너의 그런 모습을 보니 조금은 마음 편하게 떠날 수 있겠구나. 어쨌거나 천년화리의 내단을 선뜻 내준 네 고마움은 반드시 보답하겠다."

"너무 부담 갖지 마십시오. 대신 신비로운 선도무학을 전수해 주시지 않았습니까?"

오악패군은 태웅비의 어깨를 다독여 주었다.

"알겠다. 작별에는 미련을 두면 안 된다. 그래야 떠나는 사람이나 떠나보내는 사람이 편할 수 있는 법이다."

그는 거대한 덩치에 어울리지 않게 날렵하게 뛰어올랐다.

"잘 있거라, 웅비!"

그의 우렁찬 목소리가 계곡에 메아리쳤다.

태웅비는 멀어져 가는 그를 물끄러미 바라보았다.

"패군 노옹… 만나서 즐거웠습니다."

3

뚝딱뚝딱……!

태웅비는 한창 약재 창고를 수리하고 있었다.

여름에는 약재 보관이 쉽지 않다. 산자락이라 습한 기운은 심하지 않았지만 약재가 비에 젖지 않도록 신경을 써야 했다. 비바람은 막고 통풍이 잘되게 해야 하기에 벽 전체를 다시 꾸며야 했다.

태웅비는 웃통을 벗은 채로 수건만 목에 두르고 있었다.

"어유, 정말 덥군."

그는 망치를 내려놓고 앞마당 우물가로 향했다.

물을 길은 그는 머리서부터 뒤집어썼다. 흥건한 땀이 씻기며 더위가 조금 가셨다.

이때 두 개의 섬세한 인영이 날렵하게 마당으로 날아들었다. 뜻밖에도 묘령의 소녀들이었다.

"……?"

두 소녀를 대한 태웅비는 난생처음 본능적인 욕정을 느끼고 말았다.

감미로운 향기.

두 소녀는 묘령의 나이임에도 불구하고 전신에서 색기가 넘쳤다.

몸에 걸친 붉은 옷은 얇은 망사의라 뽀얀 속살과 아슬아슬한 속옷이 그대로 내비쳐 보였다. 청루의 매춘부라 해도 이렇듯 노골적으로 자신을 드러내지 않는다.

입가에 붉은 점이 새겨진 소녀가 사르르 눈웃음을 쳤다.

"태웅비 공자 되시죠?"

태웅비는 비로소 자신이 상체를 드러내고 있음을 깨닫고는 평상에 벗어둔 옷을 집어 들었다.

"소생이 태웅비인 것은 맞소만… 공자는 아니오."

"그럼 신의로 불러드릴까요?"

"신의라니 더욱 가당치 않소."

"너무 겸손하시군요. 공자께서는 두 눈을 가리고도 호풍장의 귀공녀를 치료하신 신의가 아니십니까?"

태웅비는 옷을 걸쳐 입고는 실소를 지었다.

"그것은 할아버지의 지침을 받았기 때문이오."

"장원진에서 얘기를 들으니 약옹께서는 지금 계시지 않는다고 들었습니다."

"그렇소. 먼 길을 떠나셔서 겨울에나 돌아오실 거요. 한데 두 분 소저는 뉘시오?"

두 소녀가 공손히 예를 표했다.

"인사가 늦었습니다. 소녀는 아앵(娥櫻)이며, 이쪽은 제 동문인 녹지(綠芝)입니다."

"아앵와 녹지라… 이름이 참 아름답고 운치가 있소. 다만 옷차림이 너무 노골적인 것 같구려."

녹지가 입가를 살짝 가리며 교태를 부렸다.

"호호, 그런가요? 그래도 외부라서 속옷을 갖춰 입었습니
다. 성전 내에서는 모든 제자가 망사의만 걸치지요."

평소에는 속옷을 입지 않는다는 말에 태웅비는 어처구니
가 없었다.

'이것들이 지금 무슨 소리를 하는 거야? 혹시 몸을 파는 청
루의 창기들인가?

그는 저절로 떠오르는 야릇한 상상을 지우기 위해 고개를
흔들었다.

"한데 어쩐 일이오? 할아버지께서 출타하셔 병자를 치료할
수 없소. 만일 병자 때문에 오셨다면 아쉽지만 그만 돌아가야
할 것 같소."

아앵과 녹지는 가는 허리를 흔들며 가까이 다가섰다.

"호호, 이렇게 젊은 신의가 있는데 늙은 의원이 무슨 소용
있겠어요?"

태웅비는 두 소녀의 몸에서 풍기는 향긋한 체향에 정신이
산만해졌다.

아앵은 주저없이 태웅비의 손을 쥐었다.

"아가씨께서 공자를 초빙하셨습니다. 부디 사양하지 마십
시오."

"왜… 왜 이러는 서요? 난 의원이 아니라 하지 않았소?"

"어려운 시술은 아닙니다. 저희 아가씨께서 무공을 수련하
시는 와중에 잠시 경맥이 엉켰습니다. 호풍장의 귀공녀를 치

료했듯이 신술을 보여주시면 됩니다."

태웅비가 뭐라 대꾸할 새도 없이 녹지가 옆으로 바싹 붙어 섰다.

"아이, 어서요."

그녀가 손톱을 튕기자 붉은 가루가 흩어졌다. 붉은 가루를 들이킨 태웅비는 순간적으로 맥이 빠지며 세상이 빙글 돌았다.

'제기, 미혼분이로군.'

그가 혼절하자 두 소녀가 얼른 부축했다. 아앵이 그를 업으려 하자 녹지가 반발했다.

"내가 업을 거야. 내가 제압했어."

"건방지게! 넌 나보다 서열이 아래야! 어디서 감히 나서는 거냐?"

아앵은 차갑게 일축하고는 태웅비를 들쳐 업었다.

"아, 역시 사내의 땀 냄새는 너무 자극적이야."

녹지가 눈짓으로 평상을 가리켰다.

"아앵, 지부로 데려가기 전에 우리가 먼저 품어보는 건 어때? 아가씨께 상납되면 우리한테는 기회가 없잖아?"

"그러다 이자가 입을 열기라도 하면 어떻게 하려고?"

"혼절한 상태인데 어떻게 알겠어?"

아앵은 잠시 망설이다가 앞서 걸음을 옮겼다.

"안 돼. 아가씨께서 온전하게 데려오라고 명하셨어. 난 순간의 쾌락 때문에 죽고 싶지 않아.”

녹지는 입술을 비죽거렸다.

“겁쟁이!”

태웅비를 납치한 두 소녀는 순식간에 무릉산을 내려갔다.

4

어둡다. 주변이 어두워서가 아니라 두 눈이 안대로 가려졌기에 눈을 떠도 아무것도 볼 수가 없었다.

태웅비는 몸을 일으키려 했지만 혈도가 점해졌는지 꼼짝도 할 수 없었다.

그는 누운 상태에서 잠시 생각을 정리해 보았다.

‘맞아, 내가 미혼분에 혼절했지?’

그는 한껏 교태를 부린 두 소녀를 떠올렸다.

‘불여우 같은 년들! 생긴 것 답지 않게 요사한 계집들이었어.’

납치된 상황이지만 자신을 죽이려는 의도가 아님을 알고 있기에 별반 두려울 게 없었다.

‘그 계집들의 상전이라면 역시 좋은 계집은 아닐 것이다. 치료해 주고 싶은 마음이 전혀 없군.’

이때 인기척과 함께 향긋한 체향이 코끝을 자극했다.

“호호, 공자. 이제 정신이 들었겠지요? 아혈은 점하지 않았으니 대답해 보세요.”

태웅비가 퉁명스럽게 내뱉었다.

“이봐, 아무리 상황이 급해도 사람을 유괴하는 것은 도리가 아니야. 당장 혈도부터 풀어.”

아앵의 코맹맹이 음성이 얼굴의 입술 위로 들려왔다.

“태 공자, 이제 아가씨께 모셔갈 겁니다. 하지만 아가씨의 허락없이 안대를 풀어서는 절대 안 돼요. 또한 아가씨의 하문에만 대답해야 하며 먼저 물어서도 안 됩니다.”

아앵은 그의 입술에 살짝 입을 맞추었다.

“제대로 치료하신다면… 소녀가 성심을 다해 모시겠어요.”

그녀는 태웅비의 혈도를 해소하고 그를 일으켜 세웠다.

태웅비는 그녀가 이끄는 대로 걸음을 옮겼다.

옷을 만져 보니 한 번도 입어본 적이 없는 질 좋은 비단옷이었다. 또한 자신의 몸에서 풍기는 향기를 코로 맡을 수 있었다.

‘이것들이 제 마음대로 날 수욕시키고 옷을 갈아입혔구나. 음탕한 계집들이 내 몸을 함부로 만졌겠군.’

심기가 틀어진 태웅비는 잠시 고심했다.

그가 정식 의원은 아니지만 의술을 조금 배웠기에 의원의 도리는 알고 있었다.

의원은 병자를 거부해서는 안 된다. 의원은 병증이나 부상

정도를 살필 뿐 병자의 신분과 심성을 구분해서도 안 된다. 또한 치료에 임하면 어떤 사심도 갖지 않고 성심을 다해야 한다.

이것이 그가 조부로부터 들은 의원의 도리였다.

'난 아직 정식 의원이 아니다. 게다가 할아버지는 사람을 함부로 치료하지 말라고 경고하셨다. 이번에는 할아버지의 지시를 따라야겠어.'

그는 아앵의 손을 뿌리쳤다.

"난 할아버지의 지침을 받아야 병자를 치료할 수 있다. 난 네 상전을 치료할 수 없으니 돌아가겠다."

그가 눈을 가린 안대를 풀려고 하자 아앵이 날카롭게 외쳤다.

"당장 손 떼요! 만일 안대를 풀면 공자의 눈을 뽑겠어요!"

"……."

"태 공자는 눈을 가린 상태에서도 병자를 치료할 수 있는 능력이 있으니 눈알이 뽑혀도 전혀 문제되지 않을 겁니다."

태웅비는 아앵의 경고를 무시하고 안대를 풀었다.

"난 너희가 지시하는 대로 따르는 꼭두각시가 아니다. 의원이 아닌 사람을 데려다 병자를 치료하라는 요구는 너희들의 일방적인 억지다. 내 눈을 뽑겠다면 어서 뽑아봐라."

그의 당당한 태도에 아앵은 눈을 동그랗게 떴다.

"공자는… 죽음이 두렵지 않나요?"

"두렵지 않다면 거짓말이겠지. 하지만 죽음을 빌미로 날 협박한다고 가짜 의원인 내가 진짜 의원이 되는 것은 아니다."

"놀랍군요. 산골의 의원이 이렇듯 기개가 높을 줄은 몰랐어요."

아앵은 공손히 예를 취하며 눈웃음을 쳤다.

"잠시 무례를 범한 소녀를 용서하십시오. 하지만 제가 모시는 아가씨는 호풍장의 딸과는 비교할 수 없을 만큼 고귀하신 분이십니다. 반드시 치유되셔야 합니다. 공자의 뛰어난 신술을 부탁드립니다."

아앵이 정중히 청해오자 태웅비는 난처해졌다.

'이러면 내가 또 마음이 약해지는데……'

강압이 아니라 간곡한 요청이기에 그도 마냥 고집을 피울 수가 없었다.

"좋소. 진맥은 해보겠지만 치료는 장담할 수 없소. 다시 말하지만 나는 기본적인 의술만 배운 상태요. 큰 기대는 마시오."

태웅비는 안대를 내려 다시 눈을 가렸다.

아앵이 그의 손을 쥐며 몸을 바싹 밀착했다.

"고맙습니다, 공자. 호북성의 명의들도 치료하지 못한 호풍장주의 딸을 치료하신 공자인만큼 제 아가씨도 치료하실 수 있을 겁니다. 공자는 무릉산 신의이신 약옹의 손자가 아니십니까?"

아앵이 조부의 명성을 거론하자 태웅비가 마음을 굳혔다.

'그래, 날 강제로 끌고 온 이 계집의 행실은 괘씸하지만 할아버지를 욕되게 할 수는 없지. 가급적 내가 치료할 수 있는 증세였으면 좋겠군.'

태웅비는 앞서 걸음을 옮겼다.

"안내하시오."

문이 열리는 소리로 미루어 다른 방 안으로 들어선 것 같았다. 아앵이 손을 놓아주자 태웅비는 조심스럽게 걸음을 옮겨야 했다.

뒤로 문 닫히는 소리에 이어 여인의 도도한 음성이 옆에서 들려왔다.

"이쪽이야."

태웅비는 허공을 더듬었다. 부드러운 휘장의 감촉이 손에 잡혔다. 그는 휘장을 밀치고는 안으로 들어섰다.

향기가 아주 짙었다. 다행히 꽃의 향기처럼 신선해 메스껍지는 않았다.

"앉아."

누군가의 손이 태웅비의 손을 쥐었다.

여인의 손. 참으로 보드라운 손이었다. 일전에 호풍장에서 그의 손을 잡아준 귀공녀의 손은 너무나 말라 있어 조금은 안

쓰러운 기분이 들었는데, 이 여인의 손은 살이 적당히 붙어 있어 매끄러우면서도 따사했다.

"태웅비라고 했던가? 먼저 네 의학적인 지식을 시험해 보겠다. 날 진맥해 봐라."

음색으로 판단한다면 많은 나이는 아니다. 하나 아랫사람을 다루는 나른한 말투로 미루어 높은 신분으로 짐작되었다.

태웅비는 여인의 손목에 손가락을 얹어 진맥했다.

그는 질환에 의한 병증은 정통하지 못해도 맥과 경락의 진맥은 상당한 경지에 올라 있었다. 진맥을 통해 여인의 내공을 감지한 그는 내심 놀라움을 금치 못했다.

'굉장하군. 나이도 많은 것 같지 않은데 이렇게 높은 수준의 공력을 보유하고 있단 말인가?

신중하게 여인을 진맥한 그가 자신의 소견을 밝혔다.

"십이경락 중 두 곳이 조금 손상되었소. 아마도 소음심경과 양명위경이 틀어진 것 같소."

"치료할 수 있겠어?"

"……"

"왜, 자신이 없어?"

"소저의 체내에는 사기(邪氣)가 잠재돼 있소. 두 개의 경락이 손상된 것은 사기 때문이오. 먼저 마음을 다스리지 않으면 경락을 치료해도 다시 재발될 것이오."

"흐음, 과연 신의로 불리는 약옹의 손자답구나. 하지만 내 몸에 사기가 잠재돼 있다는 네 진맥은 잘못되었다. 내가 수련 중인 주작천사공(朱雀天邪功)은 사황진경(邪皇眞經)에서 비롯된 무공이지. 난 무리하게 연공을 하다 경락을 다친 것이니 그리 알고 치료해라.”

여인은 태웅비의 손을 이끌어 자신의 가슴에 얹었다.

매끄러운 비단을 통해 봉긋한 젖가슴과 유실의 감촉이 그대로 느껴졌다.

“소저……?”

태웅비는 손을 빼려 했지만 여인은 놓아주지 않았다.

“난 강호의 여인이다. 규방의 계집들과 다르니 예법에 구애될 것 없다. 경락을 치료할 수 있다면 내 몸 어느 곳을 만져도 너를 나무라지 않을 것이다.”

“알겠소.”

태웅비는 여인의 손상된 경락을 뇌리에 떠올리고는 새끼손가락에서부터 겨드랑이까지 이어지는 소음심경을 찾아 지압했다.

여인은 팔과 어깨를 고스란히 노출시켜 놓고 있었기에 경혈을 찾아내는 데 어려움이 없었다. 그의 손은 신문혈에 이어 영도를 거쳐 겨드랑이까지 이어졌다.

태웅비는 잠시 주저하다가 여인의 젖가슴과 심장 부위까지 지압했다.

“으음……!”

여인의 신음성이 묘한 충동을 일으킨다.

태웅비가 여인의 젖가슴을 만져 보기는 이번이 처음이었다. 난생처음 느껴보는 뭉클함과 탄력에 피가 뜨거워졌다.

'못난 놈, 사람을 치유하는 의원으로 음욕을 느끼다니!'

그는 스스로를 꾸짖고는 시술에 최선을 다했다.

소음심경에 대한 처지를 마친 그는 침상을 더듬어 발치에 걸터앉았다.

여인의 음성이 나른하게 들려왔다.

"아, 정말 신묘하군. 가슴의 울렁증과 경락의 통증이 벌써 가라앉았어. 나도 의술에는 조금 조예가 있지만 이런 치료법은 처음이다."

태웅비는 여인에 대해 별반 호감이 없었던 터라 아무런 대꾸도 하지 않고 발을 지압했다.

그의 손은 둘째 발가락에서부터 발등의 함곡을 거쳐 정강이와 무릎으로 올라갔다. 여인은 다리도 노출시켜 놓고 있어 태웅비는 허벅지의 복토혈을 지압할 때까지 옷자락을 느낄 수 없었다.

태웅비는 여인의 아랫배를 지압하면서 비로소 매끄러운 비단의 감촉을 감지하고는 내심 안도했다. 아무리 눈이 가려진 상태라 해도 여인의 알몸을 지압한다는 것은 난처한 시술이기 때문이다.

치료는 대략 반 시진이 지나서야 끝났다.

태웅비는 침상에서 내려섰다.

“치료를 마쳤소. 내 의술이 부족해 여기가 한계요.”

부스럭거리는 소리로 미루어 여인이 일어선 듯싶었다.

“훌륭한 처치였다. 지압만으로 경락을 치료할 수 있다는 것을 처음 알았어.”

“그럼 이만 가보겠소.”

태웅비는 형식적으로 포권을 취하고는 돌아섰다.

한데 여인의 손이 그의 어깨를 감싸 쥐었다. 공력을 운기했는지 여인의 손이 쇠갈고리처럼 강하게 어깨를 압박했다.

“태웅비라고 했지? 내가 어떻게 생겼는지 보고 싶지 않아?”

“전혀 보고 싶지 않소.”

“유감이군. 네게는 꼭 보여주고 싶은데 말이야.”

여인이 가까이 다가섰는지 향기가 코를 찔렀다.

“참, 여태 내 얼굴을 본 자들은 모두 죽었어.”

“……!”

태웅비는 가슴 한쪽이 서늘해졌다.

두려움 때문이 아니었다. 사람 죽인 일을 너무도 태연하게 말하는 여인의 잔혹한 심성 때문이었다.

“내 이름을 알고 싶지 않아?”

“알고 싶지 않소.”

“내 이름은 곽소휘(郭簫徽)야. 물론 내 이름을 들은 사내들도 모두 죽었지."

태웅비는 지그시 이를 깨물다가 눈을 가린 안대를 벗었다.

상대가 기어코 자신을 죽일 마음을 품고 있다면 그녀를 대면하는 것과 관계없이 자신이 살 수 없음을 깨달은 것이다. 그럴 바에는 대체 어떻게 생겨먹은 계집인지 한번 보고 싶었다.

눈앞이 환해졌다.

안대를 벗어서가 아니라 눈앞의 여인이 지닌 절륜한 미색 때문이었다.

태웅비는 사람이 이렇듯 아름다울 수 있다는 것을 처음 알았다.

여인의 피부는 옥을 쪼아 만든 듯 투명했고 두 눈은 보석을 박은 듯 반짝거렸다. 오뚝한 콧날은 도도함을 한껏 과시했으며 윤기 흐르는 유난히 붉은 입술은 뭇 사내를 매혹시킬 듯 불타고 있었다.

그녀는 한 겹 망사의만 둘렀기에 젖가슴은 물론이고 다리 사이의 은밀한 부위까지 어렴풋이 엿보였다.

태웅비는 정색을 하며 뒤로 물러섰다.

"소저의 얼굴을 보고 말았소."

곽소휘는 생긋 미소를 짓고는 바싹 다가섰다.

"호호, 보기보다 대담하군. 내 이름을 들었다 해도 귀를 틀어막고 못 들은 체할 줄 알았는데."

“어차피 날 죽이려 할 것 아니오?”

“그렇다 해도 무릎을 꿇고 살려달라며 애원해야 하는 것 아닐까? 그래야 조금은 살 수 있는 희망이 있으니까.”

태웅비는 생글생글 웃으면서 살벌한 죽음을 거론하는 그녀의 잔혹성에 분노가 치밀었다.

“무릎 따위는 꿇지 않겠다!”

그는 냅다 주먹을 내질렀다.

그의 오른팔은 건재했으며 여느 사람보다 힘이 좋았다. 상대의 높은 내공을 감안한다면 무의미한 몸부림에 불과하겠지만 곽소휘의 콧잔등이라도 한 대 갈겨주고 싶었다.

한데 곽소휘의 몸에서 붉은 기운이 피어오르며 태웅비의 주먹을 휘감았다. 부드러운 기운이었지만 태웅비는 꼼짝도 할 수 없었다.

‘젠장, 호신강기까지 발출할 줄 안다면 초절정급 고수로군.’

그는 오악패군을 통해 무공에 대한 전반적인 이야기를 들었기에 호신강기가 얼마나 높은 수준의 무공인지 잘 알고 있었다.

곽소휘는 아찔한 미소를 머금으며 입김을 훅 불었다.

퍼엉……!

폭음이 터지며 태웅비는 크게 나가동그라졌다.

바닥으로 쓰러진 그는 너무도 무기력한 자신을 되새기며

오악패군을 떠올렸다.

'그래, 오악패군의 말대로 사내대장부라면 스스로를 지킬 힘 정도는 지녀야 했다. 내가 계집의 입김조차 감당 못하는 미약한 존재였단 말인가?

그는 참담한 심정이 되어 몸을 일으켰다.

"곽소휘, 넌 대체 뭐 하는 계집이냐?"

"아무리 죽음을 각오했다지만 말이 거칠구나?"

"당연하지. 내가 네게 고개를 숙여야 할 이유가 없으니까."

"좋아, 네가 숨겨야 할 이유가 없으니 말해주겠다. 이곳은 주작성전의 동정지부다."

"주작성전?"

태웅비는 비로소 곽소휘를 비롯한 아앵과 녹지의 신분을 알게 되었다.

주작성전(朱雀聖殿)!

십 수 년 이래 중원 무림은 네 개의 신비로운 문파에 의해 압박을 받고 있었다.

그들은 동서남북 네 곳에 포진돼 있으며, 문파명 또한 방위를 상징하는 영수(靈獸)의 이름을 본떠 세워졌기에 이를 중원사패라 한다.

주작성전은 바로 중원사패 중 하나인 강남 무림의 패자다.

주작성전의 제자들은 모두 여인으로 구성되었으며 요사한

색공과 사이한 무공을 구사하는 전형적인 사파다.

사파의 문파이기에 평판은 당연히 좋은 편이 못 된다. 하나 강남 무림에서 주작성전이 차지하는 위치나 비중은 남달랐다.

주작성전의 제자들은 하나같이 요염한 미색을 지닌 데다 엄청난 재력까지 겸비해 강남 일대의 많은 무림세가들은 주작성전을 섬기지 못해 안달이었다.

미색과 재물.

이것은 인간을 지배하는 가장 핵심적인 속성이다.

이렇듯 주작성전의 수족을 자처하는 다수의 속물들이 주변에 포진하고 있기에, 주작성전은 천하에서 가장 강력한 인(人)의 장막에 보호되고 있다고 해도 과언이 아니었다.

곽소휘를 직시하는 태웅비의 눈빛에 반감이 역력했다.

"네가 주작성전의 요녀인 줄 알았다면 치료해 주지 않았을 것이다."

"호호, 왜 주작성전을 비난하는 것이냐? 주작성전은 강남에서 최강이며 최고이다. 또한 자상하기도 하여 홍수와 재해를 당했을 때 많은 재물을 베풀어 난민을 구제해 주었지. 강남 일대에서 우리 성전의 은혜를 받지 않은 사람들이 없을 정도다."

"난 너희가 주는 쌀 한 톨 받아본 적이 없다."

곽소휘는 팔짱을 낀 채 태웅비의 앞으로 미끄러져 왔다. 무륙도 굽히지 않고 이동하는 모습이 유령과 같았다.

"태웅비, 넌 나를 치료해 주었으니 특별히 네게 선택할 기회를 주겠다."

"어떤 선택이냐?"

"널 데려온 아앵과 녹지를 선택하면 극진한 쾌락을 맛보게 될 것이다. 물론 전신의 정혈이 모두 빨리게 되겠지만 죽어도 좋을 만큼 즐거울 수 있다."

태웅비가 냉담하게 일축했다.

"그따위 더러운 선택은 하지 않겠다."

"나를 선택하면 주작천사공의 시험 대상이 되어야 한다. 전신이 찢어지는 몹시 고통스런 죽임을 당하게 된다. 어찌하겠느냐?"

"그게 조금 낫겠군."

곽소휘 두 눈에 묘한 이채가 감돌았다.

"너… 아직 계집을 접해본 적이 없구나?"

"답변하지 않겠다."

"틀림없어. 만일 네가 계집을 아는 사내라면 아앵과 녹지를 선택했어야 옳다. 죽어도 좋을 만큼 쾌락을 느끼는 와중에 고통없이 죽을 수 있으니 말이다."

"그것은 쾌락이 아니라 추잡함이다. 어서 죽여라."

태웅비는 온전한 왼쪽 눈으로 곽소휘를 직시했다.

"……"

곽소휘의 입가에 싸늘한 미소가 피어올랐다. 등등한 살기가 감도는 잔혹한 미소였다.

"몸은 삼중 불구이지만 그래도 의식은 꿋꿋하군. 네 남다른 근골이 아깝구나."

그녀는 가볍게 손가락을 튕겼다. 혈도가 찍힌 태웅비는 맥없이 주저앉았다.

곽소휘는 태웅비를 내려다보며 잠시 생각에 잠겼다.

'이제 수련을 마쳤으니 본격적으로 강호로 나서야 한다. 주작천사공을 대성하기 위해서는 채양보음술에 주력할 수밖에 없다.'

그녀는 섭물진기를 발출해 태웅비를 둥실 떠올렸다. 그녀는 태웅비의 볼을 어루만지며 나직이 중얼거렸다.

"사내들은 그저 희생물일 뿐이다. 이자를… 내 첫 번째 사내로 삼겠다. 나를 치료한 준 대가로 생각하면 되겠군."

죽음의 과정이 이렇듯 색다르다면 두려워할 이유가 없을 것 같았다.

꿈인지 생시인지 알 수 없기에 태웅비는 몹시 혼란스러웠다. 하나 모든 상황이 불쾌하지만은 않았다. 그가 곽소휘를 품었는지, 아니면 곽소휘가 자신을 안았는지 알 수 없지만 한 몸이 된 것 같았다.

태웅비는 자신의 의지와 관계없이 몸이 불덩이처럼 뜨거

워져 있었다. 미약에 중독되어서인지 그는 열기를 식히기 위
해 곽소휘를 부둥켜안을 수밖에 없었다.

극심한 몽환 상태이기에 기억은 극히 단편적이었다.

자극적인 쾌락이 오래도록 이어졌다. 하나 쾌락도 지나치
면 고통이다. 극심한 피로와 탈진으로 그는 온몸의 기력이 완
전히 소진되고 말았다.

순간 태웅비는 백회혈에서 심한 충격을 느꼈다.

백회혈은 중요한 혈도이기에 약간의 타격만으로 죽을 수
있다.

태웅비는 숨이 턱 막히며 전신을 와들와들 떨었다. 혼백이
육신을 떠나는 고통 속에서 그는 축 늘어졌다.

목숨이 끊어진 것이다.

第五章
대마왕성의 소마왕

（1）

　아앵은 태웅비의 머리채를 쥐었고 녹지는 태웅비의 발목
을 쥐었다.
　두 소녀는 숨이 끊어진 태웅비를 짐짝처럼 질질 끌었다.
　"아가씨께서 어쩐 일일까. 사내를 한갓 버러지 취급하며
시험 대상으로 잔혹하게 죽였던 분인데 말이야."
　아앵에 이어 녹지가 말을 받았다.
　"그러게. 아가씨께선 아직 백신의 몸인 것으로 아는데 왜
이런 놈을 첫 사내로 믿이했을끼?"
　"훗, 백신이 뭐 중요하겠냐? 어차피 숱한 사내들을 상대해
야 할 몸인데, 뭘."

두 소녀는 복도 끝에 있는 방으로 들어섰다.

철컹!

바닥의 철문을 젖히자 지하 무덤에서 음습한 독기가 피어 올랐다.

"던져."

아앵이 지시하자 녹지가 쓴 입맛을 다시며 태웅비를 내려 다보았다.

"아쉬워. 한번 품어보았어야 하는데."

"계집애, 이미 죽은 놈이야. 미련 두지 마."

"알았어."

녹지는 태웅비를 지하 무덤 안으로 처박았다.

아앵은 지체없이 철문을 닫았다.

"어서 철수 준비해. 소전주께서 성전으로 귀환하신다는 영 을 내리셨다."

털썩!

태웅비가 떨어진 곳은 수북한 시체 더미 위였다. 대부분의 시체는 정혈이 빨려 피골이 상접한 모습이었고, 일부는 머리 와 가슴이 으스러진 참혹한 형상이었다.

죽은 시체에서 뿜어진 장독(葬毒)과 푸른 인광이 번득이는 지하 무덤.

해골 일부가 부서지면서 태웅비가 시체 더미를 따라 굴러 떨어졌다. 이미 사혈이 점해졌기에 태웅비 또한 무수한 시체 중의 하나가 되어야 마땅했다.

얼마나 지났을까.

실로 믿기 어려운 변괴가 전개되었다.

태웅비의 눈가 근육에 미세한 경련이 일어나면서 입을 통해 긴 한숨이 흘러나왔다. 당연히 죽었어야 할 몸이 움직였으니 기적과도 같은 회생이 아닐 수 없었다.

호흡은 간헐적으로 끊겼지만 다시 이어지면서 점차 안정을 찾아갔다.

잠시 후 태웅비는 나직한 신음을 토하며 스르르 눈을 떴다.

"으음, 여기가… 어디지?"

태웅비는 심한 두통 때문에 머리가 깨질 듯 아팠다. 기나긴 나날 동안 잠들었다가 깨어난 것처럼 전신이 무기력하고 정신마저 혼미했다.

자신이 누구인지, 그리고 자신이 왜 쓰러져 있는가.

그가 이런 의혹 속에서 본래의 기억을 회복하기는 한참이 흘러서였다.

'맞아, 내 이름은 태웅비. 주작성전의 요녀들한테 끌려왔고… 치료를 마친 후 곽소휘, 그 악녀가 날 죽였다.'

그는 백회혈이 찍히는 바람에 그 직전의 상황은 워낙 혼란스러워 제대로 기억할 수가 없었다. 어쨌거나 가장 확실한 것은 자신이 아직 죽지 않고 살아 있다는 사실이다.

“곽소휘! 그 악녀가 날 죽여 이곳 지하 무덤으로 던진 게 틀림없다. 어찌 된 연유인지 몰라도 난 죽지 않았다.”

태웅비는 누운 상태로 기력이 회복되기를 기다렸다.

‘죽지 마라, 웅비. 반드시 살아서 집으로 돌아가야 한다. 내가 집에 없으면… 할아버지가 정말 상심하실 거다.’

기력을 조금 회복한 태웅비는 이를 악물며 몸을 일으켜 앉았다. 한데 역겨운 장독이 풍겨지면서 구토를 참을 수 없었다.

“욱, 욱……!”

그는 몸을 낮추었지만 장독이 이미 지하 무덤 전체에 퍼져 있기에 독기를 피할 수가 없었다.

‘큰일이군. 장독은 해독이 어려운 독인데…….’

부패한 시체에서 풍기는 장독은 뛰어난 영약이 아니고서는 해독이 되지 않는다. 더군다나 밀폐된 공간임을 감안한다면 태웅비가 살 수 있는 시간은 촌각도 되지 않는다.

그는 최대한 몸을 낮추어 바닥을 기었다.

지하 무덤 내부가 워낙 어둡기에 눈으로 주변 상황을 볼 수 없는 것이 태웅비에게는 오히려 다행이었다. 무수한 시체 더미를 보았다면 그는 더욱 절망했을 것이다.

싸늘한 돌 벽의 감촉이 손에 느껴졌다.

‘그래, 탈출구는 없을 거다. 자욱한 장독은 이곳이 무덤임을 의미해.’

태웅비는 크게 낙담하며 탈출을 포기했다.

그러다 문득 백회혈 부근으로 뜨거운 기운을 느끼게 되었다.

'맞아, 혼미한 상태였지만 난 백회혈에 심한 충격을 받았다. 그만한 충격이라면 죽었어야 정상이다. 한데 내가 죽지 않은 이유는 강한 기운이 백회혈을 지켜주었기 때문이다.'

그는 아득한 절망 속에서 한 가닥 희망의 빛을 보게 되었다.

천지환혈심법!

그는 오악패군이 전수해 준 선도무학이 자신을 지켜주었다고 믿었다.

그동안 백회혈을 통해 진기를 운집하는 수련을 쌓아왔던 것이 결코 헛된 노력이 아니었다. 경혈을 통한 토납술로 백회혈이 단련된 덕분에 경혈이 찔리고도 죽지 않은 것이다.

'그래, 최대한 숨을 멈추고 경혈을 통해 진기를 모으자.'

그는 가부좌를 틀고 앉아 천지환혈심법의 구결을 뇌리에 떠올렸다.

백회혈을 통한 운집은 어렵지 않기에 그는 얼굴의 인당혈과 중구혈을 통한 진기의 운집에 집중했다. 두 혈도 모두 호흡과 연관된 경혈이기에 장시간 숨을 멈추는 데 효과가 있다.

생존과 직결된 긴장감 때문일까.

백회혈 이외에는 다른 경혈이 제대로 열리지 않았는데 지금은 인당과 중구 두 경혈을 통해 미세한 온기가 느껴졌다. 그것은 경혈이 열려 진기가 운집되고 있음을 의미한다.

세 곳의 경혈을 통해 운기를 할 수 있게 되자 태웅비는 독 기운의 위험에서 겨우 벗어날 수 있었다. 하나 오랫동안 지하 무덤 속에서 살아갈 수는 없기에 속히 탈출을 모색해야 했다.

그는 오악패군이 전수해 준 선인의 절기를 뇌리에 새겼다.

만파신권!

오악패군의 설명에 의하면 산악도 무너뜨릴 수 있다고 하였다. 물론 액면 그대로 믿기에는 과장이 다소 심한 설명이었다.

'석벽의 두께가 얼마나 되는지 알 수 없지만 만파신권으로 깨뜨려 보자.'

그는 손바닥 중앙의 뇌궁혈로 정신을 집중했다.

만파신권은 손을 통해 운집한 진기를 순간적으로 뿜어내는 절기다. 뇌궁혈을 통한 진기의 운집은 예상외로 빠르게 진행되었다.

손바닥이 뜨겁게 달아오르자 태웅비는 신문, 양곡, 소부 등의 경혈을 통해서도 더욱 많은 진기를 끌어들였다.

얼마의 시간이 흐르자 태웅비는 팔 전체에서 무궁한 힘을 느낄 수 있었다. 주먹을 불끈 쥐자 몸이 둥실 뜨는 기분이었고, 뜨거운 열기가 팔을 달구었다.

'좋아, 해보자!'

태웅비는 석벽을 향해 주먹을 겨누었다가 힘껏 내질렀다.

콰아아앙!

엄청난 폭음과 함께 지하실 전체가 붕괴될 듯이 요동쳤다. 이어 석벽이 거미줄처럼 갈라지면서 희미한 빛이 스며들었다.

와르르르!

돌무더기가 무너져 내리며 외부의 강렬한 빛이 스며들었다.

한순간 모든 힘을 쏟아낸 태웅비는 극심한 탈진 현상에 전신의 맥이 쭉 빠졌다. 만파신권을 뿜어낸 오른손은 진기가 소진되면서 축 늘어졌다.

곧이어 맑은 공기가 스며들자 태웅비는 조금씩 기력을 회복할 수 있었다.

비로소 그는 자신이 벽을 무너뜨렸음을 실감했다.

"아, 뚫렸다! 내가 해냈다!"

뚫어진 구멍의 두께는 무려 두 자나 되었다. 절정고수도 격파하기 힘든 두께의 석벽을 그가 뚫어낸 것이다.

외부의 빛이 스며들면서 그는 비로소 지하실의 참상을 똑똑히 볼 수 있었다.

수심 구에 달하는 시체 더미.

두려운 감정을 잘 느끼지 못하는 태웅비였지만 끔찍한 참상에 부르르 몸을 떨었다.

"이익… 악녀들! 용서치 않겠다!"

두 자 두께의 석벽을 관통한 그였기에 자부감이 부썩 솟았다. 상대가 아무리 강한 고수라도 자신의 만파신권이라면 누구든 쓰러뜨릴 자신이 있었다.

일단은 무덤을 탈출해야 했기에 그는 구멍을 통해 바깥을 내다보았다.

탁 튄 호수가 보인다. 호수의 수평선을 감안했을 때 지하 무덤 외부는 아마도 동정호 주변의 벼랑으로 생각되었다. 바닥을 내려다보니 수직 벼랑이 족히 십 수 장은 되어 보였다.

다소 높기는 해도 땅바닥이 아니기에 도전해 볼 만했다.

그는 석벽이 뚫린 폭음을 듣고 주작성전의 요녀들이 몰려올 수 있음을 우려했다. 일단은 기력을 회복할 시간이 필요했다.

"가자!"

그는 깊이 숨을 들이켜고는 벼랑 밖으로 몸을 날렸다. 수면에 이르기까지는 생각보다 훨씬 시간이 걸렸다.

첨벙—!

호수 속으로 빠진 태웅비는 수면에 닿은 엉덩이와 등판의 피부가 벗겨져 나간 듯 심한 쓰라림에 몸을 떨어야 했다.

겨우 수면 밖으로 고개를 내민 그는 최대한 멀리 벗어나기 위해 자맥질을 쳤다. 왼팔과 오른 다리가 기형적으로 빈약한 그였지만 열 살 이후부터는 주로 호숫가에서 지냈기에 자맥

질은 그나마 능한 편이었다.

그는 도움을 청하기 위해 주변을 살펴보았다. 다행히 고기잡이배가 저편으로 지나치고 있었다.

"살려주시오! 여기요!"

태웅비는 손을 휘저으며 도움을 청했다.

그의 움직임이 포착되었는지 고기잡이배가 방향을 틀어 그에게로 미끄러져 왔다.

햇볕에 얼굴이 그을린 늙은 어부가 상앗대를 내밀었다.

"어서 잡게나!"

태웅비는 겨우 상앗대를 잡고 고기잡이배 위로 올랐다.

"헉헉, 고맙소."

늙은 어부가 낡은 수건을 건네며 물었다.

"젊은이, 어떻게 호수에 빠지게 되었는가?"

태웅비는 자신이 뛰어내린 벼랑을 가리켰다.

"요녀들에게 걸려 죽을 뻔했소. 천행으로 겨우 목숨을 건질 수 있었소."

어부는 벼랑을 올려다보고는 다소 경계의 눈빛으로 태웅비를 보았다.

"지… 지금 농담을 하는 겐가?"

"그렇소만… 왜 그런 눈으로 보시오?"

"저 위 벼랑에는 주작성전의 동정지부인 금화별장(金花別莊)이 있었던 곳일세."

“있었던 곳이라면… 지금은 없단 말이오.”

“그러하네. 수일 전 동정호 수적들의 습격을 받아 장원이 불타 버렸네. 많은 사람들이 죽었다고 하는데… 우리 같은 무지렁이들이야 자세히는 모르지.”

태웅비의 표정이 곤혹스럽게 일그러졌다.

“수적들의 습격을 받았단 말이오?”

“이곳 동정호야 본래 수적들 세상이 아니었던가? 한데 주작성전이 강남 일대를 석권하면서 동정호 이십사 수채를 몰아냈네. 수적들이 그 보복으로 금화별장을 습격한 것이라고 하더군.”

“……”

태웅비는 전혀 예상치 못한 얘기에 다소 혼란스러워졌다.

‘내가 잡혀간 곳이 금화별장이었군. 한데 수적들의 습격을 받아 사라졌다고?’

그는 늙은 어부의 말을 믿기가 어려웠다.

자신을 단지 입김만으로 날려 버린 곽소휘의 경이적인 무공을 감안한다면 있을 수 없는 일이었다.

‘그 악녀의 무공이라면 수적 수백 명이 덤벼들어도 상대가 되지 못할 거다. 곽소휘뿐만 아니라 아앵와 녹지를 비롯한 수하들도 있었을 텐데 금화별장이 어떻게 수적들의 습격으로 불타 버릴 수 있단 말인가?’

늙은 어부의 얘기가 이어졌다.

"금화별장이 소실되자 동정호 일대의 많은 무림세가에서 수적들 소탕에 나섰네. 그 바람에 조금은 시끄러워지겠지만 우리 같은 어부들이나 촌민들에게는 바람직한 일일세. 수적들만 없어지면 정말 마음 편하게 살 수 있지 않겠는가. 동정호 일대가 안정되면 모두 주작성전 덕분일세."

태웅비가 불쾌한 표정으로 응수했다.

"수적들은 당연히 제거되어야 하지만 주작성전은 결코 좋은 집단이 아니오. 주작성전의 계집들은 하나같이 위선적이고 교활한 악녀들이오. 내가 결코 용서치 않을 거요."

늙은 어부는 물끄러미 그를 바라보다가 쓴웃음을 지었다.

"허허, 우리 같은 무지렁이들이 무엇을 알겠는가? 작은 도움이라도 받으면 그저 감격할 따름이지."

"노인장, 수고스럽지만 호변에 배를 대주시오."

"금화별장에 올라가 보려는 겐가?"

"그렇소. 내 눈으로 확인을 해야겠소."

"신중하게 처신하게나. 공연히 수적으로 오인받을 수가 있네."

늙은 어부는 호변 가까이 배를 댔다.

배에서 내려선 태웅비는 늙은 어부를 향해 공손히 예를 표했다.

"지닌 게 아무것도 없어 보답을 못해 정말 송구하오. 진심으로 감사드리오."

“아닐세. 몸조심하게나.”

늙은 어부는 상앗대로 배를 밀어 호수로 흘러들어 갔다.

태웅비는 완만한 산길을 따라 올랐다.

호숫가 벼랑 위.

한 채의 장원이 철저하게 파괴되어 흉물스럽게 널려 있었다.

태웅비는 미혼분에 중독된 상태에서 납치되었기에 금화별장을 눈으로 보지는 못했다. 하지만 자신이 탈출한 지하 무덤의 위치를 감안하면 금화별장에서 고초를 겪은 것이 확실했다.

“젠장, 이해가 되지 않는군. 수적 따위에게 당할 주작성전의 지부는 아닐 텐데…….”

그는 잿더미를 둘러보다가 문득 지하 무덤의 무수한 시체를 떠올렸다. 만일 자신이 천치환혈심법을 터득하지 못했다면 그 역시 이미 무덤의 시체로 화했을 것이다.

잠시 고심하던 그는 주작성전의 교활한 계책을 간파하고는 이를 부득 갈았다.

“사악한 계집들! 지하 무덤의 시체를 숨기기 위해 이런 계책을 꾸몄어. 금화별장은 수적들에게 의해 궤멸된 것이 아니라 악녀들 스스로 무너뜨린 것이다.”

주작성전은 외견상 수적들을 소탕하고 재해 때마다 재물

을 베풀어 양민들을 구휼한 의로운 집단이다. 그런 주작성전의 지부에 납치를 당해 죽은 사람들의 무덤이 있다는 것은 확실히 문제가 된다.

금화별장이 어떤 의도로 설립됐는지는 몰라도 용도가 다해 폐기되었다. 행여 대규모 지하 무덤이 밝혀질 것을 대비해 수적들의 소행으로 조작된 것이다.

훗날 누군가에 의해 지하 무덤의 존재가 밝혀져도 수적들의 소행으로 둘러댈 수 있으니 참으로 용의주도한 계책이 아닐 수 없었다.

고심 끝에 금화별장이 폐쇄된 내막을 정확히 간파한 태웅비는 주작성전에 대해 더욱 반감이 깊어졌다.

"악독한 교활한 요녀들! 언제고 네년들의 위선과 가증을 벗겨줄 것이다."

2

무릉산 초옥.

오랜만에 집으로 돌아온 태웅비는 마당의 평상 위에 벌렁 누웠다.

"역시 집이 좋군."

그는 주작성전에 대해서는 당분간 잊기로 했다.

그의 형편없는 무공으로는 주작성전의 총단을 찾아가도

곽소휘를 만날 수 없기에 감정은 가슴에 묻어두어야 했다. 용서한 것이 아니니 복수는 나중에 하면 되는 일이다.

그는 나름대로 마음을 안정시키고는 일어나 앉았다.

"패군 노옹이 전수해 준 천지환혈심법과 만파신권은 확실히 신비로운 무공이었다. 만일 천지환혈심법을 높은 경지까지 터득하면 사혈이 찔려도 죽지 않을 것이다."

그는 천지환혈심법의 구결을 떠올리며 운공에 몰입했다.

납치와 잠시 동안의 죽음을 경험해서인지 그는 무공에 대한 열망이 더욱 강해졌다. 다시는 그런 수모를 겪고 싶지 않았다.

'만파신권은 천신의 주먹이다. 그 절기만 대성해도 나 자신은 지킬 수 있다.'

선연한 아침 햇살이 산자락의 초옥을 비추었다.

태웅비는 앞마당에서 아침 햇살을 맞이하고 있었다. 예전보다 잠이 줄어서인지 이제는 동녘이 틀 때면 그도 잠에서 깨어났다.

태웅비는 태양을 향해 선 채로 천지환혈심법을 운기했다.

천지환혈심법은 경혈을 통해 진기를 운집하기에 굳이 가부좌를 틀고 앉지 않아도 되었다. 마음만 먹으면 걷거나 뛰는 와중에도 심법을 전개할 수 있다.

천지간에는 기가 충만하지만 동틀 무렵의 기가 가장 왕성하다.

태웅비는 심법을 통해 그런 현상을 깨우쳤기에 가급적 동 틀 무렵에 천지환혈심법을 운기하게 되었다.

천지환혈심법을 배운 지 석 달 남짓 되었지만 태웅비는 세 상이 보다 넓고 입체적으로 보인다는 사실에 크게 고무돼 있었다.

그것은 그의 오른쪽 눈이 점차 정상을 찾아가고 있다는 것을 의미한다.

왼팔도 부쩍 힘이 붙어 이제는 두 팔로 나무에 매달릴 수도 있고 도끼질도 할 수 있었다.

한 시진에 걸쳐 천지환혈심법을 운기한 태웅비는 구궁에 맞춰 걸음을 옮겼다.

보법 절기인 구궁잠은종.

하루에 두 번씩 수련을 해서인지 이제는 보법이 어느 정도 능숙해졌다.

덕분에 태웅비의 행보가 훨씬 가뿐해졌다. 보법을 펼치면 가파른 벼랑을 오를 수도 있고 울창한 수림도 쉽게 통과할 수 있었다.

예전에는 길이 험해 미처 구할 수 없는 약초를 이제는 수월 하게 구할 수 있다는 것도 나름대로의 즐거움이었다.

어제는 날랜 산토끼를 쫓아 맨손으로 사냥을 하기도 했다.

그는 전혀 의식하지 못했지만 어느새 강호의 한 사람으로 성장한 것이다.

호북성은 매서운 추위가 없기에 무릉산의 단풍도 서서히
물든다. 태웅비는 장원진 부락에서 양곡과 생필품을 구입해
집으로 향하고 있었다.

그는 산중턱까지 내려온 단풍을 감상하며 날짜를 꼽아보
았다.

"할아버지가 대설산으로 떠나신 지도 제법 됐다. 언제나
돌아오실까?"

그는 자신 때문에 연로한 조부가 고생하는 것 같아 마음이
아팠다.

"천지환혈심법 덕분에 이제 많이 좋아졌어. 이젠 할아버지
가 그토록 영약을 찾아다니시지 않아도 되는데……."

나뭇잎 사이로 멀리 초옥이 보였다.

문득 어렴풋이 인기척을 감지한 태웅비가 환한 웃음을 띠
었다.

"아, 할아버지가 돌아오셨나 보다!"

그는 서둘러 집으로 향했다. 마당으로 들어선 그가 크게 외
쳤다.

"할아버지!"

마당에는 약재가 수북하게 널려 있었다.

한데 평상에 걸터앉아 약재를 검수하는 사람은 그의 조부
가 아니라 말쑥한 용모의 청년이었다. 오뚝한 콧날과 선명한

입술 선에 비해 눈빛은 다소 모호했다.

"큭, 이런 쓰레기를 약재로 분류했단 말인가?"

청년은 태웅비가 애써 닦어놓은 약재를 마당으로 내던졌
다.

태웅비의 표정이 싸늘하게 굳어졌다.

"뭐 하는 놈이냐?"

그는 지게를 내려놓고 마당으로 뛰어들었다.

"약재를 당장 내려놔라, 이 도둑놈!"

한데 마치 땅에서 솟아오른 듯 두 명이 내려서며 태웅비의
양 손목을 제압했다.

"엇?"

태웅비는 두 사람의 손을 뿌리치려 했지만 마치 갈고리에
걸린 듯 꼼짝도 할 수 없었다.

'고수다!'

태웅비는 경거망동을 삼가며 바싹 경각심만 높였다.

약재를 검수하던 청년이 손을 툭툭 털고는 평상에서 내려
섰다.

"꿇려라."

"예, 소주(小主)!"

두 호위는 태웅비의 오금을 걷어차고는 찍어 눌렀다. 강제
로 무릎을 꿇게 된 태웅비는 다시 일어서려 했지만 그의 어깨
를 찍어 누르는 두 호위의 힘이 엄청났다.

가까이 다가선 청년은 모호한 눈빛으로 태웅비를 내려다
보았다.

"호홍, 근골은 제법 괜찮군."

그는 냅다 태웅비의 가슴팍을 걷어찼다.

퍼억!

강력한 발길질에 태웅비는 숨이 턱 막혔다. 마치 쇠뭉치에
찍힌 듯 가슴뼈가 시큰거렸다.

청년은 얇은 장갑을 손에 꼈다.

"꽉 다물고 있어. 이가 모두 뽑힐 수 있으니까."

그는 태웅비의 턱을 받쳐 들고는 주먹질을 가했다.

퍼퍼퍽—!

연속적인 주먹질에 태웅비의 얼굴은 온통 피로 얼룩졌다.
코피가 터졌고 입술이 터져 심하게 부풀어 올랐다.

"호홍, 제법 독종이군. 신음 소리 한번 흘리지 않으니 말이
야."

장갑을 벗어 던진 청년은 발길질로 태웅비의 가슴, 옆구리,
배 할 것 없이 마구 걷어찼다.

태웅비는 무참하게 얻어맞으면서도 이해가 되지 않았다.

왜?

대체 왜 자신을 다짜고짜 때리는지 그 이유를 알 수 없었
다. 당연히 상대가 누구인지도 알지 못한다.

청년의 주먹과 발길질에는 상당한 공력이 실려 있어 태웅

비는 전신에 피멍이 들었으며 얼굴은 성한 곳이 없었다.

"으윽!"

태웅비가 축 늘어지자 청년은 비로소 발길질을 그쳤다.

"좀 씻겨라."

"예, 소주."

두 호위는 태웅비를 우물가로 질질 끌고 갔다.

촤아악!

태웅비는 세 동이의 물을 뒤집어쓰고서야 겨우 정신을 차릴 수 있었다. 그러자 두 호위는 다시 태웅비를 찍어 눌렀고, 청년은 재차 발길질을 가했다.

태웅비는 계속된 구타에 아픔마저 느낄 수가 없었다. 그는 통통 부은 눈으로 청년을 쏘아보았다.

"넌… 대체 뭐냐?"

청년은 피식 실소를 짓고는 비로소 발길질을 그쳤다.

"새끼, 정말 둔하군. 왜 때리느냐고 묻는 게 순서가 아닐까?"

그는 발끝으로 태웅비의 턱을 받쳐 들었다.

"순순히 털어놓는다면 일격에 죽여주겠다."

"뭘… 말하라는 것이냐?"

"감히 대마왕의 친필 석비를 박살 내 무지한 늙은이가 있었다. 그 늙은이는 본 성의 추적에 걸려 거의 죽을 뻔했지. 한데 워낙 몸뚱이가 단단해 용케도 달아났더군. 사실 그 늙은이는 혈황마독에 중독되었기에 이미 죽은 것으로 생각했는데 놀랍게도 생존해 있다는 보고를 받게 되었다.”

“…….”

태웅비는 그제야 상대의 신분을 간파할 수 있었다.

대마왕성!

정마대전 이후 재건돼 십팔 년 전 천년제일세가를 궤멸시킨 대마왕성의 마인들임을 알게 되었다. 또한 그들이 찾고자 하는 사람이 오악패군임은 말할 것도 없었다.

청년은 뒷짐을 진 채 천천히 마당을 거닐었다.

“장원진 촌놈들을 통해 확인해 보니 너와 그 늙은이가 잠시 지낸 적이 있다고 했다. 그러니 행여 모른다고는 하지 마라. 만일 네가 부인한다면 장원진 촌놈들이 감히 날 속인 것으로 알고 촌놈들을 모조리 죽일 것이다.”

둘러댈 구실을 사전에 차단한 매서운 심문이었다.

태웅비는 지그시 입술을 깨물었다.

‘이 악적들이라면 눈 하나 깜짝이지 않고 장원진 부락민을 모두 죽일 것이다. 그런 끔찍한 참사는 막아야 돼.’

그는 사실대로 털어놓았다.

“패군 노옹은 오래전에 여기를 떠났다.”

“어디로?”

“모른다. 하지만 복수를 위해 너희 대마왕성 악도들을 찾아 나섰을 것이다.”

"호홍, 복수라……. 무지한 늙은이라면 능히 그럴 수 있지."

청년은 재미있다는 표정을 짓다가 평상에 걸터앉았다.

"본 성에서 수집한 정보에 의하면 네 할아비 되는 늙은이가 초은야의더군. 의술이 제법 뛰어나다고 들었는데 쓸데없는 짓을 했어."

태웅비는 행여 자신의 조부에게 대마왕성의 살수가 미칠까 걱정되었다.

"할아버지는 무관하다. 당시 내 할아버지는 대설산으로 떠나신 상태였고, 오악패군은 내가 치료해 주었다. 그게 문제라면 날 죽여라."

"물론 네놈은 당연히 죽는다. 대마왕께서 마왕비에 경고한대로 등천봉에 오른 놈은 누구든 구족이 몰살된다. 한데 오악패군은 감히 성스런 마왕비를 깨뜨렸으니 십족이 죽어야 한다. 따라서 오악패군과 안면이 있는 놈은 죄다 죽어야 하지. 네가 그런 죄인을 치료했으니 네놈은 물론이고 네 할아비도 당연히 죽어야 한다."

태웅비는 마음을 독하게 먹었다.

'감히 할아버지를 해치겠다고? 그전에 역겨운 네놈부터 죽여주겠다.'

그는 천지환혈심법을 운기해 오른손에 진기를 운집시켰다.

"넌 누구냐?"

"버러지 같은 놈이 감히 내 신분을 알고 싶다는 것이냐?"

"네 이름을 알아야 죽어서 원귀가 되어서라도 복수할 것이 아니더냐? 두려우면 밝히지 않아도 좋다."

"호홍, 이제는 격장지계까지? 아주 재미있군."

평상에서 일어선 청년이 태웅비에게 다가섰다.

"내가 알기로 네놈의 이름은 태웅비다. 맞느냐?"

"그렇다."

"태웅비, 원귀가 되어 복수를 하겠다면 내 신분을 확실히 알아두어라. 내가 그동안 갓난아이서부터 늙은이까지 모든 부류의 인간들을 죽여보았는데 아직 귀신은 죽여보지 못했다. 날 꼭 찾아와서 귀신을 죽이는 재미를 선사해 다오."

"어서 밝히기나 해라."

"난 대마왕성의 소마왕인 빙마흔(憑魔痕)이다. 이제 됐느냐?"

태웅비는 오른 주먹을 불끈 쥐었다.

"오냐, 빙마흔!"

그는 순간적으로 힘을 집중해 벌떡 일어섰다. 동시에 빙마흔을 향해 만파신권을 전개했다.

"지금 죽여주겠다!"

우우웅—!

분노까지 깃든 권법이기에 그 강력함은 이루 말할 수 없을 정도였다. 만일 그의 주먹이 산악에 강타했다면 산악 전체가 진동했을 것이다.

기습적인 주먹은 정확히 빙마흔의 가슴을 강타했다.

퍼엉……!

분명 폭음이 터졌는데 반응은 의외로 미약했다.

태웅비는 마치 나뭇잎을 향해 주먹을 내지른 느낌이었다. 그의 주먹을 통해 빙마흔이 박살나는 폭음을 듣고 싶었지만 그의 기대는 철저하게 무산되었다.

빙마흔은 꼿꼿이 선 채로 뒤로 미끄러졌다. 그의 모호한 눈빛에 싸늘한 살기가 감돌았다.

"호홍, 우직한 놈인지 알았는데 뱀의 흉계를 숨기고 있는 놈일 줄이야."

그가 공격을 받기가 무섭게 주변으로 검은 그림자가 연이어 내려섰다.

회색빛 안색에 붉은 눈.

바로 대마왕성의 마인들이었다. 그들의 일부는 빙마흔 주변으로 경계를 펼쳤고 나머지는 태웅비를 에워쌌다.

태웅비는 냉담하게 그들을 쓸어보았다.

자신의 죽음은 두렵지 않지만 빙마흔을 죽이지 못한 것을 통한으로 여겼다. 자신의 조부를 위해서라도 반드시 죽여야 할 자였던 것이다.

빙마흔은 태웅비의 주먹에 의해 찢겨진 자신의 앞자락을

매만졌다.

"아주 강한 권법이다. 삼중 불구 주제에 어떻게 그런 절기를 터득한 것일까? 만일 내 반응이 조금만 늦었다면 수모를 당할 뻔했다."

그는 모호한 눈빛으로 태웅비를 쏘아보다가 손을 저었다.

"죽여!"

그의 명령이 떨어지자 포위망을 형성하고 있던 마인들이 일제히 병기를 내질렀다. 불꽃이 피어오르고 마기가 가득해 태웅비는 눈이 어지러웠다.

상대의 빠른 움직임을 전혀 알아볼 수가 없으니 반격은 생각할 수도 없었다.

쐐애액—!

한줄기 검기가 목을 향해 날아들었다.

태웅비는 본능적으로 몸을 틀어 검기를 피해냈다. 일순 그의 뇌리로 한 가지 절기가 피어올랐다.

'그래, 내가 구궁잠은종을 수련했었지?

그는 옆으로 쓰러질 듯 몸을 기울이다가 빙글 회전했다. 쏟아지던 병기가 간발의 차이로 그를 스쳐 지나갔다.

재차 구궁잠은종을 전개해 배후의 마인에게 바싹 접근한 태웅비는 힘차게 일권을 내질렀다.

"비켜라!"

빠악!

안면이 적중된 마인은 대번에 머리가 박살났다.

태웅비는 곧바로 보법을 펼쳐 포위망을 벗어났다. 그는 달아나야 한다는 사실이 부끄러웠지만 일단 개죽음은 피하고 싶었다.

빙마흔은 머리가 으스러져 죽은 수하 옆으로 내려섰다.

"확실히 무공을 익혔군. 하지만 오악패군의 권법은 아니다. 오악붕천군은 괴력을 바탕으로 창안되었기에 강력하기는 해도 이렇듯 빠르지는 못해."

그는 부공술을 펼쳐 태웅비가 도주한 수림 쪽으로 미끄러졌다.

"놈을 잡아라!"

대마왕성 마인들은 삼엄한 경계망을 형성해 그를 따랐다.

와지끈— 쿠쿵—!

무릉산의 수려한 수림이 빠른 속도로 파괴되고 있었다.

대마왕성의 마인들은 보이는 것은 모조리 베면서 태웅비를 추격하고 있었다. 한가하게 오수를 즐기던 들짐승이며 산새들은 마인들의 잔혹한 손속에 애꿎은 목숨을 잃었다.

태웅비는 무릉산의 지형에 대해 비교적 익숙했지만 신법에서 워낙 뒤지기에 마인들과의 거리가 점점 좁혀졌다. 그가 배운 구궁잠은종은 전투를 위한 보법이지 허공을 가로지르는 경신술이 아니었기에 도주에는 한계가 있었다.

뒤로 바싹 추격해 온 마인이 태웅비의 등을 향해 칼을 내려 쳤다.

쐐애액—!

태웅비는 본능적으로 섬뜩한 위기를 직감했다. 그는 오른 손에 진기를 운집하며 빙글 회전했다.

차아앙……!

놀랍게도 그의 손은 강력한 병기처럼 마인의 칼을 박살 냈 다. 맨손으로 칼을 박살 낸 태웅비는 힘이 부쩍 솟았다.

'아, 역시 천지환혈심법의 위력은 무궁해.'

그는 주먹을 불끈 쥐었다. 손바닥 노궁혈을 비롯한 손과 팔 의 경혈을 통해 진기가 순간적으로 운집됐다.

퍼억!

그의 만파신권에 가슴이 으스러진 마인이 기괴한 신음을 토하며 나가동그라졌다.

그사이 바싹 추격해 온 세 명의 마인이 짤막한 기합성을 터 뜨리며 태웅비의 목과 가슴, 하반신을 베어왔다.

태웅비는 진기를 운집해 손을 쳐들었지만 응수가 마땅치 않았다. 세 곳의 공격을 동시에 막아내기에는 그의 대전 경험 은 너무나 부족했다.

이 순간 전혀 예기치 못한 변괴가 발생했다.

태웅비를 공격하던 세 명의 마인이 갑자기 공세를 멈추며 목을 움켜쥐었다.

“크윽!”

그들의 회색빛 안색이 검게 변하면서 입을 통해 검은 피가 흘러나왔다. 그러더니 그들은 가슴을 쥐어뜯으며 연이어 쓰러졌다.

태웅비는 눈을 커다랗게 떴다.

‘독……?’

이때 누군가 그의 옆으로 내려서며 손목을 움켜쥐었다.

“가자, 웅비야.”

고개를 돌려 상대를 대면한 태웅비는 감격하고 말았다.

“하, 할아버지?”

그러했다. 독공을 펼쳐 마인들을 쓰러뜨린 사람은 바로 그의 조부인 약옹이었다. 약옹은 먼 길을 달려온 듯 모습이 추레했고 다소 여윈 모습이었지만 눈빛은 여느 때보다 맑고 강렬해 보였다.

약옹은 태웅비를 이끌고 수림 깊숙이 뛰어들었다.

“큰일 날 뻔했구나. 대마왕성 놈들이 무릉산까지 찾아올 줄은 몰랐다.”

그는 추격해 오는 마인들을 향해 검은 구슬을 내던졌다.

퍼— 퍼펑—!

연이은 폭음과 함께 검푸른 연기가 자욱하게 피어올랐다. 독탄임을 간파한 마인들은 급히 사위로 흩어졌다.

잠시 후 장내로 내려선 빙마흔이 미간을 찌푸렸다.

"웬 독탄이냐?"

마인 하나가 보고를 올렸다.

"웬 늙은이로 보이는 자가 어린놈을 데리고 갔습니다."

"늙은이?"

빙마흔은 빠른 속도로 확산되는 연기를 보고는 대번에 상대를 간파했다.

"약옹이 돌아왔나 보구나. 그 늙은이는 초은야의로 당대 삼대신의 중 한 명이다. 약재에도 밝은 만큼 독약에 대한 조예도 상당한 경지에 이르렀을 것이다."

그는 검푸른 연기가 다소 엷어지자 나른한 어조로 명을 내렸다.

"추격해. 두 놈의 목을 가져와라!"

화르륵……!

무릉산 자락의 초옥과 약재 창고가 활활 타오른다.

대마왕성의 무서움은 철저한 말살에 있었다.

그들은 목표로 정한 적은 반드시 죽이고 거처는 잿더미로 만드는 게 원칙이었다. 아주 심한 경우는 소금을 뿌리고 쟁기로 갈아 풀 한 포기 나지 못하는 황무지로 만들기도 한다.

빙마흔은 모호한 눈빛으로 화염에 휩싸인 초옥을 바라보고 있었다.

이때 추격에 나섰던 마인들이 돌아와 보고를 올렸다.

"놈들의 흔적을 찾을 수가 없습니다, 소주."

빙마흔의 모호한 눈매가 가늘어졌다.

"오마령(七魔領)."

"예, 소주."

"전사들을 대동해 잠복해 있어라. 놈들의 종적이 확인될 때까지 돌아오지 마라. 놈들의 추살을 위해 사마공(四魔公)이 파견될 것이다."

"존명!"

오마령은 휘하의 마인들을 이끌고 주변으로 흩어졌다.

빙마흔은 초옥이 재로 변한 것을 확인하고서야 둥실 떠올랐다.

"귀환한다!"

第六章
경이로운 탈태환골

무릉산 오행천.

오색 빛깔로 변하는 온천은 무릉산 내에서도 은밀한 계곡에 위치해 있기에 사람의 발길이 닿지 않는다.

약옹은 피멍으로 얼룩진 태웅비의 얼굴과 가슴을 보고는 온천욕을 지시했다.

"못난 놈, 잠시 몸을 담그고 있어라."

"할아버지, 정말 적시에 오셨습니다. 이번만큼은 조금 감격했습니다."

태웅비는 오행천에 몸을 담그고 멍든 부위를 주물렀다. 그가 타고난 강골이 아니었다면 아마 전신 뼈가 으스러졌을 것이다.

이때 무릉산 하늘 위로 검은 연기가 피어올랐다.

태웅비의 짙은 눈썹이 불끈 치켜 올라갔다.

"독한 놈들, 집까지 태우다니!"

"인석아, 그래서 남을 함부로 치료하지 말라 하지 않았더냐?"

"예에? 어떻게… 아셨습니까?"

태웅비는 놀란 눈으로 조부를 바라보았다.

약옹은 온천수를 떠서 손과 얼굴을 씻고는 바위에 걸터앉았다.

"오악패군이 용케 대설산까지 찾아왔더구나. 그는 자신이 천년화리의 내단을 복용한 사실을 실토했다. 이 할아비는 그 멍청한 오악패군을 때려죽이고 싶었지만 최선을 다해 협조하겠다는 말을 믿고 용서해 주었다."

태웅비는 환한 표정이 되어 온천탕에서 벌떡 일어섰다.

"그럼… 할아버지께서 정말 초은야의로군요?"

"……."

"왜 신분을 숨기셨습니까?"

"이 할아비는 숨기지 않았다. 다만 얘기를 해주지 않았을 뿐이다."

"제게 달리 숨긴 것은 없으십니까?"

"뭐야?"

“저도 이제 성년의 나이입니다. 어떤 충격도 감내할 자신이 있습니다. 듣고 싶습니다. 제가 왜 이런 절증을 지니고 있는지, 그리고… 부모님에 대해서도 알고 싶습니다.”

“…….”

약옹, 아니, 초은야의는 예리한 눈빛으로 태웅비를 직시했다. 화살이 쏘아지는 듯 강렬한 안광이다.

그는 태웅비의 오른쪽 눈을 오래도록 바라보다가 입술을 뗐다.

“네 오른쪽 눈이 상당히 호전됐구나. 그래서 세상을 보는 안목이 넓어지고 자각 능력이 살아난 게다.”

“제 스스로도 조금은 바뀐 것 같습니다.”

“조금이 아니라 많이 바뀌었다.”

초은야의는 강렬한 안광을 거두고는 시선을 돌렸다.

“웅비야, 네 이름이 왜 태웅비인지 아느냐?”

“모르겠습니다.”

“넌 삼태성의 정기를 받고 태어난 특별한 아이다. 그래서 성을 태(太) 씨로 정했다. 네 이름 웅비는 독수리가 널 움켜쥐고 날아왔기에 그렇게 명명한 것이다.”

“독수리… 라고요?”

“그렇다. 이 한아비가 천자산에서 약초를 케던 중 독수리에 의해 낚여 온 너를 발견하게 되었다. 하마터면 독수리 둥지로 떨어져 먹이가 될 뻔했는데 네가 갑자기 울어대면서 독수리가 널 떨어뜨리는 바람에 할아비가 구하게 된 것이다.”

“할아버지……?”

엄청난 충격에 휩싸인 태웅비는 초은야의 앞에 털썩 무릎을 꿇었다.

“하면… 제가 할아버지의 친손자가… 아니라는 말씀이십니까?”

초은야의는 무뚝뚝하게 응수했다.

“어리석은 녀석, 여태 그것을 눈치 채지 못했단 말이냐? 어떤 충격도 감내하겠다는 녀석이 그 꼴이 뭐냐?”

태웅비는 조부의 얘기가 믿기지 않았다.

자신의 신분이 뒤바뀌는 엄청난 내력을 너무도 대수롭지 않게 언급하기에 자신을 놀리는 것으로 생각했다. 그러나 이런 중대한 내력을 거짓으로 말할 조부가 절대 아니었다.

그는 조부가 밝힌 내력을 새삼 곱씹었다.

‘오악패군의 의혹이 사실이었다니! 내가 할아버지의… 친혈육이 아니었을 줄이야.’

그러나 혈연관계가 없다고 해도 초은야의는 여전히 그의 조부였다. 그에게 있어 세상에서 유일한 혈족인 것이다.

태웅비는 조용히 숨을 몰아쉬며 일진 폭풍과도 같은 충격을 겨우 진정시켰다.

‘내 출생이 어떠하든 바뀐 것은 없다. 내가 실망하는 모습을 보여서는 안 돼. 그것이 십팔 년 동안 나을 키워주신 할아

버지에 대한 최소한의 예의다.'

그는 조부를 향해 절을 올리고는 활달하게 말했다.

"할아버지, 어린 핏덩이를 이렇게 키워주서서 고맙습니다. 앞으로는 제가 할아버지를 성심껏 봉양하겠습니다."

초은야의는 물끄러미 그를 바라보고는 희미한 미소를 지었다.

"이 할아비가 너를 잘못 키우지는 않은 것 같구나. 하지만 할아비를 갑자기 존중하지는 마라. 할아버지는 여태 널 대해 온 대로 대할 것이니 너 또한 바뀔 필요 없다."

"그러겠습니다."

"한데 네 부모에 대해서는 할아비도 아는 바가 없구나."

태웅비의 가슴에 다시 약간의 풍파가 일었다.

부모…….

확실히 소중한 존재다. 뿌리 없는 나무가 없듯이 자신이 세상에 존재하는 것도 부모로부터 피와 살을 받았기 때문이다. 하나 그는 조부와 함께 자라오면서 한 번도 부모에 대해 그리워한 적이 없기에 부모의 존재가 실감나지 않았다.

태웅비의 입가에 씁쓸한 웃음이 감돌았다.

"괜찮습니다, 할아버지."

초은아의는 잠시 회상에 젖었다.

"이 할아비가 너를 구했을 때 신분을 알아낼 수 있는 어떤 징표나 단서도 없었다. 무엇보다 너는 양경삼맥이 훼손된 상

태라 할아비는 너를 치료하는 일이 급해 네 출생을 조사할 시
간이 없었다."

"그랬군요. 한데… 제 절증은 어찌 된 것입니까?"

"할아비가 널 구했을 때 이미 양경삼맥이 훼손돼 있었다.
그런 경우는 두 가지다. 첫 번째는 타고난 절증 때문일 수 있
고, 두 번째는 누군가 의도적으로 네 경맥과 경락을 손상시킨
것으로 추정할 수 있다. 물론 전자일 가능성이 훨씬 높다."

"그렇다면 저는 버려진 아이였겠군요?"

초은야의는 시선을 돌려 그를 주시했다.

"솔직히 말해 그렇다."

매정할 만큼 진솔한 답변이었다.

태웅비는 다소 공허한 웃음을 짓고는 몸을 일으켰다.

"이제 확실히 알았습니다. 하나 제 부모가 저를 버렸다 해
도 그분들을 원망하고 싶지 않습니다. 그 바람에 제가 할아버
지를 만나 이렇게 살 수 있었으니까요."

"냉정하게 생각하면 그렇다. 이 할아비가 장담컨대 양경삼
맥이 손상된 아이를 십팔 년 동안 살 수 있게 조치할 수 있는
사람은 천하에서 오직 세 명뿐이다. 할아비가 바로 그 셋 중
한 사람이다."

과연 초은야의다운 자부심이었다.

문득 태웅비는 협곡 하늘 위로 흩어지는 검은 연기를 올려
보다가 눈을 번쩍 떴다.

"큰일 났습니다, 할아버지! 집이 탔다면 삼왕과 내단이 소실됐을 수도 있습니다!"

초은야의는 바위에서 일어서며 뒷짐을 지었다.

"두 가지 영약을 숨겨놓은 돌 상자는 백강석이라 웬만한 충격과 화염에도 안전할 수 있다."

"그렇다면 다행이군요."

"하지만 대마왕성 놈들은 워낙 집요해 한번 추적에 나서면 쉽게 포기하지 않는다. 당분간 이곳에서 지내며 놈들의 잠복을 확인해야 한다."

"알겠습니다."

태웅비는 협곡을 뒤져 거처로 삼을 만한 토굴을 하나 찾아냈다. 그는 나뭇잎을 깔아 바닥으로 삼았다.

"이 정도면 되겠군."

그는 조부를 모시기 위해 토굴을 나섰다.

초은야의는 대마왕성의 추적에 대비해 오행천 부근을 감시하고 있었다.

조부를 바라보는 태웅비의 눈에 감동의 빛이 역력했다.

조부가 출생 내력을 말해주는 바람에 그들 조손이 친혈족이 아님이 밝혀졌지만, 그는 오히려 조부에 대해 더 깊은 애틋함을 느끼게 되었다.

그는 조부에 대해 새삼 뜨거운 정을 느끼게 되었다.

'할아버지, 온전하지도 않은 핏덩이를 키워주시느라 얼마

나 심고가 크셨습니까? 할아버지는 제게 있어 부모님과 다름
없습니다. 이 은혜, 평생 잊지 않겠습니다.'

2

집기도 별로 없던 초옥이기에 잿더미는 그다지 많지 않았
다.

초은야의는 열흘 동안 초옥 주변을 면밀하게 관찰하면서
마인들의 잠복을 살폈다. 외견상 어떤 징후도 찾아내지 못했
지만 그는 짐승들의 움직임을 통해 잠복 상태를 한 번 더 확
인했다.

노루를 비롯해 삵과 여우 등 산짐승들은 잿더미가 된 초옥
과 약재 창고를 어슬렁거리다가 사라졌다. 주변의 수림 위로
는 산새들이 떼를 지어 날아들었다가 한바탕 요란하게 울어
대고는 다시 날아갔다.

이상 징후는 전무.

짐승들의 예민한 후각과 반응을 감안한다면 잠복에 대한
우려는 지워도 좋았다.

초은야의는 비로소 초옥 마당으로 내려설 수 있었다.

그는 소매바람으로 잿더미를 밀어내고는 검게 그을린 바
닥을 걷어냈다. 흙이 걷히며 네모난 석판이 드러났다. 일전에
태웅비가 침상 밑에서 찾아냈던 그 석판이었다.

초은야의는 석판 뚜껑을 열고 기다란 나무 상자와 하얀 호리병을 끄집어냈다.

"다행히 손상되지 않았군."

그는 잿더미 속에서 비교적 멀쩡한 약탕기와 사발을 챙겨 훌쩍 몸을 날렸다.

그런 와중에도 그는 곧바로 은신처인 오행천으로 향하지 않고 무릉산을 크게 우회해 날아갔다. 행여 있을 추적을 우려한 최대한의 대비였다.

곧이어 초옥 마당이 내려다보이는 산기슭의 흙이 우수수 흘러내렸다. 이어 대나무 대롱을 입에 문 마인이 모습을 드러냈다.

그는 땅속에 몸을 묻고 얼굴 주변으로 잡초를 심은 채로 잠복해 있었다. 숨을 쉬기 위한 대나무 대롱만 입에 문 상태였기에 산새와 들짐승들도 사람의 냄새와 흔적을 전혀 알아채지 못했다.

잠복은 그 혼자만이 아니었다.

다른 마인은 나무 속을 파내고 그 안에 들어가 있었으며 또 다른 마인은 바위 틈새 속에서 이끼로 몸을 덮고 있었다.

대마왕성의 지침은 엄격해 한번 명령이 떨어지면 죽을 때까지 그 자리를 지켜야 한다. 고통스런 잠복이었지만 마침내 그들은 목적을 달성할 수 있었다.

초은야의가 다녀가는 순간부터 잠복에서 벗어난 마인들이

새 울음소리로 신호를 보냈다. 신호는 보다 멀리 배치돼 있던 마인들에게 전달되었고, 즉시 추적이 펼쳐졌다.

　세심한 초은야의였지만 이렇듯 끈질긴 추적은 미처 예상치 못했으니 실로 불운이었다.

　보글보글……!

초은야의는 반 뿌리의 천년삼왕을 달인 탕약에 천년화리의 내단을 부었다. 이어 품속에서 비단 주머니를 꺼내 들었다.

　비단 주머니를 열자 모시로 감싼 꾸러미가 나왔다. 모시를 펼치자 자색 빛깔을 발하는 풀잎이 모습을 드러냈다. 자색으로 투명한 풀은 한 마디 길이가 두 치 정도였으며 마디는 모두 세 개였다.

　태웅비는 자색 풀에서 풍기는 신비로운 향기에 절로 기분이 상쾌해졌다.

　"아, 정말 향긋합니다. 과일이 아니라 풀이니 음양선과는 아닌 것 같군요."

　"그래, 이 풀은 천하칠대성약 중 하나인 자령설지(紫靈雪芝)다. 자령설지는 한 마디가 자라는 데 천 년이 걸리며 일곱 마디를 자라야 최고의 약효를 발휘한다. 그것을 칠절자령설지라 한다."

　"한데 이 자령설지는 세 마디인데요?"

초은야의는 삼절자령설지를 소중하게 어루만졌다.

"맞다. 아쉽게도 삼절자령설지에 불과하다. 그러나 음양선과 대신 자령설지를 구한 것만도 천행이다. 칠대성약은 하나같이 진귀한 영약이라 세 가지를 동시에 손에 넣은 사람은 이 할아비가 처음일 것이다."

그러다 힐끗 태웅비를 보고는 말을 바꾸었다.

"사실 삼절자령설지는 노부가 구한 게 아니라 오악패군이 찾아낸 것이다. 대설산은 워낙 높기에 한여름에도 눈과 얼음으로 뒤덮여 있지. 지독한 혹한과 험준한 지형은 사람의 접근을 불허하는 곳이다. 다행히 오악패군은 타고난 신력을 지녔고 몸뚱이가 무쇠와 같아 용케 얼어 죽지 않고 삼절자령설지를 찾아낼 수 있었다."

"그랬군요. 패군 노옹께 너무 큰 신세를 졌습니다."

태웅비가 미안스런 기색을 표하자 초은야의가 냉담하게 응수했다.

"전혀 그럴 필요 없다. 그 늙은이는 네가 천년화리의 내단을 내준 덕분에 살아나지 않았더냐? 제 목숨 값을 한 셈이니 신세라고 생각지 마라."

초은야의는 약탕기에 삼절자령설지를 넣고는 풀로 엮은 넎개를 닫았다.

"음양선과를 구하지 못해 네 경락에 대한 치유는 다소 미흡할 것이다. 하지만 양유맥과 음교맥은 완치시킬 수 있다.

이로써 너도 기경팔맥이 원활하게 순환될 수 있으니 너의 감성과 지력이 본래대로 회복될 것이다.”

“얼마나 걸릴까요?”

“흐음, 십팔 년의 세월을 한순간에 뛰어넘을 수는 없겠지. 하나 늦어도 일 년 이내에 너의 의식과 두뇌가 되살아날 것이다. 아마 너는 훨씬 똑똑해지게 될 것이고 체력도 강해질 것이다.”

태웅비는 주먹을 불끈 쥐었다.

“제가 강해지면 주작성전의 악녀들부터 손을 보겠습니다.”

초은야의가 한심하다는 듯 혀를 찼다.

“고작 생각한다는 게 계집들을 두들겨 패는 것이냐?”

“할아버지, 주작성전의 요녀들은 보통 흉악한 계집들이 아닙니다. 할아버지가 직접 경험했다면 그런 말씀은 못하실 겁니다.”

“사적인 감정은 접어둬라. 네 양경삼맥이 치료된다고 갑자기 절세고수가 되는 줄 아느냐? 네가 정식으로 무공을 배우고 싶다면 부단한 수련을 거쳐야 한다.”

“알겠습니다. 할아버지의 절기를 열심히 배우겠습니다.”

초은야의가 냉담하게 일축했다.

“무공은 꿈도 꾸지 마라. 할아비가 네게 가르쳐 줄 수 있는 것은 의술과 약학뿐이다.”

"너무 인색하게 굴지 마십시오."

"인색한 게 아니라 할아비의 무공은 내세울 게 못 되기 때문이다."

그러는 사이 약 냄새가 토굴에 가득 퍼졌다.

약이 다 끓자 초은야의는 약을 짜서 한 종지의 탕약을 내렸다.

"자, 마셔라. 오랜 세월 손상된 경맥이 회복되는 과정이기에 무척 고통스러울 것이다. 그래도 참고 약 기운을 양유맥과 음교맥으로 보내야 한다. 만일 도중에 혼절하면 약 기운이 흩어져 경맥이 완치되지 않을 수도 있음을 명심해라."

초은야의의 경고를 태웅비는 가슴에 새겼다.

"알겠습니다, 할아버지."

태웅비는 탕약을 입으로 가져갔다.

칠대성약 중 세 가지 성약으로 달인 탕약답게 약 냄새가 지극히 상쾌하고 향기로웠다. 하나 맛은 예상외로 쌉쌀했다.

탕약이 목구멍을 타고 흘러드는 순간 태웅비는 전신 사지백해가 확 달아올랐다.

"으음……!"

태웅비의 입에서 절로 신음이 흘러나오자 초은야의는 태웅비의 백회혈에 장심을 올렸다.

"어서 정신을 집중해라. 천지환혈심법을 운기해 기경팔맥과 십이경락으로 약 기운을 순환시켜라."

　태웅비는 삼대성약의 약 기운과 조부의 진기를 융합시켜 기경팔맥으로 흘려보냈다. 뜨거운 열기는 임맥과 독맥을 거쳐 양유맥에 이르렀다.

　예전에는 여기서부터 기운이 순환되지 않았지만 삼대성약의 신묘한 약효가 스며들면서 비틀어진 양유맥이 서서히 풀리기 시작했다.

　한줄기 진기가 양유맥을 통과하면서 태웅비는 극심한 통증에 전신을 부르르 떨었다. 마치 혈관을 타고 뜨거운 쇳물이 흐르는 듯 숨이 턱 막혔다.

　이 순간 초은야의의 엄한 음성이 그의 고막을 강타했다.

　"정신을 집중해라! 자칫 주화입마에 빠지게 된다!"

　태웅비는 퍼뜩 정신을 차리며 진기를 계속 순환시켰다.

　양유맥을 통과한 진기는 충맥, 대맥을 거쳐 음교맥에 이르렀다. 태웅비는 또 한 번 경맥이 끊어지는 듯한 고통에 휩싸였지만 이번에는 무난히 참아 넘길 수 있었다.

　기경팔맥의 순환.

　태웅비가 안정을 찾아가자 초은야의는 비로소 백회혈에서 장심을 떼며 뒤로 물러앉았다.

　한순간 과도한 진기를 소진하였기에 그의 안색이 창백하게 변했다. 속히 운기조식을 해서 진기를 회복해야 할 상황이건만 그는 태웅비를 관찰하느라 자신의 안위는 염두에도 두지 않았다.

태웅비는 완전히 몰아지경에 빠져 있었다.

기경팔맥을 순환한 진기는 자연스럽게 십이경락으로 흘러들었다. 그동안 천지환혈심법을 통해 손상된 세 개의 경락이 다소 회복되었는지 약효가 스며들어도 그다지 고통스럽지는 않았다.

진기의 순환이 거듭되면서 그의 몸이 바닥에서 세 치 정도 둥실 떠올랐다.

이어 그의 전신의 근육이 뒤틀리며 우둑우둑 뼈마디가 어긋나는 소리가 났다. 꾸부정한 어깨와 등이 바로 펴지면서 가슴이 활짝 열리며 허리가 반듯해졌다. 왼팔과 오른 다리에서 근육이 형성되기도 했다.

탈태환골(奪胎換骨)!

두 줄기 경맥이 치유되고 손상된 세 경락이 거의 회복되면서 십팔 년 동안 억제된 그의 잠재력이 되살아난 것이다.

이를 바라보는 초은야의의 눈에 깊은 감회가 서렸다.

'마침내 해냈구나! 내가 양경삼맥을 치유한 것이다. 이제 웅비가 전설의 삼태성체인지는 지켜보면 된다.'

냉정한 초은야의였지만 태웅비가 치유되는 과정을 지켜보면서 자신의 의술에 당당한 자부심을 느꼈다.

십팔 년의 숙원.

양경삼맥이 손상된 아이는 심한 장애에 시달리다가 십 년도 못 살고 죽을 수밖에 없는 운명이다. 한데 경이로운 의술

과 처방으로 태웅비의 수명을 연장시키고 삼대성약까지 구했
으니 그는 오랜 숙원이 완수된 셈이다.

“깨어나려면 한동안 있어야겠군.”

그는 태웅비의 운공에 방해가 되지 않도록 토굴을 나섰다.
오행천으로 내려선 그는 온천수를 떠서 입을 적셨다.

한데 이때였다. 그는 계곡 입구의 하늘로 날아오르는 새 떼
의 놀란 울음소리를 접하게 되었다.

“응……?”

그는 급히 벼랑을 차고 솟아올랐다.

구불구불한 계곡에 가려 누가 진입해 오는지는 알 수 없지
만 간헐적으로 폭음이 들려오고 있었다.

‘발각되었단 말인가?

그는 잿더미로 변한 초옥을 다녀왔던 자신의 행보를 되새
겨 보았다.

“놈들이 교묘하게 잠복해 있었나 보군.”

그는 토굴 쪽을 돌아보았다.

태웅비가 운공을 마치고 깨어나려면 다소 시간이 걸릴 상
황이었다. 아주 중요한 시기이기에 사소한 충격만으로도 태
웅비가 죽을 수 있음을 우려해야 했다.

펑— 펑—!

폭음은 더욱 가까워졌다.

초은야의는 잠시 고심하다가 좁은 협곡을 나섰다. 태웅비

가 깨어날 때까지 최대한 시간을 끌겠다는 의도였다.

마른 계곡 바닥에는 가는 물줄기만 흐르고 있었다.

와르르르!

폭음과 함께 계곡 모퉁이 일부가 내려앉았다. 이어 뿌연 돌가루가 가라앉으며 사람의 형상이 드러났다.

계곡을 거슬러 온 사람은 모두 네 명.

그들은 화려한 금포와는 전혀 어울리지 않은 흉측한 모습의 소유자들이었다.

몸의 일부가 시체처럼 부패한 괴인,

얼굴의 이목구비가 기형적으로 일그러진 흉인,

주름이 자글자글한 얼굴에 요란하게 화장을 한 노파,

그리고 사람인지 짐승인지 구분하기 힘든 털북숭이.

요란한 폭음은 목에 쇠사슬을 두른 털북숭이가 연신 쇠사슬을 휘두르면서 계곡의 바위와 벼랑을 무너뜨린 소리였다.

초은야의는 네 명의 괴인을 쓸어보고는 표정을 굳혔다.

"혈세사악(血洗四惡)……?"

반쯤 부패된 모습의 괴인이 검게 썩은 이를 드러냈다.

"크크, 용케 우리를 알아보는구나. 네가 강호의 돌팔이라는 초은야의냐?"

"너희가 아직 살아 있을 줄은 몰랐구나. 한데 여기는 어쩐 일이냐?"

이번에는 화장을 덕지덕지 한 추악한 노파가 대답했다.

"히히, 무슨 일이겠어? 우리와 만난 놈은 누구를 막론하고 죽어야 하지. 우리는 소마왕의 명을 받고 네놈과 태웅비라는 어린놈의 목을 접수하러 왔다."

"너희 사악이 언제부터 대마왕성의 졸개가 된 것이냐?"

"졸개라고 부르면 너무 섭섭하지. 우리는 명색이 대마왕성의 사대마공(四大魔公)이다."

얼굴이 기형적인 괴인이 식도와 같은 두 자루 칼을 뽑아 들었다.

"쓸데없는 얘기는 그만둬라. 난 어서 놈을 요리하고 싶단 말이다!"

초은야의는 네 명의 괴인이 다가서자 바싹 경각심을 높였다. 당대의 기인인 그였지만 상대 역시 무시 못할 전대의 대악인들이었다.

사악은 본래 혈세칠악(血洗七惡)으로 불린 전대의 악도들을 말한다.

그들은 사람을 죽여 요리를 해 먹을 정도라 그들의 끔찍한 잔악함에 정사 무림 모두가 토벌에 나섰다. 물론 선두는 천년제일세가였다.

혈세칠악은 갖은 술책으로 무려 일백 명이나 되는 정사 고수들을 죽였지만 결국은 삼악이 죽고 사악은 도주했다. 한데 이십여 년 동안 사라졌던 그들 사악이 대마왕성의 마공 신분으로 다시 출현한 것이다.

얼굴이 기형적인 괴인이 바로 식마(食魔)로 사람을 요리하는 끔찍한 취미를 지녔다. 그의 허리춤에는 십여 자루의 식도가 빼곡하게 꽂혀 있었다.

"크크, 늙은 놈이라 조금 질기겠어."

식마는 득달같이 달려들며 두 자루 식도를 내려쳤다. 살아 있는 사람을 통째로 저미려는 수법이었다.

초은야의는 지강을 날려 두 자루 식도를 쳐내며 뒤로 물러섰다.

그는 태웅비가 운공조식을 마칠 때까지 시간을 끌어야 했지만 그다음도 문제였다.

태웅비가 운공에서 깨어나도 싸움에 나설 계제는 아니었다. 혈세사악은 태웅비의 미흡한 만파신권으로 상대할 수 있는 하수들이 아니었기 때문이다.

몸에 쇠사슬을 감은 털북숭이 괴인은 수마(獸魔)였다.

"쿵쿵, 저쪽 협곡에서 냄새가 나는군. 난 어린놈을 찾아내 죽이겠다."

수마가 협곡으로 뛰어들려 하자 초은야의는 마음이 급해졌다. 그는 협곡을 막아서며 독탄을 내던졌다.

펑! 펑!

검푸른 연기가 피어오르자 식마와 수마가 뒤로 물러섰다.

몸의 일부가 부패된 괴인 장마(葬魔).

그는 시체가 썩은 장독을 흡수해 부시혈공을 수련했기에
독을 전혀 두려워하지 않았다.

"크크, 냄새가 좋군."

장마는 연기 속으로 뛰어들며 부시혈공을 발출했다.

콰류류류!

부시혈공은 지독한 장독을 내포하고 있기에 맞받아치기가
용의치 않다. 초은야의는 어쩔 수 없이 협곡 안으로 물러서야
했다.

화장이 요란한 노파는 독파(毒婆)로 독술과 잔혹한 고문이
특기다. 그녀는 상대를 미혼분으로 쓰러뜨린 후 독형을 가해
죽이는 것을 취미로 삼는다.

"깔깔, 갈혈독에는 주황독이 제격이지."

그녀가 붉은 독단을 터뜨리자 검푸른 연기가 순식간에 스
러졌다. 이독제독으로 독기가 제거된 것이다.

독공이 전혀 위력을 발휘하지 못하자 초은야의는 결연한
모습으로 협곡을 막아섰다.

'웅비가 깨어나 피신할 때까지 지켜야 한다.'

수마가 괴성과 함께 달려들며 쇠사슬을 휘둘렀다.

"크르르, 숨통을 조여주겠다!"

촤르르륵!

기다란 쇠사슬은 똬리를 틀 듯이 초은야의의 전신을 옭아
매 왔다.

초은야의는 자신의 독문 절기인 분함장(焚喊掌)을 전개했
다.

"차앗!"

손바닥 그림자가 난무하며 쇠사슬이 튕겨져 나갔다. 곧바
로 식마의 식도가 그의 다리를 저미려는 듯 파고들었고, 장마
의 부시혈공이 머리 위에서 내리꽂혔다.

초은야의는 지형적인 이점을 살려 최대한 방어에 나섰지
만 사악의 공세는 쉴 새 없이 이어졌다.

평— 퍼펑—!

폭음이 터지면서 협곡이 진동하자 돌덩이가 우박처럼 떨
어져 내렸다.

수마는 쇠사슬을 한데 뭉쳐 힘껏 내려쳤다.

"뒈져라!"

촤르륵—!

십여 줄기로 갈라진 쇠사슬은 혓바닥을 날름거리는 독사
처럼 초은야의의 전신으로 파고들었다.

초은야의는 분함장을 전개해 쇠사슬을 막아내면서 뒤로
후퇴했다. 그러자 장마가 그의 머리 위를 내리꽂히며 부시혈
공을 내질렀다.

"받아랏!"

과류류류!

검붉은 강기에서 뿜어지는 악취가 지독했다. 웬만한 사람

이라면 악취만으로 혼절했겠지만 초은야의는 숱한 약초를 다루었기에 웬만한 독은 감내할 수 있었다.

퍼엉—!

두 사람의 강기가 충돌하는 사이 수마가 초은야의를 뛰어넘어 협곡 안쪽으로 달려갔다.

"엇?"

크게 놀란 초은야의가 수마를 쫓으려 했지만 독파가 그의 등을 향해 기다란 손톱으로 마구 할퀴었다.

"깔깔, 어디 가려는 거야, 영감?"

사람의 뼈와 살을 한꺼번에 긁어낸다는 귀잔조(鬼殘爪).

초은야의는 어쩔 수 없이 몸을 돌려 독파를 상대해야 했다.

토굴 안.

태웅비는 진기를 순환시켜 삼대성약의 약효를 완전히 흡수하면서 황홀한 삼매지경에 빠져 있었다. 마치 구름을 밟고 선 기분이었고 마음만 먹으면 세상 끝까지 날아갈 수 있을 것 같았다.

한데 어디선가 아련한 울음소리가 들려왔다.

"앙! 앙!"

어린 아기의 울음소리.

사위는 빛과 어둠이 교차되었기에 시간과 장소를 구분할 수가 없다. 그러나 울음소리가 생소하지 않다. 아주 오래전에

들은 것처럼 생각되지만 기억은 아득하다.

이때쯤 운공을 마친 태웅비가 바닥으로 내려앉았다.

그는 스르르 눈을 뜨며 울음소리가 들려오는 곳을 찾아 주변으로 귀를 기울였다. 하지만 좁은 토굴 어디에서도 울음소리는 들려오지 않았다.

'이런, 환청이었군.'

확실히 환청이었다. 하나 단지 잘못 들었다고 무시하기에는 어린 아기의 울음소리가 너무도 선명했다.

문득 외부에서 들려오는 폭음에 그는 현실로 돌아왔다.

"뭐야? 싸움이라도 벌어진 것일까?"

그는 벌떡 일어섰다. 순간 예리한 바람 소리가 석굴 안으로 파고들었다.

츄리리릭!

수마의 쇠사슬이었다. 쇠사슬은 정확히 태웅비의 얼굴을 향해 날아들었다.

태웅비는 반사적으로 손을 들어 쇠사슬을 움켜쥐었다.

철그렁!

손아귀로 상당한 충격이 느껴졌지만 손의 경혈에서 진기가 발출되면서 충격을 해소시켜 주었다.

태웅비는 삼대성약에 의해 형성된 엄청난 공력이 전신에 퍼져 있어 기력이 충만했다. 그는 시험 삼아 쇠사슬을 가볍게 당겨보았다.

그러자 석굴 밖에서 사나운 고함이 울려 퍼졌다.

"염병, 어린놈이라 들었는데 왜 이렇게 힘이 좋아?"

밖에서 쇠사슬이 힘껏 당겨졌다. 태웅비는 당기던 힘을 풀고 쇠사슬을 움켜쥔 채로 끌려 나갔다.

토굴 밖의 수마는 태웅비가 딸려 나오자 득의의 광소를 터뜨렸다.

"카카, 어린놈은 끝났군."

그는 손을 갈퀴처럼 뻗으며 태웅비의 머리를 움켜쥐었다.

이 순간 태웅비는 쇠사슬을 놓으며 주먹을 불끈 쥐었다. 주먹을 통해 한 자나 되는 내가진기가 절로 분출되었다.

태웅비는 수마의 털북숭이 가슴을 향해 일권을 내질렀다.

"받아라, 괴물!"

뻗어 나가는 그의 주먹 주변으로 불꽃이 피어올랐다.

퍼억!

둔탁한 폭음과 함께 수마의 입에서 피가 뿜어졌다.

"크아악!"

수마는 무려 삼 장이나 나가동그라지며 바위 하나를 박살 내고 처박혔다. 충격과 부상이 엄청났는지 그는 축 늘어진 채 피를 울컥울컥 쏟았다.

태웅비는 상대가 어느 정도 수준의 고수인지 알 수 없었지만 단 일격에 날려 버렸기에 자신감이 부쩍 솟았다.

"가만, 할아버지가 위험할지도 몰라."

그는 바위를 걷어차며 협곡을 따라 내려갔다.

일전에 주작성전의 금화별장에서 처음 만파신권을 펼쳤을 때에는 전신의 기력이 모두 소진돼 한동안 운신이 어려웠는데, 지금은 주먹을 몇 번 쥐는 사이 빠르게 기력이 회복되었다.

태웅비는 몸의 기력의 충만해서인지 특별히 신법을 펼치지 않아도 한 번 도약으로 삼사 장씩 건너뛸 수 있었다.

퍼엉—!

폭음과 함께 역겨운 장독이 사위로 확산되었다.

"으윽……!"

초은야의는 답답한 신음을 토하며 이 장 밖으로 튕겨졌다.

그는 삼악의 협공을 받아 부상이 아주 심했다. 장마의 부시혈공, 식마의 식도, 독파의 귀잔조는 하나같이 악독했기에 스치기만 해도 극심한 고통이 따랐다.

이런 와중에도 초은야의는 태웅비를 걱정하고 있었다.

'웅비가 과연 운공을 마쳤을까. 그렇다 해도 수마의 상대가 되기는 어려울 텐데……'

그는 당장이라도 석굴로 달려가고 싶었지만 삼악의 협공을 돌파할 수기 없었디.

식마는 두 자루 칼을 현란하게 내려쳤다.

"늙은이, 난 빨리 요리하고 싶단 말이다!"

초은야의는 섬뜩한 한기를 느끼며 뒤로 물러섰다.

순간 독파가 은밀하게 등 뒤로 접근하며 초은야의의 등판에 귀잔조를 꽂았다.

퍼억—!

예리한 귀잔조과 등판을 관통해 폐부까지 파고들었다.

"영감, 시원하지?"

독파는 사악한 웃음을 흘리며 귀잔조를 비틀었다.

"아직 죽이면 안 돼! 난 산 놈만 요리한다고!"

식마는 바싹 다가서며 두 자루 식도를 마음껏 휘둘렀다.

파파팟!

끔찍하게도 초은야의의 두 팔이 순식간에 발라져 허연 뼈와 피로 범벅이 되었다.

장마가 초은야의의 가슴을 향해 일장을 내질렀다.

"크크, 부시혈공도 받아봐라!"

퍼억!

삼악의 합공으로 전신이 만신창이가 된 초은야의가 고통스런 신음을 토하며 풀썩 쓰러졌다.

이 순간 태웅비가 협곡을 타고 내려왔다.

"할아버지!"

피투성이가 되어 쓰러져 있는 조부를 대하자 태웅비는 분노를 금할 수 없었다. 여태껏 느껴보지 못했던 활화산 같은 격분이었다.

태웅비를 대한 독파가 긴 손톱을 어루만졌다.

"호오, 어린놈이 아직 살아 있다는 것은 수마가 죽었거나 나가동그라졌다는 얘기로군. 조심해야겠어."

장마가 역겨운 악취를 발하며 앞으로 나섰다.

"크크, 죽이면 되지 조심할 게 뭐 있겠냐?"

그는 달려오는 태웅비를 향해 냅다 부시혈공을 발출했다.

콰류류류!

구토를 일으키는 악취를 풍기는 검붉은 강기가 노도처럼 뿜어졌다.

태웅비는 이성을 잃을 만큼 격노했기에 상대의 공격은 눈에 들어오지도 않았다.

그는 장마를 겨냥해 냅다 일권을 내질렀다.

"죽어라, 악적!"

천신의 주먹이라는 만파신권.

태웅비는 검붉은 부시혈공의 악취에 구토가 치밀었지만 그대로 만파신권을 발출했다.

콰아앙!

엄청난 폭음과 함께 두 사람이 동시에 나가동그라졌다.

태웅비는 장독에 중독돼 오른손이 팔뚝까지 검게 물들었다. 무쇠도 녹인다는 장독이기에 그 극렬함을 끔찍할 정도다.

만파신권과 충돌한 장마 역시 무사하지 못했다.

"크으윽, 내 팔!"

팔뚝까지 으스러진 팔에서 검붉은 피가 뚝뚝 흘러내렸다. 오른팔이 회복할 수 없을 만큼 으스러진 것이다.

독파가 예리한 손톱을 핥으며 눈을 가늘게 떴다.

"꼬마 놈의 신력이 엄청나군. 부시혈공을 뚫고 장마의 팔을 으스러뜨리다니."

식마는 두 자루 식도를 서로 부딪치며 입맛을 쩍 다셨다.

"크흐흐, 신선한 놈이 왔군. 근수가 제법 나가니 발라낼 살도 많겠다."

그는 마른침을 꿀꺽 삼키며 달려들었다.

태웅비는 오른손의 경혈을 통해 진기를 운집했다.

순간적으로 진기가 운집되면서 변색된 그의 팔뚝이 본래대로 돌아왔다. 해독하기가 극히 어렵다는 장독이 자연적으로 소멸된 것이다.

태웅비는 주먹을 불끈 쥐고는 재차 만파신권을 내질렀다.

"죽어라, 악적!"

우우웅……!

식마는 눈을 번쩍 떴다. 그를 향해 날아드는 주먹이 마치 거인의 주먹처럼 거대하게 보인 것이다.

"어랍쇼?"

식마는 급히 몸을 틀면서 태웅비의 오른팔을 칼질했다.

차차창—!

날카로운 금속성이 터지며 두 사람이 갈라졌다.

식마는 이가 듬성듬성 빠진 자신의 식도를 보고는 이를 부득 갈았다.

"염병, 놈이 동신철골이라도 된단 말인가? 내 귀한 식도가 이렇게 망가질 줄이야."

독파는 태웅비의 오른손에 새겨진 혈흔을 보고는 회심의 미소를 지었다.

"키히히, 놈도 부상을 입었어. 금강지체가 아니라는 얘기지. 하지만 장독을 스스로 해독하고 맨손으로 식마의 칼을 받아낼 정도면 죽이기가 쉽지 않겠어."

그러다 태웅비의 뒤쪽을 힐끗 보고는 교활한 눈빛을 발했다.

"아가, 이번에는 누나의 공격을 받아봐!"

태웅비는 오른손이 부상을 당해 공격이 여의치 않자 왼 주먹을 불끈 쥐었다.

예전에는 달걀 하나도 깨뜨리지 못할 만큼 무기력한 왼팔이었지만 지금은 경락이 거의 치유되면서 오른팔에 버금갈 힘을 운집할 수 있었다.

한데 그의 주먹을 뻗어내기도 전에 등 뒤에서 쇠사슬이 날아들었다.

좌르르륵—!

태웅비는 순식간에 쇠사슬로 칭칭 감기게 되었다. 고개를 돌려보니 털북숭이 괴인이 쇠사슬을 자신의 팔뚝에 감으며 다가서고 있었다.

수마였다. 그는 태웅비의 만파신권에 상당한 타격을 입었지만, 두터운 털로 덮인 그의 몸은 도검에도 잘 베이지 않고 내가기공에 의한 충격도 대부분 흡수한다.

그는 방심한 상태에서 고꾸라졌지만 그 정도에 죽을 악인이 아니었다.

"케헤헤, 어린 새끼가 감히 어르신을 바위 속에 처박아? 네 놈의 뼈다귀를 모조리 분질러 주겠다."

그가 쇠사슬을 향해 진기를 주입시키자 쇠사슬은 거대한 뱀처럼 태웅비의 전신을 조여왔다.

우득우득……!

태웅비의 살 속으로 파고든 쇠사슬이 뼈와 혈관을 압박했다.

태웅비는 급히 천지환혈심법을 운기했다.

'이따위로는 날 묶을 수 없다!'

주요 경혈을 통해 진기가 운집되면서 쇠사슬이 조여드는 압박도 사라졌다. 동시에 전신 십이경락을 통해 진기가 분출되었다. 호신강기와도 같은 기운이 뿜어진 것이다.

퍼— 퍼펑—!

요란한 폭음과 함께 그의 전신을 보이던 쇠사슬이 산산이 부서졌다.

수마는 경악을 금치 못했다.

"허억? 내 절명삭이?"

독파의 주름진 얼굴이 징그럽게 일그러졌다.

"에고, 저놈 보게? 어린 녀석이 웬 내공이 저렇듯 뛰어난 거야?"

장마는 으스러진 팔을 옷으로 감아 겨우 출혈을 막았다.

"어서 죽여! 얕볼 놈이 아니다!"

식마가 새로운 식도를 뽑아 들었다.

"좋아, 이번에는 놈의 두 다리를 발라내겠다!"

식마가 달려들자 독파도 가세했다. 수마 역시 태웅비의 배후에서 괴성을 지르며 장력을 뿜어냈다.

앞뒤로 혈세삼악의 공격을 받게 된 태웅비는 난감해졌다.

그가 양경삼맥이 치유되면서 이 갑자에 달하는 내공을 보유하게 되었지만 절기라고는 만파신권 하나뿐이다. 무엇보다 대전 경험이 턱없이 부족한 그였기에 삼악의 합공을 받게 되자 대응이 어려웠다.

'좋아, 한 놈은 확실히 죽이겠다!'

태웅비는 방어를 포기하고 앞서 달려드는 식마를 겨냥해 일권을 내질렀다. 동귀어진을 선택한 것이다.

한데 이때였다. 허공을 가로지르는 무시무시한 바람 소리가 협곡을 진동시켰다.

휘리리링ㅡ!

맹렬하게 회전하면서 내리꽂히는 물체는 거대한 금빛 도끼였다. 거대한 도끼는 태웅비의 배후를 노리던 수마를 향해 내리꽂혔다.

“허억?”

예상치 못한 기습에 깜짝 놀란 수마가 날아드는 금빛 도끼를 향해 장력을 발출했다. 하나 수천 근의 도끼가 내리꽂히는 기세는 너무도 엄청났다.

퍼억ㅡ!

이마에 도끼가 박힌 수마는 대번에 쪼개졌다.

평생 수많은 사람을 잔혹하게 죽인 그였는데 자신의 최후도 끔찍했다. 머리서부터 두 쪽으로 갈라진 그는 자신이 쏟아낸 핏물 속으로 쓰러졌다.

태웅비는 수마를 쪼갠 거대한 도끼를 보며 환한 표정으로 부르짖었다.

“아, 붕천금부!”

그러했다. 수마를 쪼개고 바닥에 깊숙이 꽂힌 거대한 도끼는 바로 오악패군의 병기는 붕천금부였다.

오악패군이 협곡 입구를 통해 날아들었다.

“이 쥐새끼들! 모조리 죽여주겠다!”

허공에서 강력한 권공이 내리꽂히자 혈세삼악은 급히 흩어졌다.

“피해!”
“오악패군이다!”
“염병, 하필 이 순간에 훼방을 놓다니!”
엄청난 폭음이 터지며 마른 계곡 바닥으로 커다란 웅덩이가 형성되었다.
오악패군이 출현하자 혈세삼악은 떨떠름한 표정으로 서로를 바라보았다. 수마는 죽었고 장마는 부상을 당한 상태라 투지마저 사라졌다.
장마가 먼저 도주를 시작했다.
“젠장, 일단 부상부터 치료해야겠다.”
독파와 식마가 뒤를 따랐다.
“그래, 무식한 오악 늙은이와 싸울 상황이 아니다.”
“기회를 봐서 나중에 한 놈씩 죽이자.”
혈세삼악이 달아나자 오악패군은 붕천금부를 움켜쥐고 추격에 나섰다.
“서라, 이 사악한 쥐새끼들!”
독파는 협곡을 빠져나가면서 독탄을 내던졌다.
“영감, 자신있으면 쫓아와 봐!”
퍼ㅡ 퍼엉ㅡ!
누런 연기가 지욱히게 피어오르며 시야를 가렸다.
오악패군은 도검은 두려워하지 않지만 독에는 취약하기에 추격을 포기했다.

"비열한 쥐새끼들!"

그는 붕천금부를 둘러메고 협곡을 거슬러 뛰어올랐다.

"너무 늦지나 않았는지 모르겠군."

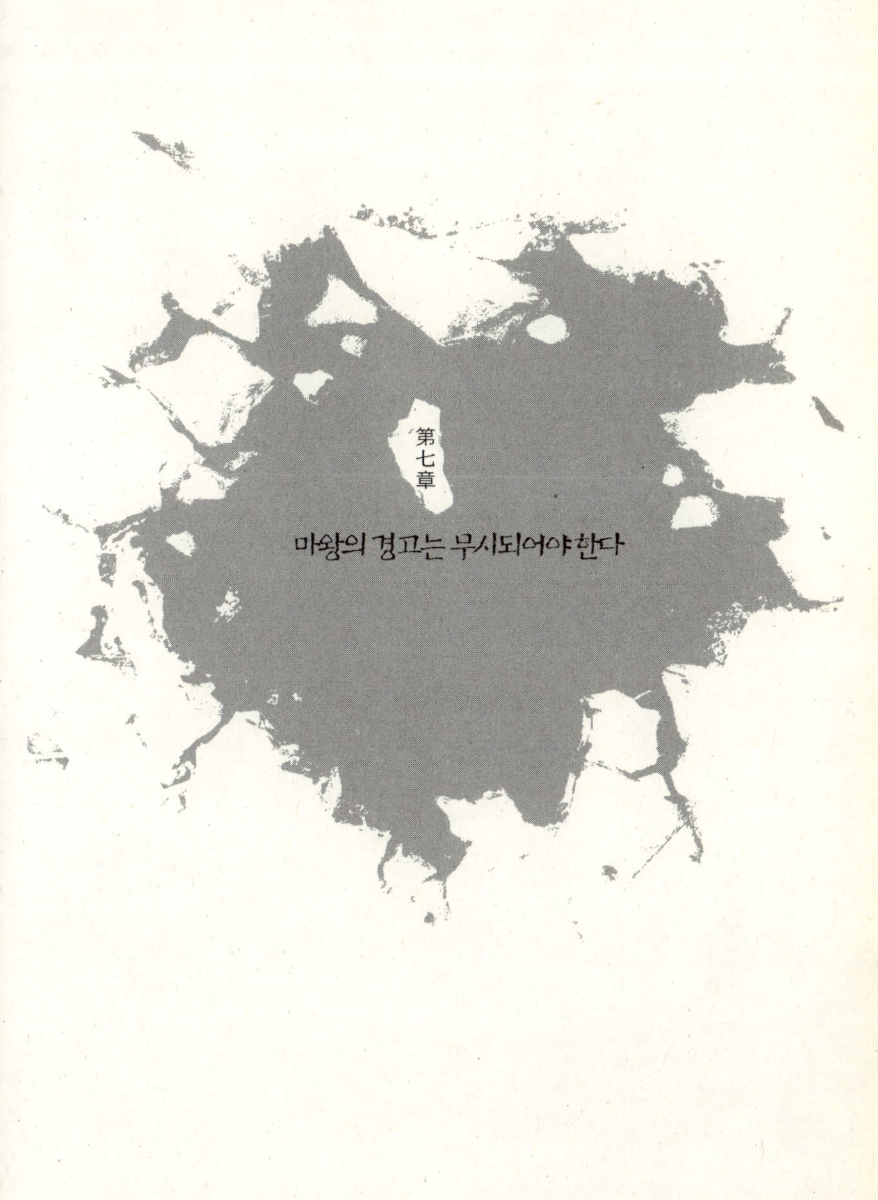
第七章
마왕의 경고는 무시되어야 한다

$$1$$

“할아버지! 할아버지! 정신 차리세요!”

태웅비는 초은야의를 부둥켜안은 채 오열하였다.

초은야의의 부상은 심각했다.

그는 두 팔이 거의 뼈만 남은 상태로 발라져 출혈이 엄청난 데다 부시혈공에 적중돼 가슴의 피부가 벌써 시꺼멓게 죽어 가고 있었다. 입에서 흐르는 피에서도 악취가 풍겼다.

오악패군이 장탄식을 지었다.

“허어, 천하의 초은야의가 이 무슨 꼴인가?”

이때 태웅비가 무슨 생각에서인지 손톱으로 자신의 손끝을 벴다. 그는 자신의 손끝에서 흐르는 피를 초은야의의 입에

흘려 넣어주었다.

"할아버지, 제 피에 삼대성약의 약효가 아직 남아 있을 겁니다. 제가 중독되지 않았듯이 할아버지도 해독될 수 있습니다."

과연 그의 피는 보혈이었다. 그의 피가 초은야의의 입을 통해 스며들면서 독혈에서 풍기는 악취가 가셨다.

잠시 후 초은야의가 긴 한숨을 내쉬며 스르르 눈을 떴다.

"웅비야, 피를… 아껴라."

"아닙니다, 할아버지. 제 보혈을 드시면 회복되실 수 있습니다."

"소용없다. 폐부와 장기가 이미… 썩어문드러졌다."

"할아버지…….'"

태웅비는 조부의 손을 쥐며 비통함에 젖었다.

초은야의는 오악패군을 알아보고는 희미한 미소를 지었다.

"패군, 아주… 늦지는 않았구먼."

오악패군은 초은야의를 부축해 앉혔다.

"면목이 없네, 야의. 내가 대마왕성 놈들을 끌어들인 바람에… 자네가 이리 되었어."

"웅비가 무사했으니… 자네를 용서하겠네."

초은야의는 애써 고통을 참으며 태웅비에게로 시선을 돌렸다.

“양경삼맥은… 치유된 것이냐?”

“예, 할아버지.”

“잘됐다. 쿨럭, 이 할아비의 평생 숙원이 완수됐으니… 이제 편히 눈을 감을 수 있겠다.”

“안 됩니다, 할아버지! 이대로… 보내 드릴 수는 없습니다!”

초은야의는 계곡 틈새로 보이는 좁은 하늘을 올려다보았다. 생기가 사라진 그의 흐릿한 눈에 아득한 감회가 어른거렸다.

“오래전… 독수리에게 낚였다가 떨어지는 너를 발견한 곳이… 천자산이다. 이곳 무릉산과는 멀지 않은 곳이지. 그러니까 십팔 년 전으로 돌아온 셈이다.”

“할아버지…….”

“쿨럭쿨럭, 예전에는 너를 치료할 약을 구하는 게 급해… 주변을 제대로 탐문하지 못했다. 그 후… 이곳으로 거처를 정한 이후 탐문 범위를… 넓혔다. 독수리의 사냥 반경을 감안하면… 너의 출신을 밝혀내는 일이… 전혀 불가능하지만은 않지.”

태웅비는 냉담하기만 한 조부가 자신의 출생을 알아내기 위해 이렇듯 노력하고 있는 줄은 미처 몰랐다.

하지만 조부를 구할 수 없는 지금 상황에서 출생의 비밀이 무슨 의미가 있겠는가. 그에게 있어 혈족은 친할아버지로 알고 살아왔던 초은야의가 유일했다.

“저를 버린 부모에 대해서는 알고 싶지 않습니다.”

“쿨럭쿨럭, 네 부모가 너를 버린 것인지… 아니면 네가 독수리에 의해 낚여 채인 것인지는… 알 수 없지 않느냐? 할아비가 너를 구했을 때… 너는 겨우 백일 전후의 아기였다. 당연히… 아무것도 기억할 수 없겠지. 하지만 기억보다 더 확실한 것은… 본능과 육감이다.”

초은야의가 검붉은 피를 토하고는 말을 이었다.

“할아비가 그동안 탐문한 결과… 이백여 리 이내에는 너의 출신 가문이 없는 것으로 파악됐다. 그렇다면 네가 더 멀리서 채여 왔다고 봐야 한다. 안타깝게도 더 멀리까지는 조사하지 못했다.”

“할아버지, 제 출신 내력이 뭐가 중요하겠습니까?”

“응비야, 네가 평범한 아이라면… 중요하지 않겠지만… 만일 네 가문이 특별하다면… 중요할 수 있다. 이곳과 삼백여 리 정도 떨어진 곳에… 위대한 가문이 있었다.”

태응비는 상심이 깊어 조부가 무엇을 의미하는지 알지 못했는데 묵묵히 지켜보고 있던 오악패군이 무거운 침음을 발했다.

“천년제일세가! 야의, 자네는 그 가문을 말하는 것인가?”

초은야의는 태응비를 바라보며 가쁜 숨을 내쉬었다.

“등천봉… 지금은 폐허만이 남았지만… 천 년의 전설이 서린 곳이다. 공교롭게도 천년제일세가는… 이 할아비가 너를 얻은 그해에 멸문을 당했다. 날짜를 헤아려 보니 천하제일세가가 멸문을 당하기 보름 전쯤에… 너를 얻은 것으로 확인되었다.”

태웅비가 의아한 표정으로 물었다.

“할아버지, 무엇을 말씀하시는 겁니까?”

“너의 혈통은… 결코 평범하지 않다. 네가 비록… 양경삼맥이 손상된 불구의 몸이었지만… 넌 남다른 신골을 지닌 기재였다. 유감스럽게도 천년제일세가는 멸문이 된 상태라… 너의 신분을… 확인할 길이 없구나. 쿨럭쿨럭.”

초은야의는 심장에서 솟구친 듯한 시뻘건 피를 쏟았다. 최후가 임박했음을 예고하는 징후였다.

오악패군은 오랜 지기를 먼저 떠나보내야 하기에 비통한 심정으로 포권을 취했다.

“야의, 웅비는 내가 성심을 다해 돌보겠네.”

초은야의는 기댄 상태에서 서서히 옆으로 쓰러져 갔다.

“할아비는 화장해라. 그래야 바람을 타고… 세상 어디든 갈 수 있으니까…….”

“할아버지!”

태웅비는 초은야의를 가슴에 안았다. 뜨거운 눈물이 볼을 타고 초은야의의 얼굴을 적셨다.

초은야의의 두 눈에는 이미 생명이 기운이 꺼져 있었다. 그런 그의 입술이 희미하게 달싹거린다.

“울지 마라, 웅비야. 넌 눈물조차… 아껴야 한다…….”

초은야의의 고개가 힘없이 꺾어졌다.

절명.

화려한 명성을 날리지는 않았지만 당대의 기인으로 한평생을 소신껏 살아온 초은야의의 비감한 최후였다.

2

휘이이잉……!

무릉산 정상에서 부는 서늘한 바람은 가을이 깊어졌음을 시사한다.

태웅비가 조부의 시신을 화장해 유해를 뿌린 지도 사흘이 지났다. 지극한 상심으로 인해 그는 여전히 비통함에 젖어 있었다.

생명부지의 갓난아기를 거둬 십팔 년 동안 키워주었으니 평생 잊을 수 없는 은혜다.

또한 그를 치료할 약을 구하기 위해 장백산과 중원 곳곳의 호수로 거처를 옮겼으며, 연로한 몸임에도 불구하고 머나먼 대설산까지 다녀온 정성과 배려는 감동 그 자체였다.

조부의 노력으로 겨우 몸을 회복해 이제는 그가 성심껏 모셔야 할 상황인데 조부는 구천으로 떠나고 말았다.

사흘째 오후가 되자 오악패군이 그의 어깨에 손을 얹으며 부드럽게 위로했다.

"웅비야, 이제 상심을 거두어라. 네 할아비는 구천에서 널 지켜보게 있을 게다. 워낙 꼬장꼬장한 성격으로 너의 이런 모습을 못마땅하게 여길 것이다. 네 할아비는 눈물마저 아끼라고 유시하지 않았더냐?"

태웅비는 이제는 어느 정도 상심을 자제할 수 있었다. 그는 조부를 떠나보낸 하늘을 향해 세 번 절을 올리는 것으로 애도를 마쳤다.

그는 오악패권에게 감사를 표했다.

"깨우쳐 주셔서 감사합니다. 이번의 눈물이 제가 흘리는 마지막 눈물이 될 것입니다. 향후 어떤 경우에도 눈물을 보이지 않겠습니다."

"그래, 초은야의는 너의 이런 당당한 모습을 바랐을 것이다. 이제 내려가자."

태웅비는 장원진에 들러 그동안 알고 지내던 부락민들에게 조부의 부음을 알리고는 부락을 떠나왔다.

장원진을 나서자 태웅비가 건조한 음성으로 물었다.

"패군 노옹, 대마왕성 놈들을 모두 죽이려면 어떤 무공을 수련해야 합니끼?"

"웅비야……?"

"제 할아버지를 죽인 놈들입니다. 저는 그런 마귀들을 용서할 만큼 자비롭지 못합니다."

"노부에게도 도의적 책임이 있으니 네게 복수에 대해 잊으라고 말할 수가 없구나. 하지만 노부에게 맡겨주었으면 한다. 네게는 너무도 힘겨운 과제가 될 것이다."

태웅비는 오악패군의 충고를 귓전으로 흘려들었다.

"패군 노옹의 무공을 배우면 가능하겠습니까?"

오악패군은 잠시 고심하다가 입을 열었다.

"노부의 무공은 괴력을 근간으로 하는 패공이기에 네게는 큰 도움이 못 된다. 네가 정 복수를 하겠다면 절세고수를 사부로 삼거나 전설적인 절기를 찾아 수련해야 한다."

"노옹께서 전수해 주신 천지환혈심법과 만파신권을 대성하는 것으로는 부족합니까?"

"선도의 절기는 네 자신을 지키기에 충분하겠지만 대마왕성의 마귀들과 싸우는 데는 부족함이 많을 것이다."

"그럼 누구를 찾아가면 되겠습니까?"

오악패군은 한참을 주저하다가 어렵사리 두 사람을 추천했다.

"검왕과 도후의 절기를 터득한다면 가능할 것이다."

태웅비는 양경삼맥이 치유된 상태라 기억력과 사고력이 놀랍도록 높아졌다.

그는 일전에 오악패군을 통해 들었던 무림의 역사와 인물열전을 또렷하게 기억해 낼 수 있었다.

검왕(劍王)과 도후(刀后)는 건곤팔기 중 최강의 고수로 손꼽히는 두 사람에 대한 약칭이다.

건천검왕(乾天劍王).

그는 현존하는 최고의 검객으로 모든 검법에 통달한 만검지존(萬劍至尊)으로 평가된다.

천하의 검객들이 그의 검법에 매료돼 제자가 되기를 원했지만 그는 평생 제자를 두지 않았다. 아니, 두지 않은 것이 아니라 둘 수가 없는 상황이었다.

그 이유는 검왕의 평생 숙적이자 아내인 도후의 방해 때문이었다.

곤명도후(坤明刀后).

그녀는 당대 최고의 도객인 동시에 당대 최강의 여류 고수다. 그녀가 건천검왕의 아내가 된 연유는 평생 헤어지지 않고 비무를 할 수 있기 때문이었다.

건곤팔기의 대다수가 무공에 대한 집념이 강렬한데, 곤명도후는 그중에서도 으뜸이었다.

태웅비는 두 기인이 머물러 있는 은신처를 떠올렸다.

"검왕과 도후는 아직 항산에 있습니까?"

"그렇다. 하지만 그들이 항산 검도봉(劍刀峰)에 거처한 이후 누구도 건곤무교(乾坤無橋)를 건너지 못했다. 게다가 네가 찾아가도 과연 제자로 받아줄지 장담할 수가 없구나."

"그럼 쉽지는 않겠군요. 검왕과 도후의 제자가 되는 것 말고 다른 방법은 없습니까?"

"네가 절기를 창안하지 못하는 이상 전대의 절기를 터득하는 수밖에 없다."

"패군 노옹께서 선인의 절기를 발견한 것처럼 말입니까?"

오악패군은 떨떠름한 표정을 지었다.

"그렇기는 하다만… 그만한 기연을 바라는 것은 너무도 막연하다. 역시 뛰어난 사부를 찾는 것이 가장 현실적이다."

태웅비는 나름대로 마음을 굳힌 듯 북쪽 하늘을 올려다보았다.

"역시 검도봉을 찾아가 검왕과 도후를 만나는 게 가장 현실적이겠군요."

"오냐, 그럼 검도봉으로 가자. 그래도 옛 친구이니 노부가 힘써 부탁하면 너를 제자로 삼아줄지도 모르겠구나."

"아닙니다. 저 혼자 가겠습니다."

"뭐, 뭐야?"

오악패군이 정색을 하며 그의 어깨에 손을 얹었다.

"이 녀석, 무슨 소리를 하는 것이냐? 노부는 너를 지켜주겠다고 네 할아비와 약조를 했다."

"맞습니다. 그 약조를 지키기 위해서라도 노옹은 저와 행보를 함께하면 안 됩니다."

"허어, 그것참."

오악패군이 혀를 차자 태웅비는 결연하게 자신의 의지를

밝혔다.

"패군 노옹과 동행하면 제 든든한 방패가 돼주시겠지만 저는 평생 대마왕성의 추적에서 벗어날 수 없을 것입니다. 무엇보다 제 운명은 제가 개척하고 싶습니다."

"정말 괜찮겠느냐? 만일 너마저 불상사를 당한다면… 노부는 죽어도 초은야의를 대할 수 없는 죄인이 되고 만다."

"안심하십시오. 천지환혈심법이 저를 지켜주는 한 제가 개죽음을 당하는 일은 없을 겁니다."

오악패군은 그의 당당한 기개에 적이 마음을 놓았다.

"오냐. 네 뜻이 그렇다면 네 스스로 운명을 개척해 봐라. 노부는 나름대로 대마왕성 놈들에게 복수할 방도를 찾아보겠다."

"패군 노옹, 복수는 제가 할 겁니다. 제 복수를 방해하지 말아주십시오. 그럼 훗날 뵙겠습니다."

태웅비는 정중히 예를 표하고는 호북성 경계로 향했다.

오악패군은 그가 시야에서 사라질 때까지 지켜보다가 폭음과 함께 솟구쳐 올랐다.

"오냐, 웅비야! 노부는 너의 복수를 지켜볼 것이다!"

3

호북성으로 들어서면서 가을의 서늘함이 한결 짙어졌다.

무릉산에서 등천봉까지는 삼백 리 남짓이기에 태웅비는 이틀 후 당도할 수 있었다.

그는 경공신법을 연마하지 않았지만 워낙 심후한 내공을 지니고 있어 하루에 이백여 리 정도는 가뿐하게 주파할 수 있었다.

멀리서 보이는 등천봉은 붓을 거꾸로 세워놓은 것처럼 장엄하게 보인다. 정상 부근은 운무에 가려져 있어 은은한 신비감마저 느끼게 해준다.

그는 등천봉을 바라보며 잠시 생각에 잠겼다.

'할아버지는 내 출신 내력을 알아내기 위해 오랜 세월 동안 조사를 하셨다. 하지만 내 출신을 입증해 줄 어떤 증표나 단서 하나 없기에 출생을 밝혀내기가 어렵다고 말씀하셨어.'

그가 독수리에게 낚였다가 조부에 의해 구출된 시기는 태어난 지 백일 전후에 불과하다. 아무리 뛰어난 천재라도 생후 백일 때의 상황은 기억할 수 없다.

물론 그는 자신의 출신 내신을 밝히는 데 주력하고 싶은 마음은 추호도 없었다. 기회가 된다면 마다하지는 않겠지만 그는 자신이 초은야의의 손자라는 신분을 유지하고 싶었다.

그것이 생면부지의 핏덩이를, 그것도 삼중 불구의 기형아를 키워주고 절증을 치료해 주기 위해 노고를 아끼지 않은 조부에 대한 최소한의 보답이라고 판단한 것이다.

태웅비는 손에 쥔 보따리를 고쳐 쥐고는 등천봉으로 향했다.

그가 등천봉을 찾아온 것은 자신의 출생에 대한 조사 때문이 아니라 무림 사상 가장 위대하다는 한 가문을 눈으로 실감하기 위해서였다.

지금은 비록 사라졌지만 천 년 동안 전통과 명성을 지켜온 투천세가.

그 가문의 흔적을 자신의 눈으로 직접 보고 싶었다.

한데 등천봉으로 향하는 길은 통제돼 있었다.

"무량수불, 멈추시오."

"아미타불… 시주께서는 더 이상 진입할 수 없소."

스무 명 남짓한 도사와 승려들이 좌우로 길게 늘어서서 길을 막았다.

태웅비가 걸음을 멈추며 물었다.

"스님과 도사 분들은 왜 길을 막는 거요?"

중년의 승려가 한 손으로 합장을 취했다.

"시주, 빈승은 소림 나한전의 제자 정단(正旦)이라 하오. 본사와 무당은 강호인들의 의견을 추렴해 등천봉을 통제하게 되었소. 이는 대마왕성과의 충돌로 인해 세상이 시끄러워지는 것을 막기 위한 조치이니 협조해 주시오."

태웅비는 등천봉이 통제돼 있다는 사실을 이미 알고 있었기에 나름대로 방안을 강구해 두었다.

그는 손에 쥔 보따리를 내보였다.

"정단 대사, 소생은 태웅비라 하며 최근에서야 천년제일세가가 소생의 먼 친척임을 알고 애도를 표하기 위해 찾아온 것이오. 부디 길을 열어주시오."

"지금… 투 씨 일족의 친척이라 하셨소?"

"그렇소. 얼마 전 타계하신 조부님을 통해 소생의 조고모께서 천년제일세가에 출가해 며느리가 되었다는 얘기를 듣게 되었소."

정단 대사가 난처한 표정으로 무당의 중년 도사를 돌아보았다.

"학청 도장(鶴靑道長), 아주 오래전의 얘기 같은데 빈승은 판단하기가 어렵소."

사자수염의 도사가 태웅비의 가슴에 달려 있는 상장(喪章)을 힐끗 보았다. 태웅비가 초은야의의 죽음을 애도하기 위해 매단 상장이지만 학청 도장이 그것까지 알 수는 없었다.

"무량수불, 처사의 말이 사실이라면 먼 친척임은 인정하겠소. 하지만 등천봉은 금역으로 통제된 상황이기에 누구도 오를 수 없소."

"소생의 조부님께서 반드시 찾아가 조문을 올리라는 유명을 남기셨소."

"처사, 지난겨울 오악패군에 의해 마왕비가 박살나면서 무림천하는 대마왕성 마인들의 위협을 받게 되었소. 천년제일세가를 추모하려는 처사의 의기는 존중하지만 분란을 사전에 차단하기 위함이니 등천봉 등정은 허락할 수 없소. 정 추모제를 올리겠다면 계단 아래까지만 진입을 허락하겠소.”

태은비는 단호하게 자신의 의지를 밝혔다.

“소생에게는 더 이상의 인척이 없소. 만일 죽게 돼도 소생 혼자의 죽음으로 그칠 것이오. 만일 죽음이 두려워 조부님의 유명을 받들지 못하면 소생은 천하의 불효자가 되오. 부디 등정을 허락해 주시오.”

정단 대사와 학청 도장은 한쪽에서 머리를 맞대고 숙의했다.

태웅비는 도사들과 무승들에게 에워싸인 채 잠자코 기다렸다.

사실 그가 싸움을 벌이면서까지 등천봉에 올라야 할 절실한 이유는 없지만, 만일 자신을 무력으로 제지한다면 일전도 불사할 생각이었다. 자신의 행동이 도의에 어긋나지 않기에 물러설 까닭이 없었다.

숙의를 마친 정단 대사와 학천 도장이 다가섰다.

“시주의 등정을 허락하겠소. 우리는 열협들의 무모한 등정을 막기 위해 지키고 있는 것이지 친인척의 추모까지 막을 권한은 없소. 대신 그에 따른 모든 책임은 시주가 져야 할 것이오.”

“고맙소.”

태웅비는 포권을 취하고는 등천봉으로 향했다.

등천봉은 가파른 계단이 나선형으로 둘러져 있어 마치 용이 휘감은 듯한 형상이었다. 천 년 세월 동안 보수되어 온 계단이 지금은 돌봐주는 사람 하나 없기에 곳곳이 허물어져 있었다.

계단 입구에는 삼 장 크기의 거대한 석비가 세워져 있었다.

십팔 년 전 세워진 석비가 오악패군에 의해 박살났기에 얼마 전 다시 더 거대한 바위로 세워진 것이다. 피처럼 붉은색 경고문은 보기에도 섬뜩했다.

세상에서 가장 오만한 가문인 투천세가는 궤멸됐다.

놈들은 땅에 묻힐 자격이 없으니 비바람과 찬 서리가 놈들의 해골마저 갈아버릴 것이다.

누구도 등천봉에 올라서는 안 된다.

만일 이 경고를 무시하면 당사자는 물론이며 구족까지 멸문지화를 면치 못할 것이다.

대마왕성 성주 전륜대마왕.

경고문 하단에는 그동안 경고를 무시하고 등천봉에 올랐다가 참살된 열협과 일족들의 명단이 빼곡하게 새겨져 있었다.

태웅비는 잠시 경고문을 살피고는 가파른 계단을 밟고 등천봉을 올라갔다.

나선형 계단을 따라 두 바퀴 정도를 돌아가자 하나의 관문
이 보였다.

투천제일세가의 첫 번째 관문.

천 년 이래 무수한 도전과 침공을 막아낸 관문이 지금은 무
참하게 파괴돼 있었다. 견고했던 관문은 박살나 벌겋게 녹이
슬었고, 방벽에는 검은 핏자국이 비바람 속에서도 지워지지
않고 남아 있었다.

태웅비는 왠지 모를 숙연한 심정에 젖어 관문을 지나쳤다.

두 번째, 세 번째, 네 번째 관문의 상태도 마찬가지였다. 십
팔 년 전 처절했던 싸움의 흔적이 아직도 생생하게 남아 있었
다.

다섯 번째 관문.

여느 관문에 비해 방벽과 바닥에 새겨진 핏자국 흔적이 역
력했다.

십팔 년의 풍상에도 혈흔이 지워지지 않았다는 사실에 태
웅비는 가슴 한쪽이 저리는 듯한 감상에 젖었다. 싸움의 흔적
을 통해 금방이라도 처절한 비명 소리가 들려올 것만 같았다.

다섯 번째 관문을 통과한 태웅비는 계단식으로 조성된 평
지에 이르렀다.

태웅비는 돌계단 옆에 형성된 돌무덤 앞에서 잠시 걸음을
멈추었다.

을씨년스런 돌무덤.

비석 하나 세워져 있지 않은 돌무덤은 천년제일세가의 건물 잔해를 모아 쌓은 것으로 보였다.

태웅비는 돌무덤의 존재를 나름대로 판단할 수 있었다.

"천년제일세가는 비극적인 최후에 비해 불행하지만은 않은 것 같군. 열협들이 이런 돌무덤을 만들어 천년제일세가 투사들의 시신을 수습했으니 말이야. 그로 인해 무수한 열협들이 죽고 가문이 말살됐지만, 그래도 세상의 정의가 살아 있음을 보여주는 분명한 현장이다."

그는 보따리를 풀어 돌무덤 앞에 향을 사르고 지전을 태웠다.

그가 거짓으로 천년제일세가의 인척임을 둘러댔지만 제물을 갖춰 올라온 이상 제를 올리는 것이 도리였다. 그는 숙연함 속에서 왠지 모를 안도감을 느끼게 되었다.

태웅비는 몇 곳의 계단식 평지를 거쳐 아득한 천 길 낭떠러지에 이르렀다.

낭떠러지 옆으로 낡은 제단이 보였다. 오랜 풍상에 귀퉁이가 허물어진 제단에는 이끼가 덮여 있었다.

태웅비는 심하게 훼손된 제단을 어루만졌다.

"이곳이 충절애로군. 천년제일세가 투사들은 부상이 심하거나 몸이 병들면 가문의 명예를 위해 이곳 충절애에서 스스로 몸을 던졌다고 했다. 그러한 천년제일세가의 성지도 이렇게 파괴되었군."

태웅비는 제단을 지나 낭떠러지 가장자리로 다가섰다.

까마득한 수직 벼랑은 내려다보기도 아찔했으며 자욱한 운무에 가려 얼마나 깊은지조차 알 수가 없었다.

"……!"

낭떠러지에 서 있는 동안 태웅비는 문득 혼란스런 감정에 휩싸였다.

가슴 한쪽이 저미는 듯한 아픔, 등줄기가 서늘해지는 두려움, 봇물처럼 밀려드는 슬픔, 그리고 견딜 수 없는 처절함.

일순 태웅비는 환청 같은 울음소리를 듣게 되었다.

"으앙! 앙……!"

생소한 아기 울음소리가 아니었다. 꿈속인지 현실인지 몰라도 분명 기억하고 있는 울음소리였다.

'아, 그래! 내가 운공조식을 마치면서 이런 아기 울음소리를 환청으로 들은 적이 있었다. 한데 왜 이곳에서……?

그는 퍼뜩 정신을 차리며 주변을 둘러보았지만 아기의 울음소리는 고사하고 풀벌레 울음소리조차 들려오지 않았다.

분명 환청이거만 그의 고막 속에는 아직도 아기의 울음소리가 아련하게 메아리쳤다.

태웅비는 심한 두통을 느끼며 고개를 흔들었다.

"이곳에는 아마도 천년제일세가 일족들의 혼백이 서려 있나 보군. 그만 내려가야겠다."

등천봉을 내려선 태웅비는 거대한 마왕비 앞에 섰다.

태웅비는 물끄러미 마왕비를 바라보다가 주먹을 불끈 쥐었다. 진기가 운집된 그의 주먹 주변으로 기의 파동이 일어났다.

"이엽!"

태웅비는 거대한 석비를 향해 만파신권을 전개했다.

콰아아앙!

엄청난 폭음과 함께 거대한 석비의 절반이 산산이 부서졌다. 전륜마왕이 남긴 경고문이 사라진 것이다. 그 와중에도 대마왕성에 의해 살해되고 말살된 가문에 대한 명단은 고스란히 남아 있었다.

태웅비는 손끝에 진기를 모아 명단 옆에 글자를 새겨 넣었다.

대열사비(大烈士碑).

대마왕성의 경고비가 순식간에 의협들의 추모비로 바뀌었다.

폭음에 깜짝 놀란 소림과 무당의 제자들이 달려왔다. 그들은 절반이나 박살난 마왕비를 보고는 표정이 심각하게 굳어졌다.

"아미타불, 시주는 어쩌자고 마왕비를 박살 낸 것이오?"

태웅비는 비로소 자신의 신분을 밝혔다.

"정단 대사, 사실 나는 천년제일세가의 인척이 아니라 초은야의의 손자요. 내 조부께서는 대마왕성 악도들에 의해 타계하셨소. 내가 오악패군을 치료해 주었다는 것이 그 이유였소. 상황이 이러한데 내 어찌 대마왕의 경고를 좌시할 수 있겠소? 대마왕의 경고 따위는 무시되어야 마땅하오."

그는 간단히 예를 표하고는 등천봉을 내려갔다.

파괴된 석비를 살핀 소림과 무당의 제자들은 비로소 마왕비가 새롭게 바뀐 사실을 알게 되었다.

대열사 추모비.

정단 대사는 추모비를 향해 합장을 올렸다.

"아미타불, 강호에 새로운 영웅이 탄생하였소."

"그러게 말이오. 대마왕성에서 오히려 천년제일세가를 위해 추모비를 세운 격이 되어버렸구려."

"대마왕의 경고비가 사라졌으니 이제 우리가 등천봉을 통제할 이유도 없어졌소."

"그러하오. 어서 돌아가 장문인에게 고해야겠소."

소림과 무당의 제자들은 예를 교환하고는 자파로 달려갔다.

대열시 추모비!

등천봉 입구에 새롭게 세워진 추모비에 대한 풍문은 삽시간에 강호로 퍼져 나갔다. 더불어 한 명의 청년이 의로운 협명을 떨치게 되었다.

태웅비.

그에 대해 알려진 것은 그가 초은야의의 손자임을 자처했
다는 것뿐이었다.

第八章

천기신서의 출현

$$1$$

　꽃과 나무, 풀 한 포기 없는 세상.

　거대한 회색 분지가 화산의 분화구를 연상케 한다. 분화구 내에 세워진 거대한 성은 뾰족한 첨탑으로 둘러싸여 있고, 성 내의 전각과 누각은 청동과 철로 이루어져 있어 보기에도 견고했다.

　한데 정원을 단장한 나무며 꽃과 풀이 모두 돌이었다. 기괴한 형상의 나무는 물론이며 색색의 꽃 역시 붉고 노란 돌을 깎아 만든 석화(石花)였다.

　석화이기에 사철 아름다울 수 있지만 상쾌함을 선사하는 향기는 전혀 없다.

대마왕성.

이곳이 바로 마교의 천 년 정화임을 자처하는 마도의 성지였다.

신선의 용모를 방불케 하는 청수한 면모.

노인은 회갑에 이른 나이임에도 불구하고 머리카락은 아직 검었으며 주름도 별로 눈에 띄지 않았다. 노인은 하나의 특이한 장식품을 정성껏 빗질하고 있었다.

장식품은 인두(人頭).

드물게 사람 머리 형상의 장식품을 수집하는 호사가가 있지만 노인이 보듬고 있는 장식품은 끔찍하게도 사람의 진짜 수급이었다.

수급은 약물로 처리되었기에 십수 년 동안 썩지 않은 채 보존될 수 있었다.

수급은 근엄한 인상의 중년인으로 구레나룻과 머리카락이 그대로 보존돼 있었다. 수급에는 정교한 의안(義眼)까지 박혀 있어 마치 살아 있는 사람처럼 생동감이 넘쳤다.

청수한 면모의 노인은 잘 빗질한 인두를 감상하며 말을 건넸다.

"투사민, 그동안 난 늙었는데 당신은 그대로군. 그래도 당신을 보면서 난 무한한 자부심에 젖을 수 있었다. 천 년의 전설을 격파한 마도제일뇌(魔道第一腦)! 자타가 공인하는 그런 칭호를 받을 수 있었으니 말이다."

그러했다.

청수한 면모의 노인은 다름 아닌 대마왕성의 총상인 천통마뇌였다. 십팔 년 전 사악한 계책으로 천년제일세가를 궤멸시킨 마도 최고의 두뇌.

그가 장식품처럼 간직하고 있는 수급은 천년제일세가의 제삼십일대 가주인 투사민이었다. 원통하게도 투사민은 죽어서까지 천통마뇌의 노리개가 된 것이다.

천통마뇌의 집무실에는 투사민의 수급 외에도 당시 소가주였던 투일준의 수급도 장식품으로 보관돼 있었다. 부자가 나란히 원수의 노리개가 되었으니 그들의 혼백은 구천에서 통곡하리라.

이때 모호한 눈빛의 청년이 집무실로 들어섰다.

"찾으셨습니까, 아버님."

청년은 다름 아닌 소마왕 빙마흔이었다. 물론 그는 천통마뇌의 아들이기도 하다.

"앉거라."

천통마뇌는 아들에게 자리를 권하고는 투사민의 수급을 장식대 위에 올려놓았다.

빙마흔이 이를 보며 실소를 흘렸다.

"아버님, 이미 십팔 년이나 흘렀는데 아직도 투사민의 대가리를 관리하십니까?"

천통마뇌는 천천히 돌아서며 빙마흔을 직시했다.

"넌 절대 이해하지 못할 것이다. 아비가 왜 이렇게 천년제일세가에 집착하는지 말이다. 천년제일세가의 투혼은 그것을 직접 경험한 사람만이 느낄 수 있다."

"아버님께서는 대마왕성의 전사들이 투 씨 일족보다 못하다는 말씀이십니까?"

"물론 아니다. 천년제일세가는 궤멸되었지만 본성은 건재하니 당연히 본 성이 앞선다. 그러나 천년제일세가는 절대 무시될 수 없는 가문이다. 너도 이 점을 명심해야 한다."

"그만 하시죠."

빙마흔은 짜증스런 표정으로 부친의 충고를 무시하고는 화제를 돌렸다.

"한데 어쩐 일로 소자를 찾으신 겁니까?"

"천기신서(千技神書)가 출현했다."

일순 빙마흔의 나른한 미소가 싹 가셨다. 그의 모호한 눈빛이 연신 번득인다.

"얼마나 신빙성있는 정보입니까?"

"삼백 년 이래 천기신서에 관한 단서와 지도, 열쇠는 여덟 번이나 출현했다. 하나 앞선 여덟 번의 소동은 모두가 허위로 판명되었다. 이번도 예외가 아니라고 장담할 수는 없다."

천통마뇌는 창가에 진열돼 있는 화분으로 다가섰다.

　화분의 꽃과 화초 역시 돌로 정교하게 제작된 장식품이었다. 하지만 그는 가짜 꽃과 화초에 물을 주고 화초 잎을 수건으로 정성껏 닦아주었다.

　"한데 이번에 출현한 단서는 의외로 가능성이 높다. 지도를 지닌 계집이 북해 출신이며, 지도를 지키기 위해 지독히도 결사적이라는 사실이 신빙성을 더해준다."

　빙마흔은 부친이 헛된 정보를 확인하기 위해 자신을 부르지 않았음을 앞서 간파했다.

　"북해에서 온 계집의 행로는 어디입니까?"

　"산서성과 하남성으로 추정된다."

　"추적 범위가 너무 넓습니다."

　"하남성이 조금 더 유력하다."

　"당장 출전하겠습니다."

　천통마뇌는 장식용 화초를 감상하며 찻잔을 들었다.

　"이번 출전에 삼마공을 대동해라."

　"혈세삼악 말씀이십니까? 과거의 악명에 비해 생각 외로 쓸모없는 놈들입니다."

　"안다. 어쨌거나 임무를 완수하지 못했으니 끝까지 책임져야 한다. 늙은 돌팔이만 죽였을 뿐 어린놈은 죽이지 못했다. 게다가 놈은 능전봉에 오른 후 데미앙비를 박살 내고 대열사 추모비를 세웠다."

　빙마흔의 모호한 눈빛에 싸늘한 살기가 피어올랐다.

"태웅비! 그 천한 놈이 감히 대마왕비를 박살 냈단 말입니까?"

"오악패군에 이어 놈에 의해 다시 대마왕비가 깨지면서 대마왕의 위엄이 크게 손상되었다. 속히 해결하지 못하면 네게도 책임을 물을 수밖에 없다."

"아버님, 소자는 소마왕의 신분입니다. 제게 책임을 물을 분은 오직 사부님뿐입니다. 총상의 직분을 넘어서면 곤란하지요."

빙마흔은 건성으로 예를 표하고는 총상전을 나갔다.

천통마뇌는 아들의 불손함을 별반 문제 삼지 않았다. 지금 그의 관심은 오직 천기신서뿐이었다.

그는 뒷짐을 진 채 자신의 집무 의자로 향했다.

집무 의자 위의 벽에는 거대한 대륙전도가 부착돼 있었다. 중원을 비롯한 팔황의 지형까지 세세하게 기재돼 있는 정교한 지도였다.

그의 시선이 북해에서부터 요동을 거쳐 하북으로 이어졌다. 하북에서 잠시 머물던 그의 시선이 산서와 하남 쪽을 비교하다가 하남으로 향했다.

"역시 하남이다."

하남에 이른 그의 시선은 섬서와 호북, 안휘로 번갈아 이어졌다. 하지만 아직 빈약한 정보로는 표적의 다음 행로를 짐작하기 어려웠다.

천통마뇌는 수염을 어루만지며 심각하게 고민했다.

"계집의 행로는 대체 어디일까? 대체 어디를 향해 가는 것
이지……?"

2

다각다각!

한 필의 준마가 관도를 따라 달려가고 있었다. 준마는 느리
지도 빠르지도 않은 적당한 속도로 달렸다.

마상의 인물은 황색 바람막이를 두른 청삼 청년이었다.

청년은 어깨가 떡 벌어진 체격으로 아직 약관에도 이르지
못한 나이를 감안한다면 상당히 건장한 편이었다.

이때 뒤쪽에서 급박한 말발굽 소리가 들려왔다.

두두두—!

"비켜라! 어서 비켜!"

청년은 돌아보지도 않고 길 가장자리로 말을 몰았다.

곧바로 여덟 필의 말이 뿌연 먼지를 날리며 그를 지나쳐 갔
다. 모두가 병기를 휴대한 무림인으로 그들은 달리는 말을 연
신 채찍질하고 있었다.

그들이 멀어지자 청년은 다시 관도 중앙으로 말을 몰았다.

"저들 역시 천기신서를 쫓는 자들인가 보군."

청년은 다름 아닌 태웅비였다.

등천봉을 떠나온 그는 줄곧 말을 달려 하남성 경계에 이르렀다. 그는 하남을 거쳐 산서성 항산의 검도봉이 목적지였는데 호북성을 지나는 동안 놀라운 소식을 접하게 되었다.

천기신서(千技神書)!

무림 사상 가장 위대한 천재인 천기무제(千技武帝)가 남겼다는 전설적인 무서가 바로 천기신서다.

천기무제는 열 살 이전에 모든 학문을 섭렵하고 무학을 공부한 대천재다. 그는 무학에 심취해 무수한 절기를 창안했으며, 무림사 이래 절전된 수백 종의 절기를 재현하는 위대한 업적을 이루기도 했다.

하지만 안타깝게도 그의 생은 결코 행복하지 못했다.

그가 창안한 절기를 훔치려는 자들에 의해 그는 사랑하는 아내와 자식을 잃는 비통함을 겪어야 했다. 만일 그가 사악한 심성을 지녔다면 천하는 그의 분노에 의해 피로 뒤덮였을 것이다.

천기무제는 무림계에 회의를 느끼고 중원을 떠나 머나먼 북해에 이르렀다.

그는 북해에서 현자들을 만나 상심을 씻고는 자신의 남은 생을 새로운 절기를 창안하는 데 바쳤다. 그가 은거한 곳이 바로 무제별부(武帝別付)이며, 그의 평생 절기가 수록된 비급이 바로 천기신서다.

이는 무려 삼백 년 전의 전설이지만 천기신서에 대한 악마적인 매력 때문에 모르는 사람이 없다. 게다가 무제별부의 지도는 삼백 년 이래 여덟 번이나 출현하면서 세상을 뒤집어놓았다.

이번이 아홉 번째 출현하는 천기신서의 단서였다.

태웅비는 천천히 말을 몰며 세상을 뒤흔드는 정보를 되새겼다.

"북해 출신의 여인이라……. 그로 인해 더욱 신빙성이 있다는 것인가?"

천기신서가 숨겨진 무제별부의 지도를 지닌 여인은 북해 출신이라 하였다. 여인에 대한 무성한 소문은 하루가 멀게 더해졌고 확인조차 안 된 이야기가 꼬리를 물고 이어졌다.

여인의 별호는 은검빙화(銀劍氷花).

그녀와 대면한 사람 중 누구도 그녀가 말하는 것을 듣지 못했기에 모두들 그녀를 벙어리로 취급했다.

그런 그녀가 무제별부의 지도를 지녔다는 것은 사실 이해하기 힘든 의혹이 아닐 수 없다. 그녀 스스로 비밀을 밝혔을 리가 없는데 어떻게 그런 비밀이 세상에 알려진 것일까.

그리고 그녀가 지닌 지도는 몸에 새겨져 있다고 했다. 이 또한 믿기 힘든 소문이다. 누구도 그녀를 벗겨서 지도를 확인한 적이 없기 때문이디.

풍문으로만 판단하다면 모든 것이 의혹투성이지만 그 진위보다 중요한 것은 천기신서 그 자체였다.

천기신서의 이삼 할만 터득해도 절대무적의 고수가 된다는 풍문이 자자한 상황이기에 천기신서를 탐내지 않을 사람이 없었다.

천하제일인!

과연 어떤 무림인이 그런 절대적인 유혹에서 초연할 수 있겠는가.

천하의 이목은 은검빙화의 행보에 집중되었고, 수백, 수천의 무림인들이 하남성으로 몰려들었다.

물론 하수들은 감히 은검빙화에게 접근하지도 못했다. 은검빙화의 쌍검보다는 그녀를 노리는 고수들이 더 두렵기에 먼발치에서 지켜보는 것이 고작이었다.

그래도 그들은 역사적 현장에 있었다는 것만으로도 만족할 수 있기에 최대한 서두르고 있었다.

태웅비는 점심을 먹기 위해 작은 성시로 들어섰다.

크고 작은 반점마다 무림인들로 가득했다. 어디서 주워들었는지 다양한 풍문들이 떠들썩하게 교환되고 있었다.

"여보게, 들었는가? 황보세가에서 지난번 은검빙화에게 피살된 제자의 복수를 위해 나섰다가 청룡신문 무사들에게 몰살을 당했다고 하네."

"그게 무슨 소리인가? 왜 청룡신문이 은검빙화를 비호해?"

"비호하는 게 아니라 은검빙화가 청룡신문의 제자를 죽였기에 자신들이 복수를 해야 한다는 이유를 내세운 것일세."

“쳇, 허울 좋은 명분이군. 결국 은검빙화를 청룡신문이 독차지하겠다는 속셈이 아닌가?”

태웅비는 천천히 술을 마시며 새로운 정보에 귀를 기울였다.

'청룡신문까지 출동했다면 중원사패 모두가 충돌할 수도 있겠군. 거기에 대마왕성까지 가세한다면 그야말로 아수라장이 되겠어.'

청룡신문(靑龍神門)!

이는 주작성전과 더불어 중원사패에 해당되는 거대 문파다.

청룡신문은 산동에 본거지를 두고 있으며 패도적인 무공과 강력한 중병기가 특징이다. 이들은 정사지간에 속하며, 굳이 구분한다면 패도에 가깝다.

태웅비는 귀로는 정보를 입수하면서 골똘히 생각에 잠겼다.

'천기신서는 전설이다. 하지만 천기무제가 실제 존재했고 천기무서에 대한 내력이 워낙 상세한 것을 감안하면, 단순한 전설이 아닐 수도 있다.'

그는 조부를 위한 복수를 가슴에 새긴 이후 절기에 대해 집착할 만큼 관심을 갖게 되었다.

천하제패, 천하제일의 명성, 무적의 명예…….

그따위 것은 관심 밖이었다.

그는 대마왕성을 궤멸시킬 수만 있다면 금지된 악마지공이라도 배우게 싶은 게 솔직한 심정이었다.

사실 그는 호북성을 지나오면서 검도봉의 검왕과 도후에 관한 풍문을 듣고 크게 낙담한 상태였다.

검도봉에 이르려면 건곤무교(乾坤無橋)를 건너야 하는데, 건곤무교는 이름 그대로 다리가 없다는 뜻이다.

설사 다리를 건넌다 해도 과연 검왕의 제자가 될 수 있다고는 장담할 수 없다. 도후의 표독스런 성격은 검왕의 제자를 절대 용납하지 않기 때문이다.

태웅비는 자신이 과연 검도봉으로 가야만 하는지에 대해 심각하게 고민하게 되었다.

양경삼맥이 치유된 이후 그는 지적 능력이 높아진 것과 더불어 갈등과 고민도 많아졌다. 어떨 때는 생각이 너무 깊어져 양경삼맥이 치유되기 전의 상황으로 돌아가고 싶은 충동에 젖을 때도 있었다.

'나도 차라리 천기신서 쟁탈전에 뛰어들어 볼까? 만일 무제별부의 지도가 진짜라면 고금 최강이라는 천기신서의 절기를 수련할 수 있다. 할아버지를 위한 복수가 보다 빨라질 텐데.'

상념에서 깨어나자 소란스런 이야기들이 연이어 그의 귓속으로 뒤섞여 들어왔다.

"모두들 조심하시오. 현무명부에서는 은검빙화에게 접근

하는 사람을 모조리 죽이겠다고 공표했소.”

“그것 잘됐군. 신문과 명부가 격돌하는 사이에 우리들이 빙화를 차지하면 될 것 아니오?”

“그게 어디 얘기만큼 쉽겠소? 백호무궁까지 출동했다고 들었소이다. 우리 같은 사람들은 그저 구경이나 즐겨야지 공연히 욕심을 부렸다가는 뼈도 못 추릴 거요.”

현무명부와 백호무궁 역시 중원사패에 속하는 거대 무단들이다.

현무명부(玄武冥府).

이는 죽은 자들의 세상을 표방할 만큼 음사한 집단으로, 굳이 구분한다면 사파에 해당된다. 위치하는 지역도 중원의 북방인 산서성이니 명부라 해도 과언이 아니다.

백호무궁(白虎武宮).

사천과 섬서의 경계에 위치한 이 문파는 중원사패 중에서 가장 백도에 가깝다. 하나 야망을 숨기고 있다는 풍문도 자자해 그 실체에 대해서는 의혹이 많다.

태웅비는 술을 한 잔 입 안에 털어 넣었다.

양경삼맥이 치유된 이후 그는 남들처럼 술을 마실 수 있었다. 하지만 아직 술을 배운 지가 얼마 되지 않아 소홍주 한 병이 적량이다.

태웅비는 문득 한 여인을 떠올렸다.

외모만 평가한다면 더할 수 없이 아름답다. 두 눈은 보석이고 피부는 백옥이며 입술은 앵두다.

바로 주작성전의 여인 곽소휘.

'주작성전! 필시 그 요녀들도 달려올 것이다. 잘하면 지난 수모를 갚을 수 있겠군.'

그는 곽소휘를 비롯해 그녀의 시비들인 아앵과 녹지를 인면수심의 악녀들로 취급했다. 그녀들에 대한 반감은 대마왕성에 비할 바가 아니지만 복수를 벼르고 있는 것은 사실이었다.

이때 표사로 보이는 사람이 반점 안으로 들어섰다.

"급보요! 웬만하면 이번 대열에 합류하지 마시오! 대마왕성의 마인들까지 출동했다고 하오!"

대마왕성이 거론되자 장내가 심하게 술렁거렸다.

"뭐, 뭐요? 대마왕성?"

"그 마귀들까지 가세했단 말인가?"

중원사패의 출현에는 애써 무시하며 호기를 부리던 사람들도 이번에는 바싹 긴장한 채 서로의 눈치를 살폈다.

천하인들에게 있어 대마왕성은 오십 년 이래 공포였다.

백도의 정신적 지주였던 천년제일세가를 궤멸시킨 대마왕성이기에 천하인들은 대마왕성에 대해 저주와 두려움을 동시에 품고 있었다.

중원사패가 아무리 화려한 명성을 자랑한다 해도 아직 대마왕성이 지닌 원초적인 공포를 넘어서지 못한다.

사람들 절반이 자리에서 일어섰다.

"에고, 그만 돌아가야겠구먼."

"나도 그만두겠네. 구경거리도 좋지만 공연히 개죽음당할 일은 없지."

"돌아가세. 행여 대마왕성과 맞섰다가는 멸문지화를 면치 못할 것이네."

태웅비는 대마왕성이 거론되자 절로 피가 끓었다.

'마귀들도 온다, 이거지?'

그는 두 주먹을 불끈 쥐었다.

이제는 왼손으로도 진기를 운집할 수 있기에 전투에 임하면 보다 효과적인 싸움이 가능했다. 두 주먹으로 번갈아 만파신권을 발출한다면 다수의 적도 물리칠 자신이 있었다.

'적어도 대마왕성 원수들에게 천기신서를 넘겨줄 수는 없다.'

마음을 굳힌 그는 자리에서 일어섰다.

그도 천기신서 쟁탈전에 참가하기로 작심한 것이다.

3

해골처럼 바싹 마른 손가락, 검푸른 안색, 움푹 들어간 눈에서 인광처럼 번득이는 녹색 눈, 전신에서 뿜어지는 음습한 한기.

그들은 모자가 달린 검은 장옷을 걸쳤고 거북 등껍질 같은 호신갑을 가슴과 등에 착용하고 있었다. 복장만 기괴한 게 아니라 지닌 병기도 삼지창, 긴 자루가 달린 낫, 칼등에 톱날이 박힌 기형도 등등 하나같이 독특했다.

그들이 바로 중원사패 중 하나인 현무명부의 제자들이었다.

북방을 지배하는 영수 현무.

현무는 유계(幽界)를 관장한다. 그래서인지 현무명부의 제자들은 하나같이 저승사자 같은 음습한 한기를 지니고 있었다.

현무명부의 제자들 중 일부는 유등을 밝힌 장대를 세워 커다란 원형진을 형성하고 있었다. 바닥에서는 이미 수십 명이 쓰러져 있는데 그들이 정해놓은 경계 안으로 들어선 무림인들이었다.

대별산 능선과 계곡은 곱게 물든 단풍으로 아름다웠지만 산기슭에서는 살벌한 전투가 전개되고 있었다.

차― 차창!

현무명부의 제자들을 상대로 두 자루 은빛 단검을 번득이고 있는 사람은 백의여인이었다. 여인은 빼어난 용모는 아니었지만 피부가 유난히 희고 머리카락이 갈색이었다.

여인의 눈매는 서릿발처럼 차가웠고 표정은 조각상처럼 딱딱했다. 그녀는 단검으로 현무명부의 제자들을 죽이면서도 무감각한 사람처럼 표정의 변화 하나 없었다.

은검빙화.

그녀가 바로 무제별부의 지도로써 당금 천하를 뒤흔든 장본인이었다.

쐐애액—!

그녀의 쾌검은 박진감이 넘쳤다.

쌍검에 의한 쾌검술은 희중원에서는 보기 힘든 독특한 수법이었다. 그녀는 오로지 공격 일변도의 강공을 구사하며 현무명부의 포위망을 돌파하는 데 주력했다.

대별산 자락에는 이들 외에도 수백 명이 포진돼 있었다.

정사 무림의 중인들은 멀리서 상황을 지켜보기만 뿐 감히 가까이 다가서지 못했다. 격전장 주변으로 유등이 밝혀진 현무명부의 장대가 원형진을 이루고 있는데 그 안에 들어서면 곧바로 죽음이었다.

어찌 본다면 유등이 매달린 장대가 생과 사의 경계라 할 수 있었다.

현무명부의 제자들을 이끌고 온 자는 유명사령(幽冥死令)이었다.

그는 은검빙화를 공격하고 있는 제자들을 몰아붙였다.

"뭣를 하는 것이냐? 어서 계집의 목을 베라! 지도는 몸뚱이에 새겨져 있으니 몸에 상처를 내서는 안 된다!"

재촉을 받은 현무명부의 제자들은 더욱 저돌적으로 달려

들었다.

　은검빙화는 독특한 검술을 지녔지만 적이 너무 많았다. 또한 그들의 몸뚱이를 가린 호신갑은 여간해서 베어지지 않기에 상대를 죽이려면 얼굴과 목을 노려야만 했다.

　차— 차창!

　전투가 계속되면서 은검빙화도 조금씩 부상을 입게 되었다. 그나마 현무명부의 제자들이 지도가 훼손될 우려 때문에 그녀의 몸을 노리지 않아 심각한 부상은 피할 수 있었다.

　이때, 넓게 포진돼 있던 중인들 일부가 양옆으로 갈라졌다.

　"물러서라!"

　"백호무궁이다!"

　서른 명에 달하는 무사들이 빠른 속도로 이동했다.

　얼룩무늬가 새겨진 흰색 무복 차림의 무사들은 얼굴에도 얼룩무늬를 칠했다. 그들이 바로 사패 중에서 비교적 백도에 속한다는 백호무궁의 무사들이었다.

　그들은 주저없이 유등이 밝혀져 있는 경계 안으로 들어섰다.

　순간 경계를 맡고 있던 현무명부의 제자들이 달려들며 다짜고짜 공격을 펼쳤다.

　차— 차창!

　한바탕의 싸움이 전개되면서 경계를 맡고 있던 현무명부의 제자들이 점점 뒤로 밀렸다.

백호무궁의 무사들을 인솔해 온 자는 맹호당주(猛虎堂主)
였다.

"은검빙화가 탈출할 수 있도록 길을 열어라! 전설의 무서
가 명부의 해골들 손에 들어가서는 안 된다!"

맹호당주는 무사들을 대동해 은검빙화를 에워싸고 있는
현무명부의 제자들을 집중적으로 공격했다. 배후로부터 기
습을 당하자 현무명부의 포위망이 풀렸다.

맹호당주가 은검빙화에게 다가서며 포권을 취했다.

"빙화, 놈들은 우리가 저지하겠소! 어서 탈출하시오!"

"……"

은검빙화는 물끄러미 그를 바라보다가 단검을 휘둘렀다.

맹호당주는 뒤로 물러서면서 외쳤다.

"빙화가 중원으로 온 이유가 있을 것 아니오? 어서 탈출하
시오! 난 궁주의 명을 받아 빙화를 지원하기 위해 온 사람이
오."

은검빙화는 여전히 경계의 표정을 지었지만 더 이상 맹호
당주를 공격하지 않았다. 그녀는 뚫린 포위망을 향해 몸을 날
렸다.

유명사령이 꼿꼿하게 미끄러지며 은검빙화를 추격했다.

"서라!"

그러나 그의 추격은 맹호당주에 의해 제지되었다.

"네놈은 내가 맡겠다!"

"크크, 감히 명부와 맞서겠다는 것이냐?"

"네놈들 따위는 우리 무궁에 전혀 위협이 되지 않는다."

"크크, 네놈들이 어쭙잖게 궤멸된 천년제일세가 흉내라도 내겠다는 것이냐?"

"천년제일세가는 비록 단절됐지만 그들의 기개와 투혼은 여전히 백도인들의 가슴속에 살아 있다."

"그래? 그럼 어디 가슴을 열어볼까?"

유명사령은 맹호당주의 가슴을 향해 낫을 내리찍었다.

한편, 은검빙화가 대별산 산중으로 도주하자 여태 관전만 하고 있던 중인들이 대거 추적에 나섰다.

"은검빙화가 탈출했다!"

"우리에게도 기회가 생겼다!"

"다 함께 추격합시다!"

군중심리는 묘하다. 단지 역사적인 현장을 지켜보러 온 사람들까지 천기신서의 마력에 이끌려 추적 대열에 동참했다.

"갑시다! 우리라고 천기신서를 차지하지 말란 법이 있소?"

"어부지리를 취할지 누가 알겠소?"

중인들이 떠난 장내에는 현무명부와 백호무궁 제자들만 남아 격전을 벌였다.

이때 한 명의 청년이 장내에 당도했다.

푸른 장삼을 걸친 건장한 청년은 바로 태웅비였다. 그는 빠르게 격전장을 둘러보았다.

"저들이 바로 현무명부와 백호무궁이로군. 독특한 옷차림 때문에 파악하기가 쉽군."

그는 중인들이 함성을 지르며 몰려가는 계곡 쪽으로 시선을 돌렸다.

"다행히 은검빙화가 탈출했나 보군."

그는 잠시 주변을 살피다가 중인들의 뒤를 쫓아 추격 대결에 합류했다.

한데 협곡 앞에 이르자 눈앞에 끔찍한 참상이 전개됐다.

"아악!"

"크애액!"

앞서 은검빙화를 추격하던 중인들이 처절한 비명과 함께 속속 쓰러지고 있었다. 몇몇 무사들이 맞서 싸우고 있지만 거의 일방적인 도륙에 가까웠다.

용머리 투구를 쓴 거한들.

그들은 하나같이 체격이 건장했고 구사하는 무기는 육중한 중병기였다. 몸에 두른 어린의 갑옷이 용의 비늘처럼 보였다.

차― 창― 창―!

그들이 내려치는 병기에 중인들의 도검은 여지없이 동강 났고, 대개는 몸도 함께 쪼개졌다.

태웅비는 먼 거리에서도 그들의 신분을 대번에 파악할 수 있었다.

‘청룡신문의 제자들?’

그러했다. 협곡을 막고 중인들을 도륙하는 자들은 사패 중 하나인 청룡신문의 제자들이었다.

태웅비는 빠르게 주변 상황을 점검했다.

‘대마왕성 놈들은 아직 당도하지 않았나 보군.’

앞선 중인들이 연이어 쓰러지면서 태웅비는 떠밀리다시피 청룡신문의 거한과 맞서게 되었다.

청룡신문의 거한이 태웅비를 향해 냅다 장검을 내려쳤다.

츄아악!

육중한 장검답게 바람 소리가 섬뜩했다. 하나 중병기답게 속도가 더디기에 태웅비는 구궁잠은종을 펼치며 일권을 내지를 수 있었다.

이제는 마음만 먹으면 만파신권을 전개할 수 있었으며, 심후한 내공까지 겸비되었기에 그 위력은 엄청났다.

퍼억—!

가슴이 으스러진 거한이 피를 토하며 뒤로 나가동그라졌다.

청룡신문 제자들이 걸쳐 입은 어린의는 웬만한 도검과 내공을 막아내는 호신갑이었지만 만파신권 앞에서는 무용지물이었다.

청룡신문의 거한이 쓰러지자 중인들은 기세를 올리며 다른 거한들에게 달려들었다.

“와아, 청룡신문 놈들도 죽일 수 있다!”

“일단 쓰러뜨리자!”

중인들과 청룡신문 거한들이 충돌하는 틈을 타서 태웅비는 계곡 안쪽으로 들어설 수 있었다.

‘정황으로 판단한다면 이 협곡은 청룡신문 거한들에 의해 점거당했다. 일부가 협곡 입구를 지키는 동안 다른 자들이 은검빙화 추격에 나섰을 것이다.’

그는 은검빙화가 행여 청룡신문에 의해 제압될 것을 우려해 서둘러 달려갔다.

협곡은 여러 가닥으로 갈라졌다가 합쳐지기를 반복하고 있어 추적이 쉽지 않았다.

태웅비는 흔적보다는 소리를 찾아 귀를 기울였다.

“어느 쪽이지?”

문득 계곡을 타고 처절한 비명 소리가 메아리처럼 울려 퍼졌다.

“저쪽이로군.”

태웅비는 좌측으로 뻗어 있는 협곡으로 뛰어들었다.

멀지 않은 곳에 청룡신문 무사들이 피투성이로 변해 쓰러져 있었다. 대부분 투구가 박살나 머리에 박혔고, 일부는 가슴 부위가 심하게 찢겼는데 붉은 손바닥 자국이 선명했다.

태웅비의 검미가 꿈틀거렸다.

“이상하군. 은검빙화라는 별호를 감안하면 이들은 검법에 쓰러졌어야 하는데 상혼을 보면 내가기공에 의한 수법이다. 가만, 저 붉은 손바닥 자국은 혹시 혈황인(血荒印)……?”

그는 오악패군으로부터 무림에 관한 대략적인 지식을 습득했기에 독특한 무공의 흔적은 충분히 알아볼 수 있었다.

“맞아, 분명 혈황인이다. 그렇다면 색사(色邪)가 출현했단 말인가?”

그는 협곡 안으로 뛰어들었다.

第九章
전설을 몸에 새긴 여인

①

"흐훗. 아가야, 이 어르신을 위해 힘을 아껴라."

간드러진 음성으로 은검빙화를 희롱하고 있는 자는 제법 수려한 용모의 중년인이었다.

중년인은 옷차림이 화려했고 목걸이며 반지, 팔찌에다 귀고리까지 온통 장신구로 치장하고 있었다. 하지만 색기로 가득한 누런 눈이 그의 수려한 용모를 퇴색케 해주었다.

쐐애액—!

은검빙화는 절도있게 쌍검을 휘둘렀지만 중년인은 흐느적흐느적 피하며 한껏 조롱했다.

"아가야, 네 눈빛이 차갑고 입술이 붉지 않은 것으로 미루어 아직 백신의 몸인가 보구나. 하나 너무 두려워 마라. 이 어르신은 처녀도 색녀로 만드는 비상한 재주가 있단다. 이 어르신의 품에 한번 안기면 세상이 달라 보일 것이다.”

은검빙화는 이미 오랜 싸움으로 지쳐 있었기에 쾌검이 예전만 못했다. 물론 그녀가 건재하다 해도 상대는 감당하기가 쉽지 않은 초절정급 고수였다.

중년인은 흐느적흐느적 다가서다가 은검빙화의 앞자락을 낚아챘다.

찌이익!

앞섶과 젖가슴 가리개가 한꺼번에 뜯겨져 나가며 젖가슴과 속살이 훤하게 드러났다. 체구에 비해 젖가슴은 다소 빈약한 편이었다.

중년인은 은검빙화의 속살을 대하자 더욱 노골적으로 색기를 드러냈다.

“으흐훗, 좋구나. 신선해서 좋고 피부가 깨끗해서 좋다. 한데 네 몸에 새겨져 있다는 지도는 어디에 있는 것이냐?”

그는 은검빙화의 가슴 밑으로 시선을 내렸다.

“혹시 아랫배나 허벅지에 있는 것이냐? 그렇다면 꼭 확인해 보아야겠구나.”

은검빙화는 젖가슴이 드러나는 수모를 당했지만 눈썹 하나 까딱하지 않았다. 그녀는 가슴을 가릴 생각도 없이 계속 쌍검을 휘둘렀다.

중년인은 흐느적거리는 보법으로 쌍검을 피해내고는 그녀의 등 뒤로 접근했다.

촤아악!

등판의 옷자락이 왕창 뜯겨 나갔다.

"오오!"

중년인은 은검빙화의 등에 새겨져 있는 현란한 문양을 발견하고는 마른침을 꿀꺽 삼켰다.

"등에 지도가 새겨져 있구나! 정녕 풍문이 사실이란 말인가?"

등에 새겨진 지도를 보인 은검빙화가 처음으로 당혹스런 표정을 지었다. 그는 찢어진 옷자락을 뒤로 돌려 등을 가렸다.

그 바람에 봉긋한 젖가슴이 여실히 드러났지만 전혀 개의치 않았다. 그녀에게 있어 등에 새겨진 지도는 자신의 절개보다 소중한 것인 듯싶었다.

지도를 확인한 중년인은 더욱 탐욕 어린 웃음을 띠며 흐느적흐느적 다가섰다.

"크흐훗! 아가야, 이 어르신에게 전설을 선사한다면 너를 죽이지 않을 것이다. 어서 검을 버려라."

은검빙화는 매서운 눈빛을 발하며 쌍검으로 허공을 갈랐다. 그러나 중년인은 보다 빨리 격공지를 날려 그녀의 양쪽 젖가슴의 유근혈을 점했다.

"크훗, 탱탱하구나."

중년인은 은검빙화의 혈도를 몇 곳 더 점했다.

쨍그렁……!

그 순간 기력이 풀린 은검빙화의 손에서 단검이 떨어졌다.

중년인은 은검빙화의 젖가슴을 어루만지면서 아랫배를 더 듬어갔다.

"아가야, 네 피부가 가히 비단결이로구나. 내 숱한 계집을 품어봤지만 너처럼 고운 피부를 지닌 계집은 처음이다."

은검빙화의 두 눈은 수치심보다 상대에게 제압되었다는 분노가 역력했다.

중년인은 은검빙화의 몸을 한껏 희롱하다가 등 뒤로 들어섰다.

"흐음, 이게 무제별부의 지도란 말인가?"

그는 지도를 자세히 들여다보았지만 이해할 수 없는 문양들이 교차돼 있어 이것이 정말 지도인지 판단할 수가 없었다.

그는 손톱을 세워 은검빙화의 등판을 그었다.

"살가죽만 살짝 걷어낼 뿐이니 죽지는 않을 것이다. 일단 지도를 챙긴 후 너를 안아주겠다. 흐훗."

그는 사람의 살가죽을 벗겨내는 잔혹한 만행을 저지르는 와중에도 미소를 짓고 있었다.

이때 그의 등 뒤에서 준엄한 음성이 들려왔다.

"색마! 당장 그 더러운 손을 떼라!"

중년인의 표정이 묘하게 일그러졌다. 그는 방사 직전에 저지당한 사람처럼 쓴 입맛을 다시며 몸을 돌렸다.

태웅비가 당당한 걸음으로 다가섰다.

"혈인색사(血印色邪)! 틀림없겠지?"

중년인은 가소롭다는 듯 콧방귀를 뀌었다.

"크훗, 겁대가리를 상실한 놈이로군. 감히 이 어르신을 알면서도 취흥을 방해해?"

놀랍게도 중년인은 바로 당대의 색마인 혈인색사였다.

혈세칠악 이전에 세상을 어지럽힌 세 명의 악인이 바로 극악삼사(極惡三邪)다. 극악삼사는 갖은 만행을 자행하다가 천년제일세가의 토벌을 받아 세상에서 사라졌다.

혈인색사는 극악삼사 중에서 지독한 색마로 악명을 떨쳐 무림공적으로까지 낙인찍혔다.

그의 나이가 예순을 훌쩍 넘긴 것을 감안하면 중년인의 용모를 지녔다는 것은 놀라운 현상이다. 이는 숱한 여인의 정기를 흡수한 섭음보양술이라는 사술 덕분이었다.

태웅비는 혈인색사가 자신의 신분을 인정하자 내심 바싹 긴장했다.

'과연 혈인색사였군. 극악삼사는 혈세사악을 능가하는 절세고수다. 쉽지 않은 싸움이 되겠군.'

그는 무릉산 협곡에서 대마왕성의 사마공으로 변모한 혈세사악과 잠시 겨룬 적이 있기에 혈인색사의 무공을 상대적으로 추정할 수 있었다.

사실 혈인색사와의 대결은 무모한 도전이지만 은검빙화의 살가죽이 벗겨지는 것을 묵인할 수가 없었다. 그 역시 무제별부의 지도를 얻기 위해 은검빙화를 추적해 왔지만 강제로 탈취할 마음은 없었다.

복수를 위한 절기가 아무리 간절해도 남의 보물을 함부로 도둑질할 그가 아니었던 것이다.

태웅비는 일단 혈인색사와의 대결에 정신을 집중시켰다.

'내게는 한 번의 기회가 있을 뿐이다. 어떻게든 접근해서 만파신권으로 일격을 가해야 한다.'

그는 한쪽에 서 있는 은검빙화를 힐끗 보았다. 젖가슴을 여실히 드러낸 채 제압돼 있는 그녀의 처지가 몹시도 안쓰럽게 생각되었다.

그는 혈인색사와 격돌하는 와중에 행여 그녀가 다칠 것을 우려해 뒤쪽으로 물러섰다.

혈인색사는 흐느적흐느적 다가섰다.

"크훗, 네놈은 이 어르신을 쓰러뜨릴 절호의 기회를 놓쳤다. 아주 멍청한 짓이었어."

"너 같은 색마 따위를 죽이는 데는 비열한 기습도 필요없다. 내 일권으로 네놈의 머리통을 부술 수 있으니까."

"그것은 네 요망 사항일 뿐이다."

혈인색사가 기괴한 보법으로 다가서자 태웅비는 힘차게

주먹을 내질렀다. 그러나 그의 주먹은 빈 허공만 갈랐고, 오히려 그의 가슴에서 폭음이 작렬했다.

퍼억─!

태웅비는 숨이 턱 막혔다.

뼈가 으스러지고 심장이 터지는 것만 같았다. 장기가 상했는지 목구멍을 타고 숏구치는 피를 주체할 수가 없었다.

"우욱!"

결국 태웅비는 피를 토하며 뒤로 튕겨졌다. 석벽에 그의 몸이 한 뼘 넘게 박혔다.

혈인색사는 득의의 웃음을 흘렸다.

"크흐훗, 그래서 누울 자리를 보고 발을 뻗으라고 하지 않았더냐? 젖비린내 나는 놈이 감히 이 어르신의 취흥을 방해하면 쓰나?"

그는 태웅비의 죽음을 확신하며 몸을 돌렸다.

태웅비는 다시 한 번 피를 토하고는 자신의 가슴을 살펴보니 붉은 손자국이 선명하게 새겨져 있었다. 사파의 절기인 혈황인에 적중된 것이다.

태웅비는 정신을 집중해 천지환혈심법을 운기했다.

전중혈을 중심으로 가슴 부위의 경혈를 통해 진기가 운집되면서 혈황인에 의한 붉은 손자국이 빠르게 지워졌다. 이내 손자국이 지워지면서 태웅비는 안정적으로 숨을 쉴 수가 있었다.

‘역시… 극악삼사답군.’

겨우 기력을 회복한 태웅비가 벌떡 일어섰다.

혈인색사는 아예 등판을 통째로 도려낼 심사로 은검빙화의 상반신을 벗겨냈다. 그러다 뒤에서 들려오는 발자국 소리에 흠칫 놀라 고개를 돌렸다.

태웅비가 십 보 정도를 두고 걸음을 멈추었다.

“색마, 이제는 네가 당할 차례다.”

혈인색사는 이해가 되지 않는 듯 태웅비를 연신 훑어보았다.

“이놈 봐라? 분명 혈황인에 적중됐는데 어떻게 뒈지지 않았지?”

“그 정도 잡기로는 날 죽일 수 없다.”

“네놈은 대체 누구냐?”

“난 태웅비다. 초은야의의 손자이다.”

“초은야의? 그래, 들어본 적은 있다. 강호에서 유명한 세 명의 돌팔이 의원 중 하나이지. 하지만 무공은 대단치 않다고 들었는데, 네놈한테 영약이라도 잔뜩 먹인 것이냐?”

“네 혈황인은 진흙이나 뭉갤 정도로 형편없었다.”

자존심이 뭉개진 혈인색사의 표정이 괴이하게 일그러졌다. 그는 흐느적거리는 보법으로 다가섰다.

“오냐, 이번에는 네놈의 골통을 박살 내주겠다. 그러고도 또다시 살아날 수 있나 보겠다.”

태웅비가 짐짓 뒷걸음질을 치자 혈인색사의 행보가 더욱 빨라졌다.

혈인색사는 최고조의 혈영미환보(血影迷幻步)를 전개해 태웅비의 눈을 어지럽혔다.

"흐흣, 어린 새끼. 퍼렇게 질렸구나!"

태웅비는 전신을 짓누르는 엄청난 압박감에 등줄기가 서늘해졌다.

'정신을 집중하자. 흔들리면 안 돼.'

콰류류—!

허공 가득히 시뻘건 손바닥 자국이 새겨지며 머리 위로 혈황인이 내리꽂혔다. 찰나지간 태웅비는 구궁잠은종을 펼쳐 혈인색사에게 바싹 접근했다.

"만파신권!"

불꽃 같은 기운이 주먹에서 뿜어졌다.

콰아앙—!

엄청난 폭음이 터지며 혈인색사가 뒤로 날아갔다.

"캐애액!"

비명 소리가 처절하다. 그러나 혈인색사는 절세급에 이른 고수답게 만파신권에 적중되고도 즉사하지 않았다. 바닥을 나뒹굴던 그는 몸을 일으켜 황급히 도주했다.

"크으으, 이놈! 어디 두고 보자!"

혈인색사가 달아나자 태웅비는 겨우 안도할 수 있었다.

‘이야, 내가 혈인색사를 혼내주다니.’

상대의 방심을 감안한다 해도, 어쨌거나 이번 대결의 승자는 그였다.

태웅비는 은검빙화의 등 뒤로 다가섰다.

매끄러운 등에 새겨진 지도가 그의 눈에 들어왔다.

사실 지도라기보다는 현란한 문양에 가까웠다.

지도라면 최소한 지형의 이름과 산과 강, 계곡의 형태가 구분되어야 했지만 은검빙화의 등에 새겨진 지도는 현문의 도형(圖形)처럼 난해하기만 했다.

태웅비는 적이 실망했다.

‘이게 전설적인 무제별부의 지도란 말인가?

막상 세상을 진동시킨 지도를 보았지만 그는 아무런 소득도 얻을 수 없었다. 그렇다고 혈인색사처럼 은검빙화의 등가죽을 벗겨내 오랜 시간 연구할 수도 없는 일이었다.

태웅비는 은검빙화 앞으로 돌아섰다.

여인의 젖가슴을 대하자 얼굴이 달아올랐다. 그는 얼른 바람막이를 벗어 그녀의 어깨 위에 걸쳐 주었다.

“안심하시오, 은검빙화. 난 당신을 해칠 사람이 아니오.”

“……”

“한 가지 묻겠소. 당신의 등에 새겨진 지도가 정말 무제별부의 지도요?”

“……”

"한어를 못 알아듣는 거요, 아니면 말을 하지 못하는 거요?"

은검빙화는 여전히 묵묵부답이었다. 태웅비를 직시하는 눈빛에 적개심이 가득했다.

태웅비는 천기신서에 대한 기대감을 포기했다.

"그만둡시다. 당신을 풀어줄 테니 어서 피하시오. 그리고 웬만하면 북해로 다시 돌아가시오. 중원에서는 당신이 안전할 곳이 없소."

태웅비는 은검빙화의 점혈을 해소시켜 주기 위해 맥문을 쥐고 진기의 흐름을 살펴보았다.

'추악한 놈. 유근혈을 점해놓았군.'

그는 잠시 주저하다가 은검빙화의 좌우 젖가슴을 눌러 유근혈을 타통시켜 주었다. 격공지를 모르기에 그녀의 몸에 직접 손을 댈 수밖에 없었다.

한데 혈도가 풀리는 순간 은검빙화가 태웅비를 향해 냅다 일장을 내질렀다.

퍼엉!

태웅비는 전혀 생각지 못한 기습에 나가동그라지고 말았다. 좋은 의도로 점혈을 해소시켜 주었기에 은검빙화가 자신을 공격할 줄은 미처 생각지 못한 것이다.

자신의 병기를 챙겨 든 은검빙화가 재차 달려들며 쾌검을 구사했다.

쐐애액―!

두 자루 쾌검은 태웅비의 목과 심장으로 날아들었다.

태웅비는 구궁잠은종을 펼치려 했지만 은검빙화의 쾌검이 더 빨랐다. 목과 심장 부위가 뜨끔하며 태웅비는 그만 석상처럼 굳어지고 말았다.

절체절명의 순간!

한데 은검빙화는 더 이상 검을 찌르지 않은 채 태웅비를 직시했다. 두 사람은 아주 가까운 상태였기에 서로의 동공을 통해 자신의 모습을 확인할 수 있었다.

태웅비는 자신의 목숨이 은검빙화의 손에 달려 있었지만 의연한 모습을 잃지 않았다.

"빙화, 당신이 나를 대번에 죽이지 않은 것으로 봐서 악독한 여인은 아닌 것 같소. 그만 검을 거두시오."

"……"

은검빙화는 잠시 태웅비의 눈을 직시하다가 검을 거두고는 뒤로 물러섰다.

태웅비는 자신의 목과 심장 부근을 매만져 보았다. 핏방울이 조금 묻어 나왔지만 무시할 수 있는 상처였다.

"빙화, 당신은 말은 하지 못해도 내 말은 알아듣는 것 같군."

그는 호의적인 미소를 띠며 포권을 취했다.

"난 태웅비라는 사람이오."

은검빙화는 비로소 자신의 어깨에 걸쳐진 피풍의를 잡아

끌어 가슴을 가렸다. 그녀는 태웅비에게 악의가 없다고 판단했는지 적개심도 많이 완화되었다.

태웅비는 조심스럽게 다가섰다.

"내가 의술을 조금 아는 편이오. 당신을 치료해 주어도 되겠소?"

은검빙화는 또다시 경계의 눈빛을 발하며 뒤로 물러섰다. 이어 협곡 안쪽으로 달려갔다. 몇 번 번득이는 사이 그녀는 그의 시야에서 사라졌다.

태웅비는 묘한 아쉬움에 젖어 몸을 돌렸다.

"그래, 날 믿을 수는 없겠지. 세상이 모두 적일 테니까."

그는 협곡을 내려가면서 은검빙화의 등에 새겨진 지도를 떠올렸다. 워낙 복잡한 문양이기에 모두 머리에 담기란 불가능하다.

그는 고개를 흔들어 천기신서에 대한 미련을 떨쳐 냈다.

"그래, 그저 전설일 뿐이다. 어쩌면 천기신서와 무관한 지도일 수도 있어. 세상의 풍문은 대부분이 조작이니까."

태웅비는 혈인색사에 의해 참혹하게 죽은 청룡신문 제자들의 주검을 지나쳐 넓은 계곡으로 나섰다.

순간 바위 뒤에서 섬세한 인영들이 튀어 나왔다.

"멈춰라!"

붉은 망사의를 걸친 소녀들이 내려서며 태웅비의 혈도를 점했다. 그중 두 명은 태웅비의 양손 맥문을 제압했고, 나머지는 태웅비의 전신 요혈을 향해 병기를 겨누었다.

"호호, 정말 살아 있었네?"

"그러게. 대마왕의 경고비를 대열사 추모비로 바꾼 영웅이 태웅비라 하던데 너였을 줄이야."

독한 향수 냄새를 풍기며 두 소녀가 태웅비 앞으로 내려섰다.

곽소휘의 시비들인 아앵과 녹지.

두 소녀를 비롯해 태웅비를 제압한 붉은 망사의 여인들은 주작성전의 제자들이었다.

태웅비는 아앵과 녹지를 대하자 지난 수모를 갚아줄 수 있다는 생각에 분노보다는 반가움이 느껴졌다.

"너희 주작성전도 천기신서 쟁탈전에 참가한 것이냐?"

"물론이지."

녹지는 태웅비의 뺨을 어루만졌다.

"어머나, 그사이 아주 늠름해졌네? 흉한 사팔눈도 제대로 자리를 잡았고 꾸부정한 어깨도 활짝 펴졌어. 눈빛도 당당해진 것 같아."

그녀는 주변의 시선도 아랑곳하지 않고 그의 사타구니 사이를 더듬었다.

태웅비가 싸늘하게 외쳤다.

"더러운 손 치워라!"

"어마, 이 박력! 예전에는 순한 양처럼 고분고분했는데 이제는 거친 늑대 같아.”

녹지는 태웅비의 허리에 팔을 두르며 노골적으로 몸을 비벼댔다.

태웅비가 빠르게 주변을 쓸어보았다.

“곽소휘도 왔느냐?”

녹지는 그의 앞섶으로 손을 넣어 가슴을 보듬었다.

“아이, 왜 아가씨를 찾으려는 거야? 내가 더 잘해줄 수 있는데.”

“더 잘해줘?”

태웅비의 표정이 심각하게 굳어졌다.

“너… 지금 무슨 소리를 하는 거냐?”

“호호, 바보. 모르는 체하는 거야, 아니면 정말 기억이 없는 거야?”

녹지는 태웅비의 목을 끌어안으며 뺨을 비볐다.

“일단 내 물음에 사실대로 대답해 줘. 은검빙화란 계집을 보았어?”

“그래, 만났다.”

“만났다고?”

녹지의 두 눈에 탐욕의 빛이 역력했다.

“어디에… 아니, 그 계집이 정말 무제별부의 지도를 지닌 것이 사실이야?”

“모른다.”

“어머, 이러면 곤란해. 네 잘난 얼굴을 벗기고 싶지 않아. 고분고분하면 극진한 쾌락을 즐길 수 있는데 왜 마다하는 거냐?”

녹지는 손끝으로 태웅비의 미간에서부터 콧등까지 긁으며 은은한 살기를 드러냈다.

태웅비는 그사이 천지환혈심법을 운기해 점혈된 혈도를 모두 해소했다. 그는 워낙 심후한 내공을 지녔기에 맥문을 제압하고 있는 두 소녀의 손을 간단히 떨쳐 낼 수 있었다.

“추악한 계집!”

그는 녹지를 향해 일권을 내질렀다.

퍼억!

가슴에 주먹이 적중된 녹지는 비명 대신 심장에서 뿜어진 새빨간 피를 한 사발이나 쏟으며 나가동그라졌다. 가슴이 으스러지며 심장이 터져 즉사한 것이다.

태웅비는 즉시 구궁잠은종을 전개해 아앵에게 달려들었다. 아앵은 미처 피할 새도 없이 대번에 맥문이 제압되었다.

비로소 사태의 심각성을 깨달은 주작성전 제자들이 태웅비의 배후를 공격했다.

“놈의 점혈이 풀렸다!”

“화무령을 구해라!”

태웅비는 아앵을 자신 앞으로 끌어 방패로 삼았다.

“아앗! 그만둬!”

아앵이 자지러진 비명을 질러대자 주작성전 제자들이 급히 병기를 회수했다.

행여 태웅비를 자극할 것이 우려돼 아앵은 악을 쓰듯 외쳤다.

"물러서 있어라—! 어서!"

주작성전 제자들은 이십여 장 밖으로 물러서 대기했다.

아앵은 털썩 무릎을 꿇으며 애걸했다.

"고… 공자님, 제발 살려주세요. 소녀는 그래도 공자님을 살리고자 무던히도 애를 썼습니다. 제발 믿어주세요."

"……"

태웅비가 싸늘한 눈빛으로 쏘아볼 뿐 언질을 주지 않자 아앵은 눈물을 뚝뚝 쏟으며 애처롭게 사정했다.

"흑흑, 전 아직 어립니다. 여동생이라 생각하시고 제발 죽이지 마세요."

"곽소휘는 어디에 있느냐?"

"아가씨께서는 총지휘를 담당하기에 아직 당도하지 않으셨습니다."

"그 계집의 신분이 뭐냐?"

"성전의 소전주이십니다. 강호인들은 아가씨를 단장요화(斷腸妖花)라 부릅니다. 소녀는 소전주를 수행하는 화무령(花武令)의 신분입니다."

아앵은 캐묻지 않은 부분까지 술술 털어놓고는 다시 눈물로써 호소했다.

"소녀를 살려주시면 아가씨께 말씀드려 공자님에 대한 추살령을 철회토록 노력해 보겠습니다."

"한 가지 더 묻겠다. 내 손에 죽은 녹지란 계집이 내뱉은 말이 무슨 뜻이냐? 더 잘해주다니?"

"그… 그것은……."

"사실대로 털어놓으면 죽이지는 않겠다."

아앵은 빠르게 눈알을 굴리다가 솔직하게 대답했다.

"사실 공자님께서 아가씨를 치료하신 이후… 아가씨와 운우를 맺었습니다."

태웅비의 전신에서 불꽃 같은 분노가 피어올랐다.

"뭐, 뭐야? 내가 그 더러운 계집과 살을 섞었단 말이냐?"

"고… 고정하십시오, 공자님. 당시 아… 아가씨께서는 백신의 몸이셨습니다. 공자님을 특별히 첫 번째 사내로……."

"닥쳐!"

태웅비는 아앵의 백회혈에 장심을 얹었다.

"추잡한 악녀! 너 같은 계집은 살려둘 가치가 없다!"

아앵은 하얗게 질려 와들와들 떨었다.

"공자님! 야… 약속하셨지 않습니까? 흑흑, 제발 살려주세요."

워낙 추한 애걸에 오히려 죽일 마음이 사라진 태웅비였다.

그는 아앵의 머리채를 쥐고 일으켜 세웠다.

"오냐, 널 죽이지 않을 테니 곽소휘에게 고해라! 내 손에 죽고 싶지 않으면 머리 깎고 비구니로 살라고 말이다! 내 눈에 띄면 추악한 몸뚱이가 박살날 것이다!"

그가 풀어주자 아앵은 연신 예를 표하며 뒤로 물러섰다. 그러다 충분히 멀어졌다고 확인되자 손끝을 튕겼다.

"쓰러져라!"

손톱 밑에서 발출된 미혼분이 사위를 분홍빛으로 물들였다.

펑……!

태웅비는 급히 숨을 멈추었지만 이미 콧속으로 달콤한 향기가 스며들면서 정신이 어지러웠다.

'교활한 계집!'

아앵은 십여 장 밖으로 물러서며 외쳤다.

"놈을 죽여라!"

"예, 화무령!"

주작성전 제자들이 날렵하게 날아들며 병기를 휘둘렀다.

태웅비는 삼대성약을 복용한 몸이기에 웬만한 독은 스스로 해독할 수 있었다. 심한 현기증을 일으키던 미혼분은 몇 번 심호흡을 하자 이내 소멸되었다.

그는 왼손을 휘둘러 병기를 쳐내고는 일권을 내질렀다.

"오냐. 모조리 죽여주겠다!"

퍼억—!

안면에 만파신권이 적중된 여인은 머리 없는 귀신이 되고 말았다.

그가 미혼분을 마시고도 건재하자 아앵은 수하들을 퇴각시켰다.

"저, 저런 괴물 같은 놈을 봤나! 모두 물러서라!"

아앵은 앞서 계곡 입구로 몸을 날렸다.

"퇴각한다!"

주작성전 제자들은 순식간에 계곡 밖으로 사라졌다.

태웅비는 굳이 그녀들을 쫓아가서까지 죽일 마음이 없었기에 천천히 걸음을 옮겨 계곡을 나섰다.

중원사패가 모두 출동해서인지 관전하던 중인들의 모습은 보이지 않았다.

"헛된 전설 때문에 공연히 시간만 지체했군."

그는 산서성 방향으로 달려갔다.

2

휘휘휙—!

한 떼의 무리가 대별산 자락에 이르렀다.

시커먼 경장 차림에 회색빛 얼굴, 붉은 눈.

바로 대마왕성의 마인들이었다. 마인들 중에는 과거 혈세칠악으로 악명을 떨쳤던 세 명의 마두도 보였다.

독파, 식마, 외팔이가 된 장마.

본래는 수마까지 합쳐 사마공이었지만 수마가 오악패군의 도끼에 쪼개져 죽는 바람에 이제는 삼마공만 남았다.

이들을 인솔해 온 자는 소마왕 빙마흔이었다.

빙마흔이 턱짓으로 지시를 내리자 마인들 절반이 사위로 흩어졌다. 그들은 대별산 자락에 널브러져 있는 시체들을 끌어다 한쪽에 모았다.

죽은 자들은 하루 전 있었던 천기신서 쟁탈전의 희생자들이었다. 중원사패를 비롯한 유명 무림세가 제자들의 주검은 동문들에 의해 회수됐지만 나머지 무림인들은 방치돼 있었다.

빙마흔이 죽은 자들을 살피는 사이 정보 수집을 위해 흩어졌던 척후들이 돌아왔다.

척후들이 빙마흔에게 보고를 올렸다.

"현무명부의 해골들이 은검빙화를 포위했지만 백호무궁이 뛰어드는 바람에 계집은 도주했습니다. 계집을 추적하던 강호인들 상당수가 청룡신문에 의해 참살당했습니다."

"은검빙화는 어찌 되었느냐?"

"섬서성 방향으로 도주한 것으로 확인되었습니다."

빙마흔의 한쪽 눈썹이 슬쩍 치켜 올라갔다

"섬서성? 확실한 정보냐?"

"예, 소주. 그리고 이번 추적에 혈인색사도 출동한 것으로 밝혀졌습니다.”

“혈인색사? 흐음, 그 색마가 아직 살아 있었군. 다른 두 마두는 오지 않은 것이냐?”

“혈인색사 한 명만 확인되었습니다. 한데 혈인색사는 중상을 입고 도주했습니다.”

빙마흔의 모호한 동공에서 안광이 번득였다.

“뭐야? 혈인색사라면 절세급에 해당되는 고수다. 은검빙화가 그 색마를 격파할 만큼 무서운 고수란 말이냐?”

“혈인색사는 은검빙화에게 당한 것이 아닙니다. 혈인색사를 격퇴시킨 고수는 따로 있습니다. 그자는 태웅비로 확인되었습니다.”

“태웅비!”

빙마흔의 눈가 근육이 심하게 씰룩거렸다.

“믿을 수가 없군. 내가 놈을 처음 만났을 때는 버러지에 불과했는데 불과 십여 일 만에 사마공과 대적할 만큼 고수로 성장했다. 한데 놈이 혈인색사마저 격파했단 말이냐?”

그는 뒷짐을 지며 걸음을 옮겼다.

“놈도 역시 은검빙화를 쫓아 섬서성으로 향한 것이냐?”

“아닙니다. 놈의 정확한 행로는 알 수 없지만 북쪽으로 이동한 것으로 확인되었습니다.”

“그럼 산서성 방향이로군.”

빙마흔은 삼마공에게 눈길을 돌렸다.

"삼마공은 태웅비란 놈을 찾아내 반드시 추살토록 하시
오."

장마가 역겨운 악취를 풍기며 목소리를 높였다.

"여부가 있겠소? 내 팔을 으스러뜨린 놈이오. 놈의 골통을
갈아 마실 작정이오."

식마가 사각 식도를 혀로 핥았다.

"놈은 내게 맡겨라. 확실하게 요리해 줄 테니까."

독파가 앞서 몸을 날렸다.

"주둥이만 나불대지 마라. 이번은 확실히 처리해야 돼."

혈세삼악은 대별산 능선을 넘어 북쪽으로 달려갔다.

빙마흔은 잔뜩 권태로운 표정을 지었다.

"마음 같아서는 내가 직접 놈을 죽이고 싶지만, 지금은 무
제별부의 지도를 입수하는 게 우선이다."

그는 꼿꼿하게 솟구쳐 올랐다.

"가자!"

第十章
하늘과 땅을 잇는 건끈무교

산서성은 대륙 북쪽에 위치해 있기에 비교적 겨울이 빠르다. 아직 입동이 되기 전이건만 산서의 높은 산들은 벌써부터 하얀 눈을 뒤집어쓰고 있었다.

다각다각……!

한 필의 말이 허연 입김을 훅훅 뿜어내며 영석을 지나치고 있었다.

마상의 태웅비는 추위를 막기 위해 털모자를 눌러썼고 바람막이로 몸을 둘렀다. 한데도 차가운 바람은 옷깃을 뚫고 속살까지 스며들었다.

"후아, 정말 춥군. 장백산에서 살았을 때보다 더 추운 것 같아.”

양경삼맥이 치유된 이후 그는 사고력과 지적 능력이 강화돼 이제는 장백산에서 지냈던 세 살 적 시절도 단편적으로 기억해 낼 수 있었다.

만일 그가 백일 때의 기억을 떠올릴 수 있다면 자신의 출생도 알아낼 수 있겠지만, 그것은 현실적으로 불가능했다.

다각다각……!

말은 침엽수림 사이로 난 좁은 길을 따라 힘차게 달려갔다.

순간 태웅비는 본능적인 위기를 직감하며 마상에서 훌쩍 뛰어올랐다.

이히힝—!

그물에 휘감긴 말이 구슬픈 울음소리를 발하며 앞으로 고꾸라졌다.

태웅비는 일차적인 그물 공세는 피했지만 재차 날아든 그물에 휘감기게 되었다. 쇠 그물은 대번에 그의 몸을 칭칭 감았다.

털썩!

옴짝달싹 못하게 제압된 태웅비는 바닥으로 떨어져 내렸다.

‘웬 놈들이지?

네 사람이 그물에 제압된 태웅비 주변으로 내려섰다.

모자가 달린 장옷을 뒤집어쓴 자들로 몸에는 거북 등껍질 같은 견고한 호신갑을 착용하고 있었다.

태웅비는 대번에 그들의 정체를 알아보았다.

'현무명부의 제자들이다!'

한 명이 삼지창으로 태웅비의 몸을 쿡쿡 찔렀다.

"쓸 만한 놈이로군. 끌고 가자."

그들은 그물을 질질 끌면서 달려갔다.

지지직—!

그물에 묶인 채로 끌려가는 바람에 태웅비는 무릎과 어깨의 옷이 해져 몸 곳곳에 상처가 났다. 그는 천지환혈심법을 운기해 그물을 찢어내려 했지만 그물은 조금 늘어나기만 할 뿐 찢기지가 않았다.

'제기, 이게 무슨 꼴이람.'

당장은 탈출할 수 없는 상황이지만 태웅비는 마음을 느긋하게 먹었다. 현무명부의 제자들이 무슨 연유로 자신을 사냥해 끌고 가는지 몰라도 다짜고짜 죽이지는 않을 것으로 생각되었다.

'좋아, 일단 가보자.'

잠시 후 현무명부 제자들은 막사가 세워져 있는 진영으로 들어섰다.

태웅비는 그물에 묶인 채로 막사 안으로 끌려 들어갔다.

의자에 앉아 있는 자는 손에 채찍을 쥐고 있었다.

“그물을 풀어라.”

“예, 귀령(鬼靈).”

태웅비를 사냥해 온 자들이 태웅비의 혈도를 몇 곳 점하고 그물을 풀어주었다.

귀령은 태웅비의 입을 벌려 치아 상태를 살피고 팔과 다리의 근육을 매만져 보았다.

“흐음, 괜찮군.”

태웅비가 궁금함을 참지 못하고 물었다.

“대체 무슨 연유로 무고한 사람을 끌고 온 것이냐?”

“크훗, 배짱은 있는 놈이군.”

귀령은 냅다 채찍을 휘둘렀다.

짜악!

채찍을 맞은 가슴 부위의 옷자락이 뜯겨 나가며 붉은 상흔이 선명하게 새겨졌다.

태웅비가 한 걸음만 물러설 뿐 쓰러지지 않자 두 명이 태웅비의 양팔을 제압하며 강제로 꿇어앉혔다.

귀령은 채찍을 감아쥔 손으로 태웅비의 볼을 툭툭 쳤다.

“네놈은 본 명부에 잡히는 순간 죄인이다. 이제는 네게 두 가지 선택밖에 없다.”

“두 가지 선택?”

“그렇다. 하나는 명부의 지엄한 명을 거역한 죄로 고통스럽게 죽는 것이고, 다른 하나는 명부에서 삼 년간 복역하는 것이다. 삼 년 동안만 노예로 지내면 다시 풀어주겠다.”

“그동안 풀려난 사람은 있었느냐?”

귀령은 조금도 두려워하는 모습을 보이지 않는 태웅비의 태도가 재미있는 듯 키득거렸다.

“물론 없다. 하지만 아직까지 곧바로 죽겠다고 말한 놈도 없었다.”

태웅비는 주변으로 얼마나 많은 현무명부의 제자들이 있는지 알 수가 없기에 일단은 반발을 누그러뜨렸다.

“좋다. 당장 죽고 싶지 않으니 복역을 선택하겠다.”

“끄끄, 당연히 그럴 줄 알았다.”

그는 소매 속에서 역겨운 악취가 풍기는 환약을 꺼내 들었다.

“먹어라.”

“뭐냐?”

“독단이다. 사흘에 한 번 해독약을 먹으면 죽지 않는다.”

태웅비는 현무명부의 지독한 올가미에 분노를 느꼈지만 순순히 독단을 먹었다. 맛이 아주 고약했다.

태웅비가 독단을 복용하자 귀졸(鬼卒)들이 그를 일으켜 세웠다.

귀령은 턱짓으로 지시를 내렸다.

“함거로 데려가라.”

“예, 귀령.”

두 귀졸은 태웅비를 이끌고 막사를 나섰다.

한쪽으로 수인들을 호송하기 위한 함거가 다섯 대 정도 도열해 있었다. 네 대의 함거에는 예닐곱 명의 수인이 이미 빽빽하게 들어 있었다.

태웅비는 한 명의 수인만 갇혀 있는 함거 안으로 떠밀렸다.

"쥐 죽은 듯 있어라. 함거가 채워지면 곧바로 출발할 것이다."

쇠사슬 소리와 함께 함거의 문이 채워졌다.

태웅비는 함거의 쇠창살부터 살펴보았다. 아주 견고해 보였지만 만파신권이라면 능히 깨뜨릴 수 있을 것 같았다.

그는 쇠창살에 바싹 얼굴을 붙여 현무명부 제자들의 숫자를 하나씩 헤아렸다. 아주 많지만 않다면 자신 혼자의 힘으로 능히 상대할 수 있을 것도 같았다.

이때 등 뒤에서 나직한 음성이 들려왔다.

"이봐, 허튼수작 말고 가만히 있어."

"......?"

태웅비가 고개를 돌려보니 앞서 갇혀 있던 수인이었다.

두툼한 솜옷을 걸치고 있는 청년으로 이목구비는 단정해 보였지만 화상을 입었는지 얼굴 한쪽이 벌겋게 일그러져 있어 모습이 흉했다.

그는 느긋한 자세로 쇠창살에 기대앉아 태웅비에게 충고

를 던졌다.

"탈출할 생각은 마. 네가 먹은 독단은 응혈절음독(凝血絶陰毒)으로 해독단이 없으면 전신의 피가 서서히 굳으면서 죽게 된다. 물론 현무명부의 독문 독약이기에 해독단을 구하기가 쉽지 않아."

태웅비가 의아한 표정으로 물었다.

"너는 어떻게 그런 것을 알고 있느냐?"

"깊이 알려고 하지 마."

"어쨌든 난 탈출할 것이다. 기회를 봐서 함거를 부술 테니 너도 재주껏 달아나라."

"미쳤어!"

청년은 바싹 다가서며 으름장을 놓았다.

"네가 무슨 재주로 함거를 부수려 하는지는 몰라도 내 계획을 방해하면 내 손에 먼저 죽게 될 것이다."

태웅비는 비로소 청년의 모습을 확실히 볼 수 있었다.

서글서글한 눈매가 아주 인상적이었다. 무엇보다 흑백이 또렷한 두 눈에는 빛나는 정광이 서려 있었다.

태웅비는 상대가 평범한 촌부가 아님을 간파했다.

"지금 계획이라고 했느냐?"

"입 다물고 있어. 명부의 소재를 파악하면 너만은 구해줄 용의가 있으니까."

"그러니까 현무명부의 소재를 파악하기 위해 일부러 잡혀

왔다는 얘기로군. 그렇지?"

청년은 나직이 냉소를 치고는 물러앉았다.

"깊이 알려고 하지 말랬잖아."

태웅비는 짐짓 청년을 놀려주었다.

"홋, 이거 잘됐군. 명부의 제자들에게 네 정체를 밝히면 난 풀려날 수 있겠다."

그는 쇠창살 밖을 향해 외쳤다.

"여기……!"

퍼억!

태웅비의 등판을 향해 주먹이 날아들었다. 마치 쇠뭉치로 맞은 듯 숨이 턱 막혔다.

"너… 혈도가 제압되지 않은 것이냐?"

태웅비가 놀란 표정을 짓자 청년은 손으로 태웅비의 입을 틀어막았다.

"조용히 못해! 정말 내 손에 죽고 싶어?"

"……."

"입 다물고 있겠다고 약속해! 그럼 널 탈출시켜 주겠다. 알았어?"

예상외로 부드러운 손이다.

태웅비는 청년의 맥문을 쥐고 자신의 입을 가린 손을 떼어냈다.

맥문이 잡힌 청년은 눈을 부릅떴다.

"엇? 너도… 점혈되지 않았단 말이냐?"

청년은 손을 뿌리치려 했지만 쇠갈고리에 잡힌 것마냥 꼼짝할 수가 없었다. 그의 놀라움은 경악으로 이어졌다.

'이… 이럴 수가? 엄청난 공력이다!'

태웅비는 맥문을 쥔 상태에서 진맥을 통해 상대의 신분을 대번에 알아낼 수 있었다.

"너… 계집이로구나?"

청년은 입술을 꾹 깨물었다.

"그래! 그러니 어서 손을 놔!"

태웅비가 맥문을 풀어주자 청년은 뒤로 물러앉으며 손목을 매만졌다.

청년은 잔뜩 경계의 눈빛으로 태웅비를 쏘아보았다.

"넌 누구냐? 너도 의도적으로 잠입한 것이냐?"

"아니. 난 항산으로 가는 도중에 짐승처럼 사냥된 것이다. 아, 내 이름은 태웅비다."

"태웅비……?"

청년의 눈빛이 대번에 달라졌다. 그는 태웅비를 연신 훑어보며 목소리를 낮추었다.

"네가 혹시… 초은야의 손자냐?"

"맞아. 용케 알고 있군."

"얼마 전 등천봉에서 마왕비를 박살 내고 대열사 추모비를 세운 사람이 바로 너냐?"

“그래, 내가 추모비를 세웠다.”

청년은 서글서글한 눈으로 호의적인 눈웃음을 띠었다.

“훗, 그럼 우리는 적이 아닐 수 있겠구나.”

“넌 누구냐?”

“참, 날 소개하지 않았군. 난 강유빈(姜琉琊)이야.”

“강유빈. 기억해 두지.”

태웅비가 전혀 반응을 보이지 않자 강유빈이 다소 불쾌한 표정을 지었다.

“너, 나에 대해 들어본 적이 없어? 아니면 날 무시하는 거야?”

“무시하는 게 아니다. 솔직히 난 강호에 대해 아는 바가 많지 않다. 네가 이해해라.”

“말도 안 돼. 넌 강호 삼대신의 중 한 분인 초은야의의 손자라면서? 게다가 풍문에 들으니 오악패군과도 연관이 있다고 했어. 무엇보다 마왕비를 한 주먹으로 박살 낸 고수잖아? 한데 강호에 대해 잘 모른다고?”

“얘기가 조금 길다.”

강유빈은 당당히 자신의 신분을 밝혔다.

“좋아, 그렇다면 내가 넓은 아량으로 이해해 주지. 난 백호무궁의 제자야. 정확히 말하면 백호무궁의 십병비호(十兵飛虎)가 나야. 내 아버님이 백호무궁의 궁주이시지.”

태웅비는 비로소 강유빈의 놀라운 신분을 알게 되었다.

백호무궁의 소공녀.

현 무림에서 백호무궁이 지닌 위상을 감안한다면 강유빈은 존중받아야 할 신분이었다.

"흐음, 곤란하게 됐군. 네가 함부로 대할 상대가 아닌 줄은 몰랐다."

"괜찮아. 난 형식에 구애받는 것을 싫어해. 나이로 따지면 내가 조금 손해겠지만… 우리 그냥 친구로 지내지, 뭐."

태웅비는 여인치고는 비교적 소탈한 그녀의 성격이 마음에 들었다.

"그렇다면 친구로 지내기로 하자. 내 첫 번째 친구가 여인일 줄은 예상치 못했다."

"첫 번째 친구? 그럼 여태 친구가 하나도 없었단 말이야?"

"그래. 여러 곳을 옮겨 살다 보니 친구를 사귈 겨를이 없었지."

강유빈은 흰 치아를 드러냈다.

"안됐다. 하지만 이제 걱정 마. 내가 너의 소중한 친구가 되어줄 테니까."

이때 두 명의 수인이 귀졸들에 의해 끌려왔다.

건장한 체구의 수인들은 온통 피투성이였다. 아마도 자신의 완력을 믿고 대들었다가 현무명부의 제자들에게 흠씬 얻어맞은 모양이었다.

두 명의 수인은 태웅비와 강유빈이 갇혀 있는 함거에 실렸다.

강유빈은 새로 들어온 두 수인을 발로 차서 구석으로 처박아놓고는 태웅비와 바싹 붙어 앉았다.

비로소 함거가 이동을 시작했다.

다각다각……!

함거를 이끄는 말들은 진영을 떠나 수림 사이로 난 길을 따라 달려갔다.

다섯 대의 함거를 호송하는 현무명부의 제자들은 스무 명이었다. 함거의 어자석마다 각 두 명씩, 그리고 선두와 후미에 각 다섯 명씩.

강유빈은 함거가 이동하는 행로를 유심히 살폈다.

"흐음, 이쪽 길이었군."

태웅비가 나직이 물었다.

"유빈, 현무명부에 잠입하려는 목적이 뭐야?"

"놈들에 대한 상세한 정보가 필요해. 은밀하게 입수된 정보에 의하면, 놈들은 강호의 명숙들을 제압해 활강시(活殭屍)로 만든다고 했어. 그게 사실이라면 정말 엄청난 사건이지."

"활강시가 뭔데?"

강유빈은 자신의 지식을 과시하듯 상세하게 설명해 주었다.

"강시는 본래 시체를 약물로 처리한 후 환혼대법으로 조

종하는 마물이야. 도검 불침인데다 웬만한 내공에도 박살나
지 않기에 상대하기가 아주 까다롭지. 한데 활강시는 살아
있는 사람을 강시처럼 만드는 거야. 정말 끔찍한 만행이
지."

"그게 왜 엄청난 사건이 되는 거냐?"

"생각해 봐. 소림이나 무당의 원로가 활강시가 되어 공격
에 나선다면 누가 감히 그들을 죽이려 하겠어? 그랬다가는 대
문파들과 불구대천의 원수가 되는데."

태웅비는 비로소 강유빈의 우려를 이해할 수 있었다.

'그렇구나. 현무명부에서 강호의 명숙들로 활강시를 제작
한다면 무적의 병기로 활용할 수 있겠다.'

확실히 세상이 우려할 사건이지만 태웅비는 강호 정세와
는 무관했기에 별반 실감할 수 없었다.

그는 쇠창살을 가볍게 움켜쥐었다.

"유빈, 네 의로운 행동은 이해한다만 이런 잠입은 바보짓
이다. 현무명부가 살아 있는 사람을 강시로 만드는 집단이
라면, 너 역시 발각되면 산 채로 강시가 될 거다. 놈들이 그
렇듯 사악한 놈들이라면 차라리 정면대결을 펼치는 게 순리
다."

"안 돼. 내가 얼마나 고심해서 생각해 낸 잠입인데 네가 망
치려는 거야?"

"난 현무명부 따위는 관심없어. 내 뜻대로 탈출하겠다."

태웅비는 앞의 함거들을 가리켰다.

"저들 역시 현무명부에서 노예로 살다가 죽어가는 것을 원치 않을 거다. 네 목적도 중요하지만 스무 명도 넘는 선량한 사람들이 죽게 내버려 두는 것은 도리가 아니야."

강유빈은 잠시 고심하다가 그의 어깨를 쥐었다.

"해독단은 어쩔 거야? 귀령이나 귀졸들은 지니고 있지 않을 텐데."

"넌 어쩔 셈이었냐?"

"난 어릴 적 영약을 복용해서 웬만한 독은 견딜 수 있어. 게다가 활혈대법을 배웠기에 점혈도 해소할 수 있지."

"그렇다면 우리 둘은 걱정이 없겠군. 나도 중독되지 않는 체질이다. 해독단은 내가 어떻게든 제조해 보겠다."

강유빈은 어쩔 수 없이 계획을 수정해야 했다.

"알았어. 그럼 함거를 부수고 놈들을 죽이자. 일단 잡혀가는 사람들을 탈출시킨 후 나머지 문제를 생각해 보자고. 그러면 되겠어?"

"잘 생각했어."

"치이, 네가 내 친구이기에 내가 마음을 바꾼 거야."

"고맙다. 그 우정을 잊지 않겠다."

태웅비는 함거를 향해 만파신권을 내질렀다.

콰직—!

둔탁한 폭음이 터지며 함거의 쇠창살이 좌우로 벌어졌다.

두 사람이 함거에서 뛰어내리자 후미에서 따르고 있던 현무명부의 제자들이 호각을 불어 급보를 알렸다.

"수인들이 탈출했다!"

"이동을 멈춰라!"

"당장 놈들을 죽여라!"

태웅비는 앞서 달려드는 귀졸을 향해 주먹을 뻗었다.

"커억!"

안면이 으스러진 귀졸이 기괴한 비명을 토하며 나가동그라졌다.

강유빈은 귀졸이 지니고 있던 삼지창을 집어 들었다.

"와우, 대단해! 마왕비를 한주먹에 박살 냈다는 풍문이 거짓이 아니었어."

그녀는 삼지창을 빙글 회전시키며 횡으로 휘둘렀다. 두 명의 귀졸이 허리가 동강나는 참살을 당했다.

귀령과 귀졸들이 속속 내려서며 두 남녀를 에워쌌다.

"아니, 놈들이 어떻게 무공이 폐쇄되지 않은 거지?"

"상부에 알려지면 우린 모두 죽음이다!"

"당장 처치해!"

현무명부의 제자들은 정신 산만한 괴성을 터뜨리며 공격을 펼쳤다.

강유빈은 다양한 병기술을 연마했기에 삼지창에 이어 낭아곤과 낫을 병기 삼아 현무명부의 제자들을 상대했다. 그녀의 별호가 달리 십병비호가 아니었다.

반면 태웅비는 오로지 두 주먹으로만 싸웠다.

그는 구궁잠은종을 구사해 귀졸들 사이로 뛰어들면서 양 주먹을 번갈아 내질렀다. 귀졸들을 상대하는 데에는 굳이 심후한 공력을 운집하지 않아도 되었기에 그는 만파신권을 연속적으로 전개할 수 있었다.

빠악— 퍼퍽—!

귀졸들은 거의 한 방에 한 명씩 나자빠졌다. 면상을 맞은 자는 안면이 내려앉았고 가슴을 맞은 자는 가슴뼈가 으스러졌다.

강유빈과 겨루고 있던 귀령은 귀졸들 대다수가 쓰러지자 전의를 상실해 귀졸 두 명만 대동한 채 도주했다.

강유빈은 사내처럼 호탕한 웃음을 터뜨렸다.

"하하, 난 백호무궁의 강유빈이다! 명부로 돌아가거든 백호무궁에 의해 저지당했다고 고해라!"

그녀는 태웅비를 돌아보며 엄지를 세워 보였다.

"멋져. 권법 절기가 일품이군."

"네 병기술이 더 멋졌다."

태웅비는 함거를 차례로 부숴 수인들을 풀어주고는 몇 가지 처방전을 적어 건넸다.

"이대로 탕약을 끓여 마시면 해독이 될 것이오."

수인들은 감격에 젖어 사례를 표했다.

“감사하오이다, 은공!”

“덕분에 목숨을 건졌소이다.”

“은공의 대명이라도 일러주시오.”

태웅비는 공치사를 하고 싶지 않아 강유빈를 내세웠다.

“이쪽은 백호무궁의 강유빈 여협이오. 사례는 백호무궁에게 하시오.”

수인들 중 일부는 강호인이기에 백호무궁의 높은 명성을 대해 익히 알고 있었다.

“오, 십병비호 강 여협이셨구려.”

“백호무궁의 은혜를 잊지 않겠소.”

강유빈은 멋쩍은 미소를 띠며 어깨를 으쓱했다.

“현무명부의 해골들이 다시 들이닥칠지 모르니 어서 피하세요.”

수인들은 아직 위험이 가시지 않았음을 인식하고는 사위로 흩어졌다.

강유빈은 스스럼없이 태웅비의 손을 쥐었다.

“웅비, 왜 네 이름을 밝히지 않은 거야? 사실 저들을 구한 사람은 너잖아.”

“대단한 일도 아닌데 그게 뭐 중요하겠냐?”

“하하, 그런가? 우리 어디 가서 술이나 한잔하자.”

태웅비는 그녀가 마음 상하지 않도록 슬며시 손을 밀어냈다.

"그럴 상황이 아니다. 급히 가봐야 할 곳이 있어."

"이거 서운한데?"

"다시 만나게 될 거다. 우리는 명색이 친구잖아."

강유빈은 해맑은 웃음을 띠다가 소매로 화상 부위를 가렸다.

"참, 이 화상 자국은 가짜야. 내 신분을 숨기기 위해 일부러 변장한 거지. 내가 그렇게 흉하지는 않아."

"괜찮다. 내가 네 얼굴 보고 친구로 삼은 것은 아니니까. 그럼 다음에 보자."

태웅비는 포권을 취하고는 수림 사이로 달려갔다.

강유빈은 잔뜩 서운한 기색을 지었다.

"아쉬워. 요즘 같은 세상에 저렇듯 자신을 내세우려 하지 않는 의인도 드문데 말이야."

이때 주변으로 예리한 호각 소리가 들려왔다.

"흥, 달아난 놈들이 한 떼거리를 데리고 왔나 보군."

강유빈은 현장에서 훌쩍 몸을 날렸다.

"현무명부! 네놈들을 언제고 진짜 명부로 모두 보내주겠다."

2

태원은 산서성의 성회답게 번화했다. 추운 날씨에도 불구하고 시장에서는 다량의 물자가 교환되었기에 교역품을 실은 마차와 수레가 끊임없이 이어졌다.

시장 어귀의 객잔으로 들어선 태웅비는 훈훈한 열기에 꽁꽁 언 볼이 후끈 달아올랐다.

객잔 곳곳에 놓인 커다란 화로에는 장작불이 지펴져 있었다.

산서성 북부는 워낙 추운 지역이기에 겨울로 들어서면 객잔이며 주점마다 커다란 화로를 들여 불을 지핀다. 덕분에 먼 길을 달려오느라 몸이 얼어붙은 여행객이나 상인들은 화롯가에서 따뜻하게 몸을 녹일 수 있다.

이는 산서성 북부에서만 볼 수 있는 훈훈한 풍경이었다.

태웅비는 화로 근처의 탁자에서 뜨거운 차를 마시며 몸을 녹였다.

'유빈은 무사히 귀환했는지 모르겠군.'

그로서는 난생처음 친구를 사귀어보았기에 강유빈의 안위가 사뭇 걱정되었다.

뜨거운 차로 몸을 녹인 그는 술과 안주를 주문했다.

산서성은 분주(汾酒)로 유명했기에 손님이 특별히 다른 술을 주문하지 않는 한 기본적으로 분주가 나온다.

태웅비는 조금씩 술맛을 알게 되면서부터 술을 구분하는 미각도 지니게 되었다. 세상의 평판답게 분주의 맛은 확실히 일품이었다.

"흐음, 정말 좋은 술이군. 독하면서도 깔끔해."

이때 표사로 보이는 사람들이 무더기로 들어서더니 화롯가에 둘러섰다. 그들은 화로의 장작불로 몸을 녹이면서 정보를 교환했다.

"한해 오하시장은 가지 말게나. 야적들이 얼마나 들끓는지 벌써 다섯 개의 표국이 털렸다네."

"허어, 그럼 요동이나 남방으로 가야겠군."

"그 편이 나을 걸세. 지금은 섬서성도 온통 난리가 나서 장원으로 가는 길이 수월치 않아."

"섬서성은 왜? 오랑캐가 쳐들어오기라도 했는가?"

이때 당당한 체격의 표사가 끼어들었다.

"하하, 북해의 계집이니 오랑캐라 할 수 있겠군. 비록 단신으로 중원에 들었지만 쳐들어온 것은 확실하네."

느긋하게 분주를 즐기던 태웅비는 표사들의 대화에 귀가 솔깃해졌다.

'북해의 계집? 은검빙화를 말하는 것일까?

그는 표사들을 힐끗 살피며 다음 대화를 기다렸다.

주근깨 표사가 빈 좌석을 꿰차고 앉으며 물었다.

"대체 무슨 소리를 하는 겐가? 오랑캐 계집이 쳐들어왔다고?"

"쯧쯧, 자네는 귀를 왜 달고 사는가? 은검빙화에 대한 소문도 모른단 말인가?"

“아, 은검빙화? 그럼 그렇게 얘기를 해야지. 한데 전설의 지도를 몸에 새기고 다닌다는 그녀가 섬서성으로 들어섰단 말인가?”

“그렇다고 하더군. 한데 갑자기 종적이 사라지는 바람에 갖은 추측이 분분하다네.”

주근깨 표사가 차를 홀짝이며 물었다.

“어떤 추측 말인가?”

“죽었다는 얘기도 있고, 대마왕성에 끌려갔다는 얘기도 떠돌고 있네.”

표사들의 대화를 들은 태웅비는 기분이 씁쓸했다.

‘결국 추적을 벗어나지 못한 것일까?’

이때 용병으로 보이는 무사가 표사들의 얘기를 일축했다.

“그건 사실이 아니오!”

사람들의 시선이 자신에게 쏠리자 용병은 정보를 과시하듯 떠들어댔다.

“내가 듣기로 은검빙화의 잠적에 대한 추측은 두 가지로 압축되었소. 얼마 전 한 여인의 시체가 용문에서 발견되었소. 얼굴이 심하게 훼손되어 신분을 알 수 없지만 등가죽이 통째로 벗겨졌다고 했소. 이를 두고 누군가 은검빙화의 등에 새겨진 지도를 획득했다는 얘기가 전해지고 있소.”

주변 사람들이 탄식을 터뜨렸다.

“허어, 저런 흉악한 놈을 보았나?”

"아무리 전설의 절기가 탐난다지만 사람의 살가죽을 벗기
다니."

"인간이 아니라 악귀일세."

비록 확인되지 않은 정보이지만 태웅비는 우울한 심정이
되었다.

'은검빙화의 등에는 분명 지도가 새겨져 있었다. 혈인색사
도 은검빙화의 살가죽을 벗겨내려 했다. 제발 그녀가 아니었
으면 좋겠군.'

그는 은검빙화와 잠시 대면한 것이 고작이라 그녀의 심성
이 어떠한지는 짐작하기 어려웠다. 하지만 자신을 죽이려다
가 검을 멈춘 것을 감안한다면 무자비한 악녀로는 생각되지
않았다.

건장한 체격의 표사가 용병과 마주 앉으며 술을 한 잔 따라
주었다.

"형씨, 나도 정보에는 밝다고 자신하는데 그런 얘기는 처
음 들었소. 한데 두 번째 추측은 뭐요?"

용병은 기분 좋게 술을 입에 털어놓고는 한껏 거드름을 피
웠다.

"한번 생각해 보시오. 은검빙화가 왜 그런 엄청난 비밀을
지니고 중원으로 입성했겠소? 아마도 자신의 등에 새겨진
지도의 비밀을 해독하기 위함이었을 것이오. 그렇다면 과연
누가 천기무제와 같은 대천재가 남긴 지도를 해독할 수 있

겠소?"

"그야 똑똑한 현자여야 가능하지 않겠소?"

"바로 그것이오. 은검빙화가 왜 위험을 무릅쓰고 중원을 관통해 섬서성에 이르렀겠소? 바로 천몽우사를 만나기 위함이라는 것이 가장 신빙성있는 추측으로 부각되고 있소."

다각다각……!

태웅비는 충분히 몸을 녹인 터라 말을 재촉해 태원을 벗어났다.

"천몽우사라……. 누구의 추리인지 몰라도 아주 예리하게 접근했군."

천몽우사(天蒙羽士).

그는 백 년 내 최고의 현자로 불리는 당대의 석학이다. 더군다나 그의 거처가 섬서성 여산(驪山)이기에 은검빙화가 누군가를 찾아 중원으로 들어섰다면 천몽우사일 가능성도 배제할 수 없다.

물론 근거가 없는 풍문이기에 막연한 추정에 불과하다.

태웅비는 은검빙화를 되새기다가 그녀의 모습보다 벌거벗은 상반신만 떠오르자 얼른 고개를 흔들었다.

"추잡한 놈, 대체 무슨 생각을 하는 거냐?"

그는 다시는 은검빙화에 대해 생각하지 않기로 작심하며 공연히 말을 채찍질했다.

"이럇!"

3

휘이이잉……!

금방이라도 함박눈이 쏟아질 것 같은 하늘이다. 진회색 구름이 가득한 하늘 때문인지 대낮인데도 불구하고 세상은 어둑어둑했다.

중원오악 중 북악(北岳)인 항산.

항산은 중원의 최북단에 위치하기에 빽빽한 침엽수림이 수해(樹海)를 이루고 있었다. 산 정상은 일 년 중 절반이 눈에 덮여 있으며, 중턱에서부터 기슭까지는 아름드리 거목들이 촘촘하게 들어서 있어 길을 찾기가 힘들다.

하기에 항산은 사람을 위한 산이 아니라 짐승들을 위한 산으로 불린다.

귀명애(鬼鳴崖).

이름 그대로 바람 소리가 귀신의 울음소리처럼 처절하다는 곳이다.

귀명애에 이르면 갑자기 길이 뚝 끊겨 자욱한 운무만 보인다. 단애 아래는 깊이를 알 수 없는 낭떠러지이고, 아주 날씨가 좋을 때만 운무 저편으로 첨탑과 같은 절애고봉들이 듬성듬성 보인다.

　귀명애에 이른 태웅비는 고막으로 파고드는 예리한 칼바람 소리에 머리카락이 쭈뼛 섰다.

　"바람 소리가 정말 끔찍하군. 한데… 다리가 어디 있는 거지?"

　태웅비는 귀명애 주변과 운무를 세심하게 살폈지만 다리의 흔적은 어디에도 없었다.

　건곤팔기 중 최강으로 불리는 건천검왕과 곤명도후가 귀명애를 건너 검도봉에 은거했다는 얘기는 십 년 전부터 들려왔다.

　당시 그들이 건넌 다리를 건곤무교(乾坤無橋)라 한다.

　그러나 그 이름에는 깊은 의미가 있다.

　무교(無橋).

　다리가 없다는 뜻이니 다리를 찾는 것이 오히려 어리석은 행동일 수 있다. 그렇다고 다리도 밟지 않고 머나먼 검도봉까지 건너갈 수 없으니 다리는 분명하게 있어야 한다.

　태웅비는 자욱한 운무를 바라보며 건곤무교의 의미를 해석하는 데 깊이 골몰했다.

　'이해가 되지 않는군. 검왕과 도후가 비록 건곤팔기 중 최고로 꼽히는 기인이라 해도 인간임에는 분명하다. 그들이 선인처럼 구름을 타고 나는 능력이 없는 한, 다리가 있어야만 운무 저편의 검도봉에 이를 수 있다.'

　그는 다시 눈을 씻고 단애 아래쪽을 내려다보았다.

휘이이잉―!

귀신의 울음소리만 요란할 뿐 다리가 놓인 흔적은 어디에도 찾아볼 수 없었다.

함박눈.

하늘과 세상, 땅이 한 가지 색으로 물들고 있었다.

이른바 건곤일색(乾坤一色).

태웅비는 귀명애 가장자리에 서서 깊은 생각에 잠겼다.

그토록 고막을 자극하던 귀신의 울음소리 같던 바람 소리도 이제는 피리의 선율처럼 생각되었다.

함박눈은 그칠 줄 모르고 내려 태웅비는 허벅지까지 눈에 파묻혔다. 어깨와 머리 위에도 눈이 내려 족히 한 뼘 높이로 쌓였다.

일순 착시인지 몰라도 그는 운무가 스러지며 한 가닥 다리를 보게 되었다.

"……?"

태웅비는 눈을 번쩍 떴다. 하나 다시 시선을 집중했을 때는 여전히 자욱한 운무만 보일 뿐이었다.

"내가 잘못 보았나 보군."

그는 비로소 자신의 몸에 수북이 쌓인 눈을 인식하고는 눈을 털어냈다.

이제 결단을 내려야 했다.

기필코 건곤무교를 찾아 검도봉을 건너겠다면, 일단 하산

했다가 한동안 머물 장비를 갖춰 다시 와야 한다. 이대로 머물러 있다가는 눈에 파묻혀 죽거나 얼어 죽고 만다.

그러나 태웅비는 귀명애를 떠날 수가 없었다.

그는 검왕과 도후의 절기를 사사받겠다는 일념으로 팔천 리 길을 달려왔다.

그가 절기를 배우려는 오직 단 하나의 이유는 복수.

물론 그는 검왕과 도후의 절기를 얻지 못할 가능성이 훨씬 높다. 그래도 그가 항산에 이른 것은 그들 두 기인이 당대 최강의 고수이기 때문이다.

한데 그가 건곤무교를 찾아내지 못하고 물러선다면 다음 번에도 역시 건곤무교를 찾아낼 수 없을 것 같았다.

그는 회색빛 하늘을 올려다보았다.

펑펑 쏟아지던 눈발이 조금씩 잦아들고 있었다. 다행이었다. 이로써 그는 조금 더 생각할 수 있는 시간적 여유를 갖게 되었다.

문득 그는 찰나지간 본 운무 속의 다리를 뇌리에 떠올렸다. 워낙 순간적인 상황이라 착시인지 현실인지 분명하지 않았다.

태웅비는 차분하게 생각을 정리했다.

"귀명애에는 분명 검도봉까지 이르는 다리가 존재한다. 오직 검왕과 도후만이 그 다리를 찾아내 검도봉에 이르렀다. 그래서 다리는 있지만 보이지 않기에 무교로 불리게 된 것이다."

그는 순간적으로 스러진 운무 속에서 찾아낸 다리에 대해 보다 강한 확신을 가졌다.

"그것은 분명 건곤무교다. 그것을 보았지만 확신하지 못하는 이유는 두려움 때문이다. 만일 착시나 환상이라면 아득한 낭떠러지로 떨어져 죽게 된다는 두려움……."

잠시 후 그는 마음을 굳혔다.

"그래, 할아버지의 영령이 나를 위해 순간적으로 길을 열어준 것이다. 나는 나 자신을 믿어야 한다. 내가 본 것을 믿고 나의 믿음을 행동으로 옮겨야 한다."

깊이 숨을 들이마신 그는 편안한 미소를 띠었다.

"나의 결정에 후회는 없다."

그는 자욱한 운무로 가득한 낭떠러지 아래로 과감하게 뛰어내렸다. 차디찬 바람 소리가 귀청을 스치며 절로 오금이 저렸다.

그러나 그는 자신이 찾아냈던 다리의 위치를 짐작해 당당하게 걸음을 내디뎠다.

푹……!

그의 발이 무릎까지 눈 속에 파묻혔다.

"아……!"

안도와 환희의 탄성.

시야는 일 장에 불과했지만 그는 눈에 덮인 한줄기의 다리

를 분명하게 볼 수 있었다. 허공에 어떻게 이런 다리가 형성
될 수 있는지 이해가 되지 않았지만 그의 믿음대로 그는 다리
를 찾아낸 것이다.
하늘과 땅을 잇는다는 건곤무교.
마침내 검도봉으로 향하는 길이 열린 것이다.

『무적투왕』 2권에 계속…

적포용왕

김운영 新무협 판타지 소설

『신마대전』『흑사자』의 작가 김운영.
그가 낚아 올리는 무협의 절정!
낚시 신동 백룡아! 장강에서 천존과 맞짱 뜨다!

적포천존(赤布天尊)

고금제일강(古今第一强)
인칭타자연재해(人稱他自然災害)
40세 이후로 상대가 누구든 몇 명이든,
한 번도 패하지 않고 모두 이긴 적포천존
70세 중반에 반로환동하여 무림인들을
절망에 빠뜨린 그가 말년에
제자를 만들어 말년에 호강할 계획을 세운다?

천하에 두려울 것이 없는 '자연재해' 외
그의 제자들이 무림에 나타났다!

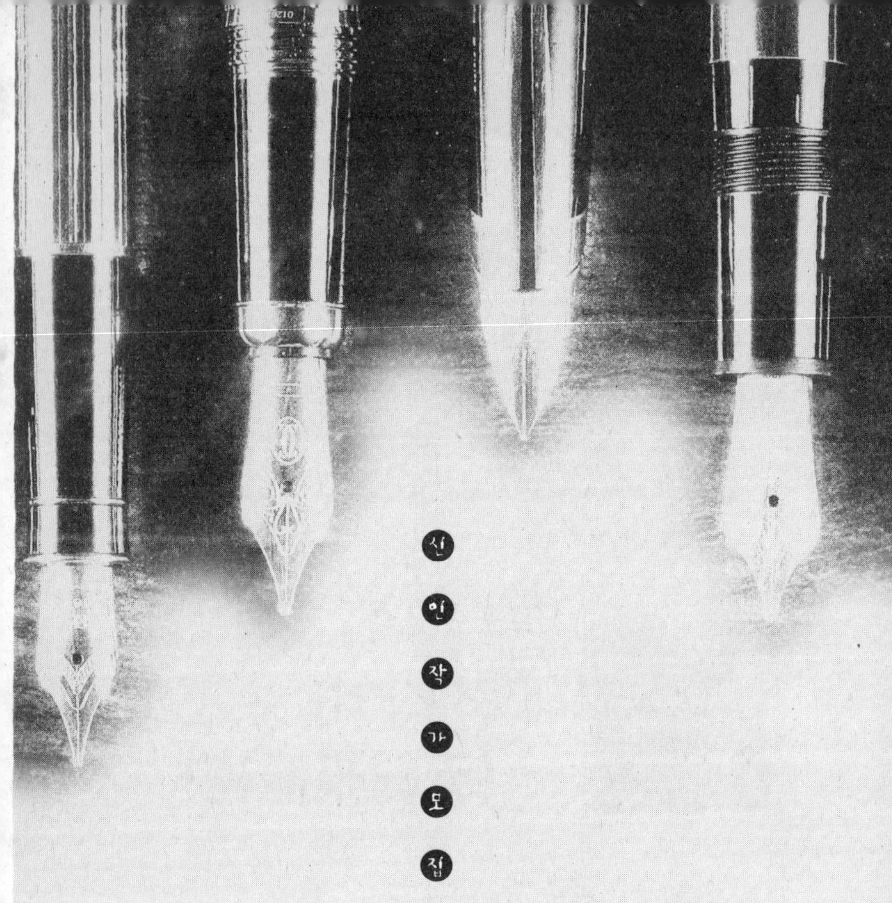
신
인
작
가
모
집

시작이 반이라고 했습니다.
작가의 길에 대한 보이지 않는 벽을 과감히 깨뜨리십시오!
청어람은 작가 지망생 여러분들의
멋진 방향타가 되어드리겠습니다.

저희 도서출판 청어람에서는
소설 신인 작가분들을 모집합니다.
판타지와 무협을 사랑하시는 분들의 많은 참여를 바랍니다.
소정의 원고(A4용지 150매)를 메일이나 우편으로 보내주시면
검토 후 출판 여부를 알려드리겠습니다.

주소:경기도 부천시 원미구 심곡1동 350-1 남성B/D 3F 우편번호420-011
TEL:032-656-4452 · FAX:032-656-4453
http://www.chungeoram.com
e-mail:chungeoram@chungeoram.com

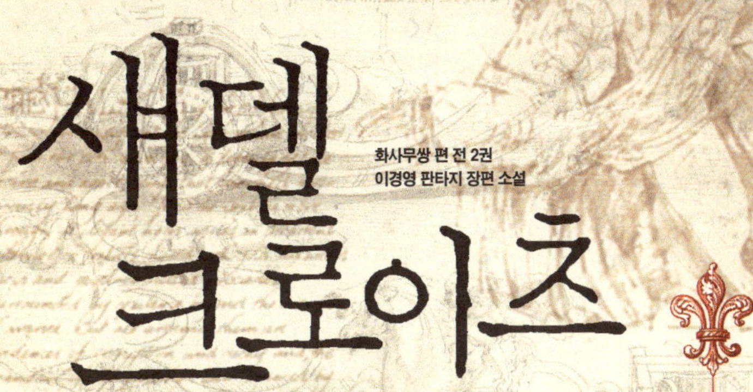

새델 크로이츠

화사무쌍 편 전 2권
이경영 판타지 장편 소설

『가즈나이트』의 명성과 신화를 넘어설
이경영의 판타지의 새로운 상상력!

자신만의 독특한 세계관을 창조한 작가
이경영의 새로운 도전과 신선한 충격.

바란투로스의 특수부대 새델 크로이츠의 리더 파렌 콘스탄.
야만족을 돕는 안개술사를 물리치기 위해 아시엔 대륙에서 온
불을 뿜는 요괴 소녀 카샤.
너무나 다른 두 사람이 운명의 길에서 만나다.
친구란 이름으로 시작된 모험, 그 앞에 놓인 난관과 운명의 끈은
어떻게 될 것인지……

"질투가 날 만도 하지.
요괴가 산신령을 엄마로 두는 건 흔한 일이 아니거든.
괜찮다, 파렌. 본좌가 아는 요괴들 전부 본좌를 질투하고 부러워하니까."
소녀는 손에 잔뜩 받은 빗물을 훌짝 마셨다.
파렌은 그 순수함에 웃음을 흘렸다.
그는 지금까지 자신이 봤던 그녀의 기이한 행동들을 어렴풋이나마 이해할 수 있을 것 같았다.
그렇게 친구가 된 둘은 그 길로 긴 여행을 떠나게 된다.

본문 중에-

세상을 보는 또 하나의창 · inthebook.net
유행이 아닌 자유추구 · chungeoram.net

Book Publishing CHUNGEORAM

학교에서는 가르쳐주지 않는
10대들을 위한 **인생수업**

작가 : 이빙 | 역자 : 김락준

10대들을 위한 나침반 같은 인생 교과서!
사회 초입에 들어서게 될 청소년들에게 들려주는 100가지 인생 이야기

내 인생의 방향잡기!
여행길에 오르기 전에 접해보자!

100가지 이야기, 100가지 명언

사람은 태어나면서부터 각기 다른 모습으로, 각기 다른 사고로 "인생" 이라는
여행길에 오르게 된다. 내가 지금 서 있는 이 위치에서 그리고 사회라는 공간에서
한 사람의 몫을 당당하게 해낼 수 있는 역량을 키워나가기 위해서는 어떠한 생각을
가지고 있어야 하는 걸까.

늦지 않게 준비하자! 스스로의 마음가짐이 자신의 미래를 결정한다!

설레는 마음으로 떠난 길일지라도 기존에 생각하고 있던 것과는 다르게 흘러가는
사회의 모습에 당혹스럽기도 할 것이다.
그러한 곳에 발을 들여놓기 위해 첫 발걸음을 막 뗀 청소년이라면 학교에서는
미처 배우지 못한 상황에 더욱이 큰 혼란스러움을 느낄 수밖에 없다.
시간이 흐를수록 사회가 한 인간에게 요구하는 것은 다양하고 세밀해지고 있다.
그러한 사회 속에서 자신만이 앞으로 나아가지 못해 제자리걸음을 하게 된다면 어떠할까.
미리 대비를 하지 않는다면 당신 역시 그러한 현상에 빠지는 또 한 명의 사람이 되고 말 것이다.

책장을 넘기는 순간, 책과 당신의 공감대가 형성된다!

적응을 위해 도움이 될 만한
인생의 지혜와 경험, 깨달음이 한가득 담겨있다.
그 속에 담긴 100가지 이야기 그리고 그와 관련된 100가지의 명언은
가슴 깊이 새겨 놓고 되뇌여 보기에 충분하다.

세상을 보는 또 하나의 창 - inthebook.net
유행이 아닌 자유추구 - chungeoram.net

Book Publishing CHUNGEORAM

Rhapsody Of Cardinal

카디날 랩소디

송현우 판타지 장편 소설

놀라운 경험(the enormous experience)!
He created a completely new world.
It is a place who have never known and where never been able to imagine.
This splendid world will introduce the enormous experience for the
person only who reads.
그 누구에게도 알려진 것이 없으며 상상조차 할 수 없었던 새로운 세계를
작가는 완벽하게 창조해내었다.
이 멋진 세계는 독자들만이 체험할 수 있는 놀라운 경험으로 인도할 것이다.

판타지는 허구다? 아니다. 판타지는 일상이다.
우리의 삶은 연속된 판타지의 연장선상에 놓여 있고,
상상은 우리의 일상을 더욱 살찌운다.
『카디날 랩소디(Rhapsody of Cardinal)』를 경험하는 독자들은
더욱 풍부한 일상 속에서 새로운 삶을 경험할 것이다.
멋진 만남! 흥미로운 경험! 이것이 『카디날 랩소디』가 가진 장점이며,
작가 송현우가 독자들에게 바라는 꿈이다.

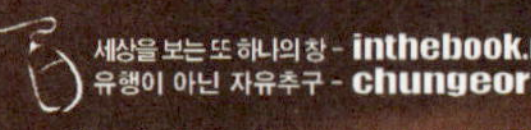
세상을 보는 또 하나의 창 - inthebook.net
유행이 아닌 자유추구 - chungeoram.net
Book Publishing CHUNGEORAM